Katherine Collins

Lord Everhams Spiel um die Liebe

Historical Love

Erstausgabe Mai 2019

© 2019 dp DIGITAL PUBLISHERS GmbH

Made in Stuttgart with ♥
Alle Rechte vorbehalten

Lord Everhams Spiel um die Liebe

ISBN 978-3-96087-468-3
E-Book-ISBN 978-3-96087-467-6

Umschlaggestaltung: Annadel Hogen
unter Verwendung von Motiven von
© Mary Chronis/periodimages.com,
© VJ Dunraven Productions/periodimages.com
und © FairytaleDesign/depositphotos.com
Lektorat: Astrid Rahlfs
Satz: dp DIGITAL PUBLISHERS

Über die Autorin

Katherine Collins lebt mit ihren zwei kleinen Töchtern in einem kleinen Dörfchen inmitten des Vest. Seit 2014 veröffentlicht sie historische Liebesromane sowohl in Verlagen, als auch als Selfpublisher. Unter dem Pseudoym Kathrin Fuhrmann schreibt die Autorin Liebesgeschichten, die mal mit Crime und mal mit Fantasy unterlegt sind.

Prolog

Ein letzter Tritt

London, Shoreditch, Winter 1822

Lady Molly Batton, verwitwete Gattin eines stets klammen Baronets, sah sich um.

Alles, was Gene Batton ihr und ihrer gemeinsamen Tochter Aubrey neben einem schäbigen Stadthaus in einer gerade noch respektablen Gegend hinterlassen hatte, war dieses Gebäude. Ein weiteres Haus, aber sicherlich kein respektables.

Die Gassen zu beiden Seiten waren voller Unrat. Es stank bestialisch und obwohl das Haus an sich zu schlafen schien, war es drum herum einfach nur laut. Kutschen ratterten über den Backstein der Straße, Kutscher schrien einander wüste Beschimpfungen und den Tieren harsche Befehle zu. Peitschen klatschten, Pferde wieherten schrill und übertönten die freizügigen Frauen, die sich nur ein paar Schritte weiter lautstark anboten.

„Mein Gott", wisperte Molly und zweifelte einmal mehr an ihrem Verstand. Dieses Haus war sicherlich nicht der Weg aus ihrem finanziellen Desaster.

„Oh Molly", flüsterte Enola, deren hübsche braune Augen mit ähnlicher Niedergeschlagenheit auf dem schäbigen Grundstück lagen wie Mollys eigene. Enolas Nägel bohrten sich in Mollys fadenscheinigen Umhang. „Was glaubst du, was das für ein Haus ist?"

Molly hatte eine schlimme Befürchtung, wollte diese aber ihrer jungen Schwägerin nicht mitteilen. Enola beugte sich vor, die Augen sensationslustig geweitet und gleichsam gebannt wie abgestoßen.

Das arme Kind, befand Molly, so unbedarft und rein, dass ihr nicht einmal der Hauch eines unfeinen Gedankens kam. Sie selbst ahnte, dass hier keinesfalls der richtige Ort war, um aus der Mietskutsche zu steigen. Obwohl ihr ein kalter Schauer über den Rücken jagte und sie eindringlich warnte, richtete sie sich den Hut und klappte die dicke Spitze hinunter, die ihr Gesicht verbergen sollte. Zumindest dazu taugte die teure neue Trauerausstattung, sie bliebe gewissermaßen inkognito.

„Ich werde hineingehen, Enola, du bleibst bitte in der Droschke." Molly unterdrückte ein abgrundtiefes Seufzen. Sie mochte sich nicht mit diesem Problem beschäftigen, das sie weder voll erfassen konnte noch wollte. Leider bliebe ihr keine Wahl. Es gab nicht viele Erklärungen dafür, dass jemand ein zweites Haus besaß und jene, die ihr sogleich in den Sinn kam, war wenig schmeichelhaft. Allerdings sollte es sie auch nicht wundern, dass Gene eine Geliebte unterhielt. Der Vertrauensbruch berührte Molly nicht einmal. Es war ihr nur zu recht, dass sich ihr Gatte anders orientierte und sie hätte sich gewünscht, er hätte sie ganz aus seinem Bett entlassen. Ein anderer Faktor an dieser Geschichte machte sie jedoch wütend: Das wenige Geld, das ihnen sein kleines Gut in den Hampshires einbrachte, für Vergnügungen hinauszuwerfen, war schlicht selbstbezogen und unverantwortlich gewesen. Leider entsprach dies Genes Charakter nur zu genau.

Molly stieg aus und hüllte sich enger in ihren Umhang, den Kopf hielt sie zusätzlich gesenkt, auch wenn sie nicht zu erwarten brauchte, an einem derart unrespektablen Ort bekannten Gesichtern zu begegnen. Das Haus besaß keine Stufen und so stand sie nach wenigen Schritten bereits direkt vor der heruntergekommenen Tür.

Der Klopfer landete nach einer zögerlichen Berührung laut klirrend vor ihren Füßen. Mit einem kleinen Aufschrei sprang sie zurück und legte sich die Hand auf das laut pochende Herz. So ein Unglück!

Sie erwartete, sogleich einem wütenden Knecht oder zumindest der Dame des Hauses gegenüberzustehen, so fraglich deren gesellschaftliche Position auch war. Aber nichts rührte sich. Molly bückte sich zögerlich nach dem Klopfer und schlug ihn gegen die Tür. Eine Reaktion blieb auch weiterhin aus. Sich umsehend, haderte sie mit der Situation. Sie konnte doch nicht einfach eintreten, schließlich gehörte es sich, auf Einlass zu warten!

Nach qualvoll langen Augenblicken der Unentschlossenheit klopfte sie erneut. Der eiserne Ball, der in die Fassung des Gargoyle-Gesichtes gehörte, fühlte sich in Mollys Hand ebenso schwer an wie die Last, die bereits auf ihren Schultern ruhte. Noch ein letzter Anlauf, denn so wenig sie sich mit dieser Sache – der Geliebten und der Tatsache, dass hier ihr weniges Geld verschwand – abfinden konnte, so dringlich war es, die Situation baldig zu klären. Denn das eine, was sie nicht hatte, war Geld, was sie verschenken konnte.

Bestärkt durch die pressende Notwendigkeit schlug sie kräftig gegen die Pforte. Endlich tat sich etwas und Molly streckte die Schultern. Ein heruntergekommener Bursche öffnete die Tür.

Molly starrte ihn an, er starrte zurück. Er war halbwüchsig, vielleicht vierzehn Jahre alt, dünn und schlaksig und stand sicherlich vor Dreck. Molly zwang sich, sich vorzustellen. „Ich bin Lady Batton. Meinem Gemahl gehörte dieses Haus und ich bin gekommen, um es in Augenschein zu nehmen."

Die braunen Augen des Knaben weiteten sich erschrocken. „Oh, My... My..."

„Bitte führe mich zu der zuständigen ... Person hier." Sie erwartete eine Haushälterin oder etwas in der Art, schließlich würde ein solches Haus wohl keinen Butler haben. Sie seufzte bei dem Gedanken. Sie hatten auch keinen und ihre Haushälterin war gleichsam ihre Köchin und ihr Hausmädchen. „Also?" Sie hob eine Braue, die wohl unter ihrem Schleier nicht auszumachen war.

„Ja, Mildy."

„Mylady", korrigierte Molly, trat ein und sah sich sogleich nervös um. Sie stand vor einer engen Garderobe in einem mehr als dunklen Flur. Der Gang war lang und wurde hinter der Ecke breiter. Eine Treppe führte in das obere Stockwerk und von dort drang etwas Licht zu ihr durch. Die Tapeten waren in einem fürchterlichen Zustand, der Teppich nicht minder. Keine Frage, Genes Geliebte hatte nicht besser gehaust als seine Gattin. Diese Tatsache beruhigte sie jedoch nicht. Noch immer glühte ob seiner beständigen Abwesenheit, seiner Trunksucht und verschwenderischer Unbedachtheit unbändiger Ärger in ihr. Und dies waren nur die schlimmsten Untugenden, derentwegen er sicherlich nicht besonders vermisst werden würde.

Sie presste die Lippen aufeinander und wagte sich tiefer in den Flur. Immerhin galt dies alles nun als ihr Eigentum, mochte auch eine andere Person in ihm leben.

Tatsächlich befand sich hinter dem Mauervorsprung ein breiter Flur. Molly sah zurück, irritiert über den Sichtschutz. Dabei glitt ihr Blick über ein skandalöses Gemälde. Eine halb entblößte Frau saß auf einem nicht minder nackten Mann. Rittlings. Molly riss schnell die Augen von dem Bild los und entdeckte dabei weitere. Und eine Tür. Schnell steuerte sie darauf zu und schlüpfte eilig hindurch. Vor ihr lag ein großer Raum mit vielen Tischen und noch mehr Stühlen. Es stank und Rauch schwängerte die staubige Luft. Molly hustete und zog sich schnell wieder zurück. Was war das hier nur für ein Ort!

„Madame?"

Mit einem Schrei fuhr sie herum. Ein knochiger, alter Mann in halbwegs anständigem Aufzug machte einen Diener vor ihr. „Grayston, Madame. Darf ich Sie bitten, mich in die Küche zu begleiten?"

„Küche?", quiekte sie entsetzt.

„Es gibt leider keinen anderen Ort, an dem es halbwegs respektabel wäre ..."

Mollys Entschlossenheit sank und sie schlang die Arme um sich. Ein ganzes Haus und der respektabelste Ort war die Küche? Wollte sie wissen, wo sie hier gelandet war?

„Also gut", flüsterte sie. „Bitte weisen Sie mir den Weg."

Grayston übernahm die Führung und in der niedrigen Küche, die ebenfalls dringendst der Aufmerksamkeit einiger fleißiger Hände bedurfte, gab er einem jungen Mädchen Anweisung, Tee aufzusetzen.

Dann wendete er sich Molly zu. Seine von grauen langen Haaren durchzogenen Brauen zogen sich bei einer schnellen Musterung unter besseren Lichtverhältnissen zu. Er räusperte sich und deutete mit einer behandschuhten Hand auf den einzigen Stuhl im Raum, der an einem schmalen Tisch stand. „Bitte Madame, nehmen Sie Platz."

Molly sank mit zittrigen Knien auf den Stuhl. Der zweite Rundumblick machte den schmalen, dreckigen Raum noch unerquicklicher und gab Molly auch einen Hinweis auf den fauligen Geruch, der in der Luft lag. Essensreste waren schlicht in die Ecke gekippt worden und zogen bereits Tiere an, die sich auch auf den Arbeitsplatten niederließen. Molly drehte es den Magen um und sie entschied, den Tee oder irgendetwas sonst nicht anzurühren, was man ihr hier anbieten mochte. Sie umfasste ihre zittrigen Finger und legte sie mitsamt ihres Retiküls und dem schweren Eisenklopfer, von dem sie nicht wusste, ob sie ihn dem alten Mann einfach überreichen sollte, auf ihrem Schoss ab. „Mr Grayston, ich bin …", hob sie weniger fest an, als es ihr lieb gewesen wäre.

„Die Besitzerin dieses Etablissements", unterbrach er sie mit einem schnellen Blick auf das Mädchen. Wohl ein Hinweis, vor der Bediensteten nicht offen zu sprechen. Molly entließ den Atem. Zum einen gehörte es sich nicht, eine Dame zu unterbrechen, dennoch waren gewisse Informationen besser geheim zu halten. Zum anderen waren seine Worte ebenso verstörend wie seine rüde Unterbrechung.

„Etablissement?", fragte sie mit zittriger Stimme. Das klang nicht gut. Es war nicht gut, das bezeugte die Miene ihres Gegenübers. Seine Lippen pressten sich zusammen und seine buschigen Brauen hoben sich über seiner Nasenwurzel. Hatte er Mitleid mit ihr?

Molly überkam es eisig über ihren ohnehin frierenden Leib und sie wagte es nicht, ihre Frage zu formulieren.

„Mädchen!", trieb Grayston, der noch immer in respektablen Abstand zu Molly stand, die Magd an, die bereits die Tassen mit heißem Wasser ausspülte und sie aufgeschreckt schnell auf dem Tisch platzierte. „Wir können den Tee selbst abseihen. Sieh zu, dass du Ordnung in den Salon bekommst."

Das Mädchen verschwand schnell, trotzdem wartete Grayston noch einen langen Moment, bevor er seine Augen auf sie richtete. Sie musste sich dennoch weiter in Geduld üben, denn der Mann, der offenkundig jahrelange Erfahrung als Butler vorzuweisen hatte, räusperte sich bedrückt.

„Mylady, erlauben Sie mir, mich zu Ihnen zu setzen."

Molly nickte lediglich, um nicht noch mehr Zeit zu vergeuden, die sie dem wartenden Droschkenkutscher später entlohnen müsste.

„Mylady, Sie befinden sich in einem Freudenhaus." Er sah ihr an, dass sie damit nichts anfangen konnte und führte deswegen vorsichtig aus: „Ein Ort, an dem Herren ihre Gelüste ausleben. Jene, die ihre Gattinnen ihnen verwehren."

Molly klappte vor Schreck der Mund auf. Im Nest einer Geliebten zu landen, war bereits verstörend, sich an einem Ort zu befinden, an dem es noch skandalöser zuging, raubte ihr beinahe die Fassung. Ihre Finger in ihrem Schoß zitterten so stark, dass die mit Holzperlen beschwerten Bänder ihres Täschchens an den eisernen Türklopfer schlugen, den sie noch immer in der Hand hielt.

Grayston seihte den Tee ab und schob ihr eine Tasse in die kalten Finger. „Mylady, ich riete Ihnen in anderen Umständen dazu, das Haus abzustoßen. Allerdings fänden Sie derzeit keinen Käufer und Sie brächten damit einige von den hier Lebenden in arge Bedrängnis." Seine buschigen Brauen zogen sich zusammen. „Wir sind nicht in der Lage, die Erträge, die Ihr Gatte von uns verlangte, abzuführen."

Molly starrte ihn noch immer entsetzt an.

„Aber Mylady, wenn Sie mich anhören wollen, so denke ich, dass wir eine für beide Seiten einträgliche Einigung finden werden." Er räusperte sich. „Ich bitte Sie, obwohl mir bewusst ist, wie vernichtend Ihre Erkenntnis sein muss. Für eine Frau in Ihrer Stellung." Er befeuchtete sich die spröden Lippen. „Aber mit etwas Zeit werden wir auch die Summe aufbringen können, die der Herr von uns verlangte." Er griff nach ihrer Hand. „Ich bitte Sie, uns eine Chance zu geben. Viele von uns haben nur dieses Haus und können nirgendwo sonst hin."

Molly zog schnell die Hand zurück und torkelte auf die Füße. Ihr Herz pochte wild in ihrer Brust und ebenso tanzten ihre Gedanken einen Ringelreihen, wobei sie sich nicht an die Schrittfolge hielten.

Grayston hob flehentlich die Hände. „Verzeihen Sie mir, Mylady, ich hätte Sie nicht berühren dürfen, ich habe die Kontrolle verloren."

Molly ballte die Hände zu Fäusten. All ihre Instinkte rieten ihr zur Flucht und doch kämpfte ein kleiner Teil in ihr darum, ihm Gehör zu schenken. Jenem, der die Ausweglosigkeit ihrer Situation und ihren Ernst erfasst hatte, kaum dass Gene das Zeitliche gesegnet hatte und sie das erste Gespräch mit ihrem Nachlassverwalter geführt hatte.

„Wir haben hier zwanzig Mädchen und fünf Männer, die keinen anderen Unterschlupf haben", beschwor Grayston sie eindringlich, wobei er ebenfalls auf die Füße kam. „Bitte! Wir brauchen diese Chance."

Fünfundzwanzig Personen mehr, die sie bedenken sollte? Sie hatte bereits die Verpflichtung, für das Wohl von sechs Personen zu sorgen: das der Haushälterin, des Mädchens, des Knechtes, der Schwägerin Enola und natürlich für das ihrer Tochter und für ihr eigenes. Es kostete bereits all ihre Kraft, wie sollte sie auch nur eine einzige Seele mehr verkraften?

Molly floh, stolperte die Stufen zum Flur hinauf und lief fast gegen den Mauervorsprung. Sie riss die Tür auf und stürzte weiter.

„Milburn Cresscent!“, schrie sie dem Kutscher ihre Adresse zu und kletterte selbst in die Droschke. Sie zitterte am ganzen Leib. Ihre Finger schlossen sich fest um den Klopfer und machten sie damit auf diesen aufmerksam. Sie ließ ihn fallen und rutschte von ihm fort. Gene! Oh, du verdammter Mistkerl! Selbst im Tode fand er einen Weg, sie zu drangsalieren.

Kapitel 1

Madame Noir

London, Club Noir, Frühling 1826

Molly spazierte durch den Salon und nickte einigen Stammgästen zur Begrüßung zu.

„Madame", rief Lord Spencer gewohnt nuschelnd und schwenkte seine Karten, so dass jeder sie sehen konnte. „Kommen Sie! Seien Sie meine Göttin!"

Molly folgte dem Ruf. Für einige Stunden am Abend ließ sie sich sehen, sprach mit ihren Gästen und hielt auch schon mal ihre Hand, wenn sie sich um Kopf und Kragen spielten. Es war notwendig, denn von den Gewinnen lebten sie.

Spencer schlang den Arm um ihre Taille und zog sie an sich. „Madame! Schenkt mir etwas Glück!"

„Mylord", tadelte sie fest, wobei sie sich direkt von dem massigen Leib des Earl of Spencer fortdrückte.

„Sie sollten sich bei Ihrem Benehmen nicht wundern, dass Ihnen Fortuna nicht hold ist."

Spencer ließ sie los, murmelte sogar eine Entschuldigung, obwohl sein Blick noch immer in ihrem Dekolleté zu verschwinden schien. Molly setzte sich neben ihn auf einen Hocker und lächelte ihn an, so gut es ihr möglich war. Auch vier Jahre in diesem Gewerbe hatten sie keine Gelassenheit gelehrt oder halfen sonst dabei, die Aufdringlichkeiten ihrer Gäste zu ertragen. „Nun Mylord, wie lange versuchen Sie bereits, dem Glück auf die Spur zu kommen?"

„Zu lang", murrte der Earl. „Viel zu lang!" Er warf eine Karte ab, von der selbst Molly wusste, dass es die Falsche war. Sie seufzte im Stillen. Spencer und Männer wie er waren der Grund, warum sie sich jeden Tag eine ausreichende Mahlzeit leisten konnte.

„Madame", murmelte jemand in ihrem Rücken. Der Schauer, der sogleich über ihren Körper huschte, verriet ihn bereits, auch wenn seine Stimme im Tumult des Salons fast unterging. Dennoch sah Molly über die Schulter zurück und schenkte ihm ein überraschtes Lächeln. Der Duke of Wakefield hielt ihr die Hand entgegen. Er führte ihre, die sie ihm nur widerwillig überließ, an die Lippen zu einem formalen Handkuss. Nun, wenn man es genau besah, wäre ein dermaßen inniger Handkuss ein haushoher Skandal in jedem noblen Salon.

Er zwinkerte mit seiner ureigenen Nonchalance, die erneut einen Fluchtreflex in ihr auslöste, den sie mühsam niederrang. „Sie sehen bezaubernd aus."

Ein solches Kompliment käme ihr nicht über die Lippen, besonders dann nicht, wenn es auf Wakefield gemünzt wäre. Zwar bestach der Duke mit einem tadellosen Auftreten und er konnte nicht nur Charme für sich verbuchen, sondern auch ein Aussehen, das so mancher Dame weiche Knie bereitete. Er war ein großer Mann, überragte nicht wenige seiner Standesgenossen und besaß dazu eine Haltung, die einem Gehorsam abtrotzte. Sein markantes Kinn verriet seine Selbstsicherheit, ebenso wie seine dunklen Augen. Sein Haar war so schwarz wie seine Seele, da hegte sie keinerlei Zweifel.

Molly hob das Kinn, behielt das starre Lächeln bei, sparte sich den Knicks, der ohnehin zu viel über ihre Herkunft verriete und bezwang ihre Aufregung. „So, Euer Gnaden?"

„So geheimnisvoll wie eh und je", murmelte er und machte Anstalten, ihre Finger erneut an die Lippen ziehen zu wollen.

Sie lachte gespielt geschmeichelt auf und entzog sie ihm eilig. „Wist, Euer Gnaden? Ich sehe, es ist noch ein Platz frei." Sie deutete durch den Raum zu dem Tisch, an dem das Kartenspiel gespielt wurde, wobei sie hoffte, er möge das Angebot annehmen. „Wen soll ich zu Ihnen schicken?" Jeder Gentleman hatte seine eigene Vorstellung davon, welches der Mädchen die persönliche Glücksbotin war und manche wechselten gern. Der Duke of Wakefield gehörte zu den Herren, die leider Gefallen daran fanden, Molly zu bedrängen, ganz gleich, wie standhaft sie Avancen abwies.

„Wie wäre es, Madame, wenn Sie mir heute Abend Gesellschaft leisteten?"

Molly verbiss sich ein Seufzen.

„Ich war zuerst!", mischte sich Spencer ein und stolperte auf die Füße, um seinen Arm erneut um Mollys Mitte zu schlingen. Er zog sie an sich. Aus dem Augenwinkel bemerkte sie Grayston, der einem der Lakaien einen Wink gab, ihr zu Hilfe zu eilen, was ihre Panik sogleich linderte.

„Mylord, Sie vergessen sich erneut", mahnte sie leise, um das Beben in ihrer Stimme zu verdecken. „Entlassen Sie mich."

Spencer presste sie nur fester an seinen Körper. „Madame", wisperte er. „So seid mir gefällig und ich verspreche ..."

Jarred, der bulligste ihrer Lakaien, räusperte sich vernehmlich in ihrem Rücken.

„Entlassen Sie mich oder Sie finden sich auf der Straße wieder, Lord Spencer." Keine harmlose Drohung, denn sie anzufassen führte zum Ausschluss. Hörte Spencer nicht auf, sie zu belästigen, bekam er Hausverbot, so lautete eine der Hausregeln.

Spencers Griff lockerte sich schlagartig. Molly entwand sich ihm, streckte die Schultern durch und mühte sich zur Härte. Sie maß ihn verärgert. Der Earl bestach weder durch Schick, noch durch Manieren, seine Knollennase war durch übermäßigen Alkoholgenuss gerötet, seine blauen Augen durch dunkle Tränensäcke kaum mehr ansehnlich zu nennen. Sein blondes Haar brauchte dringend die Aufmerksamkeit eines Kammerdieners, was ebenso auf seine Kleidung zutraf. Mit einem genaueren Blick konnte man mühelos ausmachen, was er über den Tag zu sich genommen hatte. Selbst Gene hatte sich um mehr Sorgfalt bezüglich seines Aussehens bemüht.

„Nun, Spencer, es scheint mir, Sie haben den Abend über Gebühr genossen." Sie deutete auf Jarred. „Man wird Sie hinausbegleiten. Dies ist Ihre letzte Warnung, haben Sie mich verstanden?"

Spencers Miene stürmte und er machte einen einschüchternden Schritt auf sie zu.

„Spencer", mahnte Wakefield in ihrem Rücken. „Sie haben Madame gehört."

Der Lord hob den Blick, aber Molly blieb angespannt, bis Spencer tatsächlich klein beigab und sich mit einer wackligen Verbeugung entschuldigte. Jarred folgte ihm, als er durch den Salon schwankte und Molly entließ den angehaltenen Atem. Momente wie diese erschütterten sie noch immer bis ins Mark. Allerdings war kaum ein Aufeinandertreffen, das sich auf den Club Noir bezog, in irgendeiner Weise angenehm zu nennen.

„Nun, Madame, da Sie Ihrer Verpflichtung für den Abend entronnen sind ..." Wakefield bot ihr den Arm an. „Leisten Sie mir doch Gesellschaft."

Sie hatte keinen Augenblick angenommen, auch seiner Gesellschaft ledig zu werden, also stählte sie sich. „Gern, Euer Gnaden, solange Ihnen bewusst ist, dass die Hausregeln auch für Sie gelten." Molly hängte sich bei ihm ein und ließ sich durch den Raum führen.

„Everham, mach Platz für Madame Noir."

Angesprochener Gentleman erhob sich von dem Zweisitzer, auf dem er gesessen hatte, und drehte sich. Seine dunklen Augen glitten schnell über sie, bevor er den Kopf neigte. „Madame Noir."

Molly blinzelte. Es war nicht unüblich, dass ihr neue Gentlemen vorgestellt wurden, die auf eine Aufnahme in den Club hofften, doch gewöhnlich wurde sie vorgewarnt. Ihre Finger wurden klamm, während ihr Herz einen Satz machte und lospolterte. Der Blick dieser tiefbraunen Augen lag beunruhigend fest auf ihr. Sie schluckte, was ihre Nervosität nicht wie sonst eindämmte, und zwang sich dennoch zu einer Begrüßung.

„Lord Everham." Wieder sparte sie sich den Knicks, bei dem sie ohnehin nur ins Straucheln geraten würde, und begnügte sich mit einem leichten Neigen ihres Kinns.

„Schwarz."

Wakefield schob sie weiter und Molly nahm mit seiner Hilfe Platz. Sie sah auf, erleichtert, sowohl der Berührung des Dukes ledig zu sein, als auch endlich ihre Fassade wieder errichten zu können. „Schwarz, Lord Everham?"

Wieder glitten die Augen des Lords über sie hinweg, als wolle er sich seiner Einschätzung erneut versichern. Ärgerlicherweise bewirkte er genau denselben Effekt wie zuvor.

Molly verkrampfte die Finger im Schoß, als auch ihr Magen einen Schlinger machte. Dieser Mann war gefährlich.

„Noir."

Wenn er etwas Bestimmtes zum Ausdruck bringen wollte, sollte er genauer werden, denn weder schätzte Molly es, bei einem Gespräch nach dem Sinn zu suchen, noch wäre sie derzeit dazu in der Lage.

„Verzeihen Sie ihm, Madame, es ist sein erster Aufenthalt im Club Noir und auch sonst ist er andere Gesellschaft gewohnt." Wakefield lachte auf, wodurch

Molly ein eisiger Schauer über den Leib lief und sie sich zwingen musste, nicht von ihm fortzurutschen und das Weite zu suchen. Er winkte einem Lakai zu. „Darf ich Ihnen etwas zu trinken anbieten?"

Molly nahm an, alles andere wäre geschäftsschädigend, denn neben den Einkünften aus den Spieltischen wurden sowohl die Getränke wie auch die Zusatzleistungen durch die Mädchen extra abgerechnet. „Gern, Euer Gnaden."

Der Duke bestellte Champagner für sie und Brandy für die Herren.

„Ihr erster Besuch", nahm Molly den Faden wieder auf. „Wie schön. Verdanke ich es Ihnen, Wakefield?"

Der Duke nahm ihre Hand auf, wobei er ungeniert in ihren Schoß griff. „Stets zu Diensten, Madame."

„Sie bürgen für ihn?" Sie zog die Finger zurück, dankbar, dass die Getränke gebracht wurden. Wakefield gehörte zu den Herren, die fortwährend versuchten, ihr näherzukommen. Zwar blieb er innerhalb der gesteckten Grenzen, aber sie spürte, dass seine Zurückhaltung nur gespielt war. Er war ein Mann, der sich auch nahm, was ihm nicht geboten wurde, weshalb Molly stets darauf achtete, nicht allein in seine Gesellschaft zu geraten, auch wenn er zu den Männern zählte, die den Club in seiner jetzigen Ausstattung erst möglich gemacht hatten, indem sie in den Club Noir investierten.

„Selbstredend." Wakefield prostete ihr zu, wobei sein Blick dermaßen heiß auf ihr lag, dass sie das Glas gern in einem Zug geleert hätte. „Everham ist vertrauenswürdig, dafür bürge ich."

Molly nippte an ihrem Apfelmost, den man ihr, ihrer Anweisung entsprechend, anstelle des Champagners gegeben hatte. „Sehr schön", krächzte sie. „Willkommen im Club Noir, Lord Everham." Sie lächelte ihn an, auch wenn sie kaum mehr erwarten konnte, endlich aufstehen zu können. Seine dunklen Augen hielten ihren Blick fest, hinderten sie daran, ihr Vorhaben einer schnellen Verabschiedung durchzubringen und vertrieben fast die Erinnerung daran, warum sie hatte gehen wollen. Sein Haar war tiefschwarz und rahmte sein kantiges Gesicht in einem Schnitt ein, der arg an Beau Brummel erinnerte. Fransen seines Haares lockten sich in Stirn und an den Seiten. Es wirkte etwas fehl am Platz, schließlich galt Brummel als verspielt und romantisch. Lord Everham machte nicht den Eindruck, die Art Mann zu sein, der mit dem Kopf in den Wolken schwebte und Zeilen rezitierte.

Molly schluckte. Es war völlig gleich, was für eine Art Mann Lord Everham sein mochte, von Belang war, dass er ihr hier keinen Ärger machte. Molly zwang sich, den Blick zu senken und sich auf das Geschäft zu konzentrieren.

„Nun, Wakefield, Sie weisen Everham in unsere Regeln ein, nicht wahr?"

„Natürlich, Madame. Sagen Sie nicht, Sie lassen uns schon allein!" Wakefield suchte wieder ihre Hand, die sie in weiser Voraussicht nicht in ihren Schoß gelegt hatte, sondern neben sich auf die Chaiselongue.

Schnell sah sie zur Uhr, die auf dem Kaminsims für alle gut sichtbar platziert worden war, um die vornehmen Herren an ihre Verpflichtungen zu erinnern. Und ihr einen Anhaltspunkt zu geben, wie lange sie noch in den unteren Räumen zu bleiben gedachte. An diesem Abend schlug der Zeiger zu ihren Gunsten. Mit einem leichten Seufzen gönnte sie ihm eine weitere Minute. „Aber nein. Sagen Sie, wie ist die Debatte verlaufen, von der Sie sprachen?"

„Politik?" Everham klang belustigt. Sein Ton wurde dabei tiefer und schickte ein kleines Kribbeln über ihren Leib, der sie verwirrte. „Wakefield, du verblüffst mich immer wieder!" Er lachte auf, ein rauer, dunkler Klang, der sie bannte. Gefährlich fürwahr.

„Ich warnte dich, dass der Club anders ist. Die Mädchen hübscher." Er führte ihre Hand an seine Lippen. „Und kultivierter."

„Ah, Euer Gnaden, Sie vergessen das Maßgebliche."

„Nein, ich glaube, das ist die Quintessenz", widersprach der Duke. „Also Madame, tatsächlich wurde die Entscheidung aufs Neue vertagt."

Molly seufzte, wobei sie unauffällig ihre Hand befreite. „Natürlich. Nun, die Frage der Sklaverei hat das Parlament Dekaden lang beschäftigt, wieso sollte es bei landwirtschaftlichen Fragen schneller entscheiden?"

„Warum geht man in ein Bordell, um über Politik zu diskutieren?" In Everhams Frage klang eine Spur Verachtung mit, was Molly direkt einen Schlag versetzte. Zwar waren ihr die gesellschaftlichen Normen nur zu bewusst, aber sie mochte sich in ihren eigenen Wänden dennoch nicht so geringschätzen lassen.

„Wir sind ein Club, Lord Everham, kein Bordell. Euer Gnaden, mir scheint, Sie haben Ihre Aufgabe noch nicht erfüllt. Entschuldigen Sie mich bitte." Sie erhob sich schnell, um Wakefields Widerspruch zuvorzukommen. Die Männer erhoben sich ebenfalls und der Duke streckte die Hand aus. Molly blieb schneller und wich aus. „Euer Gnaden, Mylord."

Trent Redington, 5. Earl of Everham, sah ihr nach und schüttelte für sich den Kopf. Madame Noir. Passend, denn sie trug, anders als die anderen Mädchen, schwarz. Von Kopf, dem schwarzen Haar, der Pfauenfeder, der Maske, die ihr Gesicht verdeckte, über das eng anliegende, tief ausgeschnittene Kleid, bis zu den schwarzen Pantoffeln an den Füßen.

„Noir."

Wakefield bedeutete ihm Platz zunehmen. „Fragst du dich, ob sie tatsächlich so dunkel ist, wie sie behauptet?"

Trent schnaubte und warf seinem Cousin einen Blick zu, den er wohl verstand.

„Politik, Wakefield? Ich kann mir beileibe nicht vorstellen, dass dich der Drang zur politischen Diskussion herführt." Trent lehnte sich in die Kissen zurück. Schon der erste Schritt hinein in dieses Freudenhaus hatte ihn verwundert. Nicht die Tatsache, dass sein Cousin solche Orte aufsuchte oder ihn gar ebenfalls dazu animieren wollte, es war mehr das Ambiente. Direkt an der Tür wurde man aufgehalten, als befände man sich in einem angesehenen Herrenclub. Trent wäre um ein Haar bereits bei der Anmeldung gescheitert, da er kein Mitglied war und auch kein Gesuch eingereicht hatte. Wakefield hatte ihn hereinschmuggeln können, aber nur unter erheblichen Kosten. Nach dem hell beleuchteten Vestibül, das mit einem Mauervorsprung abgegrenzt wurde, so dass man von dort kaum erkennen konnte, was einen erwartete, kam man in eine kleine Halle. Die Wände waren mit Seidentapeten verziert, was Trent direkt irritiert hatte. Auch sonst gab es an der Ausstattung nichts zu mäkeln. Der Teppich war vielleicht nicht neu, aber gut erhalten für die ständige Beanspruchung durch dutzende Füße, die Sitzgelegenheiten bequem, soweit er es von der Chaiselongue, auf der er saß, beurteilen konnte, und der Alkohol exquisit.

„Nein, selbstredend nicht", nahm Wakefield das Gespräch wieder auf, wobei dessen Augen die Puffdame nicht einen Moment verließen. Trent folgte dem Blick. Madame Noir stoppte an der Bar und sprach mit Lord Kilbridge. Sie legte dem Marquess die Hand auf den Arm und lachte auf. Dabei beugte sie den Kopf zurück und offenbarte ihren schwanengleichen Hals.

„Madame Noir interessiert mich."

„Natürlich", murmelte Trent wenig überrascht. Sein Cousin war nun wirklich kein Kostverächter und Madame Noir war sicherlich einige Bemühungen wert. Sie hatte eine Aura, die zur Ausstattung des Etablissements passte, aber nicht zu dem, was hier angeboten wurde. Trent musterte die Frau in Schwarz. Es gab etwas an ihr, das tatsächlich fesselte. Ihre Haltung war erstklassig, ihr Leib schlank und wohlgerundet, was durch die gegenwärtige Mode hervorragend zu beurteilen war. Ihr Dekolleté sorgte für dumme Gedanken und sie so unbefangen lachen zu sehen, ließ die Frage aufkommen, wie es wäre, ihr näherzukommen.

„Aber für dich findet sich hier sicherlich auch etwas."

„Wie meinen?", murmelte er, den Blick immer noch auf Madame gerichtet. Er konnte seinem Cousin nicht folgen, wollte sich aber nicht gleich eine Blöße geben.

„Es gibt hier einige Schönheiten und natürlich Spieltische."

„Hm." Trent nahm die Augen von der schwarzen Frau und ließ sie schweifen. Es gab gut ein Dutzend Mädchen, die sich im Salon verteilten. Auf den ersten Blick war jede nett anzusehen und sicherlich brauchbar, um seine Lust zu befriedigen, allerdings fehlte es ihnen an dem gewissen Etwas. Auch die Spieltische übten keinen Reiz auf ihn aus, auch wenn sie sonst gut besucht waren.

„Es gibt nette Räume und einige an ungewöhnlichen Möglichkeiten, sich zu vergnügen. Schau dich um. Ach, vielleicht sollte ich dir erst die Hausregeln näherbringen." Wakefield zwinkerte ihm über den Rand seines Brandyglases zu.

„Hausregeln?", griff Trent belustigt auf. Sollte er nun darüber belehrt werden, nicht Haus und Hof zu verspielen, keines der Mädchen mit nach Hause zu nehmen oder abzuwerben und das Interieur nicht zu beschädigen?

„Oh ja. Wer sich nicht an sie hält, wird gebeten, das Haus zu verlassen – und nicht wiederzukommen." Wakefield stellte das Glas ab und lehnte sich zurück. „Lady Noir wird nicht angefasst, ein Nein ist ein Nein und es wird nur verspielt, was die Tasche hergibt."

Trent starrte ihn an. „Ich fürchte, ich kann nicht folgen, Wakefield. Ein Nein ist ein Nein?"

„Wenn eines der Mädchen dich auffordert, sie in Ruhe zu lassen, solltest du besser auf sie hören."

Trent schüttelte den Kopf. „Wie bitte?"

Wakefield deutete auf den Lakai, der mit Getränken an ihr vorbeikam. „Die sind nicht zimperlich. Wirst du erwischt, einem der Mädchen – tja, wie soll ich es sagen – gegen ihren Willen zu nahezukommen, dann befördern die dich hinaus."

Trent schüttelte den Kopf. „Wie ungewöhnlich."

„Wenn du deine Gespielin verprügeln möchtest, bist du hier falsch. Alles andere ist mit Zustimmung der Mädchen erlaubt." Wakefield seufzte und verfolgte Madame mit den Augen.

„Und du wartest noch auf die Zustimmung, ja?" Auch Trent beobachtete Madame Noir. Sie verabschiedete sich von Kilbridge und wanderte weiter. Jeder Schritt wirkte wie ein fließendes Gleiten, wobei kaum eine Falte an ihrem Kleid in Bewegung geriet. Unglaubliche Eleganz für diese Umgebung.

„Sie ist interessant, Everham, und vielseitig."

„Sagtest du nicht, eine der Regeln wäre ..."

Wakefield lachte auf und riss sich vom betörenden Anblick der Lebedame los. „Ja. Finger weg von Madame Noir."

„Deine Regel oder eine Hausregel?" Trent leerte sein Glas wobei er sich fragte, warum es für ihn von Belang sein sollte. Schließlich gedachte er nicht, den amourösen Angeboten des Hauses nachzugehen.

„Hausregel und zu meinem Bedauern eine, die sehr scharf überwacht wird." Wakefield seufzte und schlug Trent aufs Knie. „Also, Handkuss ja, Po tätscheln nein." Er stand auf. „Schau dich um. Mach dir eine schöne Nacht!"

Trent hob verabschiedend die Hand. Sein Blick glitt durch den Raum. Es war ein dunkler Raum, viel schwarze Spitze und roter Samt, aber die gut positionierten Lüster machten den Salon gleichsam anheimelnd. Besonders die Bar in der vorderen Ecke war gut ausgeleuchtet. Über jedem Tisch hing ein Lichtspender. Die Mädchen waren allesamt zumindest bekleidet zu nennen, auch wenn sie deutlich mehr Bein und Brust zeigten, als Frauen es auf der Straße taten. Allerdings kannte er Bordelle, da waren die Mädchen deutlich nackter. Seine Augen blieben wieder an Madame Noir hängen. Sie war die Einzige im Raum, deren Röcke bis auf den Boden fielen. Sie war auch die Einzige, die eine Maske trug und deren Gesicht dadurch nicht zu erkennen war. Außer ihren lebendigen Augen und einem energischen Kinn mit weichen Lippen darüber.

Trent konnte Wakefield verstehen. Sie war eine anziehende Frau. Eine geheimnisvolle Frau und offenkundig äußerst begehrt. Sie wich Lord Chesterfields haschenden Händen aus. Madame strebte zur Tür, gab dem Lakai davor einen Wink und verschwand. Die Tür schloss sich hinter ihr und damit auch vor Chesterfield. Und blieb zu, obwohl dieser lautstark verlangte, durchgelassen zu werden. Interessant.

London, Shoreditch, zwei Nächte später

„Ah, Lord Everham, wie geht es Ihnen?"

Trent drehte sich zu Madame Noir um, überrascht, dass sie ihn ansprach. „Madame Noir", grüßte er und sah an ihr herab. Wieder war sie ganz in Schwarz gekleidet, verführerisch, aber nicht aufdringlich. Sie lächelte ihn an. Ihre Lippen süß gebogen. Sie war der Grund, warum er wiedergekommen war. Sie allein, denn ihr Anblick hatte ihn in so manchen Momenten beschäftigt.

Sie hob eine Braue, die nicht pechschwarz war wie ihr Haar. „Nun, genießen Sie Ihren Aufenthalt." Sie wendete sich ab und Trent fing schnell ihre Hand ein.

„Verzeihung Madame, ich war unhöflich." Er hob ihre Finger an die Lippen. Ihre Handschuhe reichten bis über die Ellenbogen und waren selbstredend schwarz. Darüber gab es einen Streifen milchig weißer Haut, bevor die Spitze ihres Kleides ihre Oberarme verdeckte. Über ihren Schultern lag eine Spitzenstola, die unter der Brust mit einer Brosche zusammengefasst war. „Sie sehen hinreißend aus."

„Danke, Lord Everham." Sie zögerte merklich. Weil er ihre Hand noch hielt?

„Das hielt mich einen Augenblick gefangen."

Sie legte den Kopf leicht zur Seite und befreite ihre Finger. „So? Nun, dann sollte ich Ihnen besser keine Gesellschaft am Kartentisch leisten, nicht wahr? Ich möchte keinesfalls, dass mir nachgesagt wird, zu Gunsten des Hauses zu agieren."

Ein Scherz. Trent grinste und drückte ihre Finger. „Darf ich Ihnen etwas zu trinken bestellen?"

Noch immer zögerte sie, lächelte aber weiterhin. Trent runzelte die Stirn, denn er meinte einen starren Zug um ihre Lippen ausmachen zu können.

„Vielleicht ein andermal. Ich habe leider noch einige Dinge zu erledigen."

Madame Noir umrundete ihn und Trent griff nach ihrem Ellenbogen. „Madame ...“

Er spürte, wie sie starr wurde, sah, wie sich ihre Augen weiteten und sie einen schnellen Luftzug inhalierte. Sie sah über die Schulter zurück, die Lider gesenkt, wodurch ihre leuchtenden Augen verborgen wurden. „Lassen Sie mich los!“ Leise, aber bestimmt. „Augenblicklich!“

„Gehen Sie nicht“, bat er, ihren Ellenbogen freigebend. „Bitte. Ein paar Minuten bloß.“

Ihr Kinn hob sich.

„Bitte.“

Langsam wendete sie sich um. „Seine Gnaden war wohl nicht deutlich genug, als er Ihnen unsere Regeln aufzählte.“ Sie legte ihre Hand flach auf die Theke, die andere war in ihrem Kleid vergraben und bebte leicht. „Also noch einmal deutlich: Hier wird kein Mädchen ohne seine Einwilligung angefasst.“

Trent sah ihr geradewegs in die hellen Augen. Sie strahlten von innen heraus. Wieder hob sich diese viel zu helle Braue.

„Gab ich Ihnen die Erlaubnis, mich zu berühren?“

„Nein. Es tut mir leid.“ Er hielt ihren Blick fest. „Es kommt nicht wieder vor.“

Ihre Lider senkten sich, ihr Kinn folgte. „Das hoffe ich.“

„Darf ich Ihnen einen Champagner bestellen?“

Sie atmete tief durch. Ihr Mund verkniff sich für einen klitzekleinen Moment, bevor sich ihre Haltung lockerte. „Ja, gern.“

Trent orderte einen Champagner und deutete zu einer freien Sitzgelegenheit. „Mögen Sie sich setzen?“

„Lord Everham, mehr als ein paar Minuten kann ich Ihnen nicht widmen." Sie lächelte dem Burschen hinter dem Tresen wesentlich zugeneigter zu als ihm und nippte an ihrem Champagner. „Nun, haben Sie Gefallen an unserem Club gefunden?" Sie warf ihm einen abwägenden Blick zu. „Was genau interessiert Sie?"

Trent setzte sein Glas an und nahm einen hastigen Schluck, einen zusätzlichen Moment, sich seine Antwort zu überlegen. Offensiv oder passiv? Er wusste, dass Wakefield bereits einige Monate regelmäßig im Club Noir verkehrte und wenn er Madame Noir noch nicht dort hatte, wo er sie haben wollte, nutzte er nicht den richtigen Weg. Er ließ das Glas sinken und zuckte die Achseln. „Es ist mein zweiter Besuch, Madame Noir, ich bin mir noch nicht im Klaren, ob der Club nach meinem Geschmack ist oder nicht."

Ihre feine Braue hob sich und mit ihr ein Mundwinkel. „So? Nun, vielleicht sollten Sie sich in Ruhe umsehen."

„Vermutlich. Vielleicht hülfe eine Führung."

Ihr zweiter Mundwinkel gesellte sich zum Ersten. „Eine Führung? Fein." Sie winkte und eine kleine Brünette tauchte schnell neben ihm auf. „Lord Everham, dies ist Milly. Milly, Liebes, Lord Everham ist neu bei uns. Sei doch so gut und führe ihn durch das Haus."

„Madame, Ihre Begleitung wäre mir lieber", mischte Trent sich schnell ein, schließlich wäre es ihm nicht recht, seinen kleinen Sieg bereits genommen zu bekommen. Einige Minuten hatte sie ihm zugestanden, die wollte er auch einfordern.

„So leid es mir tut, Lord Everham, aber dafür reicht meine Zeit nicht aus."

„Etappenweise", schlug er schnell vor. „Zeigen Sie mir eine Kleinigkeit an jedem Abend, den ich hier verbringe."

Sie zögerte. Ihre Lider senkten sich, ebenfalls ihr Blick und ihre Lippen öffneten sich zu einem Hauch.

„Was ist nötig, damit Sie mir diesen Wunsch erfüllen?"

„Sie verbringen den Abend hier? Die Nacht?" Sie schlug die Lider zu einem atemberaubenden Blick auf. Da war keine Zurückhaltung mehr, keine Schutzwand, die sie voneinander trennte. Das in diesem Augenblick war die wahre Frau hinter der Maske der Madame Noir. Ein Feuerstoß schoss in seine Lenden und lenkte seine Zunge.

„Ja, ich verbringe die Nacht hier." Mit ihr, wenn es nach ihm ginge. „Was immer es kostet."

Sie lächelte Milly an, legte die Hand auf ihre Schulter. Ihr Daumen rieb über das bare Fleisch. „Ich bringe ihn dir in fünf Minuten zurück, versprochen."

„Wie wäre es mit einem Glas Champagner, während du wartest?", bot Trent schnell an und bemerkte sogleich Madame Noirs Zufriedenheit.

„Oh, wie zuvorkommend, M'Lord", flötete Milly. Ihre Finger glitten über seinen Arm. „Ich warte dann." Sie befeuchtete sich lasziv die Lippen und schenkte ihm einen Blick, den er sich von Madame erhoffte: offen und bereitwillig.

„Schön." Trent hob die Hand und hielt sie Madame Noir entgegen. Aber sie ignorierte die Geste. Sie drehte sich von ihm fort.

„Folgen Sie mir, Lord Everham." Ihr fast volles Glas ließ sie stehen. „Ich nehme an, den Salon kennen Sie bereits?" Sie sah mit einem mokierten Lächeln zu ihm zurück, das ihn durchaus neckte. „Dann zeige ich Ihnen unseren chinesischen Salon – so er frei ist."

Der Lakai an der Tür öffnete ihr und ein Wink bedeutete ihm, Trent könne ihr folgen. Sie umrundeten die Treppe und Madame Noir streckte die Hand nach der Klinke aus. Trent kam ihr schnell zuvor. Sicherlich schätzte sie neben Großzügigkeit auch gute Manieren.

„Darf ich?" Er schob die zweiflügelige Tür auf und stand in einem roten Palast.

„Voilà, der chinesische Salon." Sie trat neben ihm ein und ging tiefer in den Raum. „Wenn Sie einige interessante Stunden hier verbringen möchten, wenden Sie sich an Grayston."

Trent sah sich um. Auf den ersten Blick war es lediglich ein Raum, der im asiatischen Stil eingerichtet war.

„Wir bieten hier anregende Massagen an." Ihr Grinsen war anregend genug. „Sie sollten es ausprobieren. Ich habe nur Gutes darüber gehört."

„Gern. Wann haben Sie Zeit dafür?"

Sie lachte auf und wendete ihm den Rücken zu. Ihre Hand glitt über die erhöhte Lehne eines mit einem Tuch bedeckten Stuhls. „Annie, Gerry und Fi bieten ihre Dienste auf diesem Gebiet an."

„Hm." Langsam wanderte er durch den Raum. Es gab eine Liege, die ebenfalls mit einem Tuch bedeckt war. Vor dem Kamin stand ein Kessel, der mit Wasser gefüllt war. Handtücher lagen bereit. Fläschchen und Phiolen bevölkerten kleine Tischchen. Er hob eines auf und entkorkte es. Der Duft nach Flieder stieg ihm in die Nase.

„Sprechen Sie Grayston an, Lord Everham."

Trent stellte das Fläschchen ab. „Das werde ich, Madame Noir. Ich muss gestehen, Sie haben mich neugierig gemacht."

„Ich denke, Ihnen wird unser Angebot zusagen, Lord Everham. Wir haben hier viele interessante Variationen. Sprechen Sie die Mädchen an." Sie deutete zur Tür. „Ich müsste mich nun verabschieden."

Trent durchquerte den Raum, um sie an der Tür abzufangen. „Madame?" Er stoppte sie, indem er ihre Hand ergriff. „Was werden Sie nun tun?"

Sie entzog ihm ihre Finger. „Meine Gäste begrüßen, wie jeden Abend. Begleiten Sie mich doch zurück in den großen Salon."

„Madame?" Er versperrte ihr den Weg und Madame Noir erstarrte erschrocken. Ihre Augen huschten hinter ihn und sie verlor etwas ihrer Steifheit.

„Lord Everham, ich muss darauf bestehen, dass Sie mich nun meine Aufgabe erfüllen lassen." Sie lächelte, aber ihre Bitte war fest und bestimmt.

„Madame, ich wollte mich lediglich über den Umfang Ihrer Aufgaben erkundigen." Dass er sie damit ängstige, hatte er weder beabsichtigt noch erwartet.

„Und ich habe Ihnen gesagt, ich müsse meine Gäste begrüßen." Sie hob ihr Kinn. „Was ich nun gerne täte!"

Trent hatte keine Wahl, also trat er zurück und deutete in den Flur. „Bitte, Madame. Es lag nicht in meiner Absicht, Sie von ihrer Verpflichtung fernzuhalten."

„Bitte, Lord Everham", überging sie seine Entschuldigung. „Hier entlang."

London, Club Noir, am nächsten Morgen

Molly ging ihre Einnahmen durch. Einer der wenigen Beschäftigungen rund um den Club Noir, die sie mit Freuden ausführte. Es war ein guter Abend gewesen, eine gute Woche. Sie hatten gute Gewinne einfahren können und es hatte auch verhältnismäßig wenig Ärger gegeben.

Es klopfte und Grayston trat in ihr Zimmer. „Madame", murmelte er. „Misty hat ein Problem." Er räusperte sich und Molly schwante Böses.

Hatte sie sich nicht gerade noch über den ausgebliebenen Ärger gefreut? Sie seufzte schwer und bedeutete Grayston, die Tür zu schließen.

„Welcher Art ist das Problem, Grayston?"

Er räusperte sich wieder und nahm Farbe an.

Molly seufzte erneut. Auch nach vier Jahren war es ein Thema, das sie beide vor Scham vergehen ließ.

„Sie scheint in anderen Umständen."

Molly stockte der Atem. Das war ein ernstes Dilemma. „Ich dachte", hauchte sie, „die Mädchen nutzen Vorkehrungen."

„Es ist nur eine Vermutung", murmelte Grayston, wobei er ihrem Blick auswich.

Molly senkte ihren auf die Rechnungstabellen. „Ich möchte mit ihr reden."

„Madame, Sie sollten ..."

„Etwas ist schiefgegangen und ich möchte wissen, was. Oh, verflixt!" Welche Tragödie. Sie legte ihre Feder zur Seite und stand auf, um Grayston zu folgen.

Die Zimmer der Mädchen befanden sich unter dem Dach. Sie waren eng und dunkel, aber immerhin hatte jedes der Mädchen ein eigenes und damit einen Ort zur Ungestörtheit. Molly klopfte an Mistys Tür. Man konnte verzweifeltes Schluchzen dahinter vernehmen. Ivy öffnete mit verweinten Augen, die sie sogleich aufriss.

„Madame!"

„Guten Tag, Ivy. Ich möchte mit Misty sprechen."

Ivy machte Platz. Misty lag in den Armen eines weiteren leichten Mädchens, Fi.

„Misty?"

„Es ist ein Unglück", versetzte Fi düster. „Aber es passiert."

„Dann ist es sicher?" Molly setzte sich zu den Mädchen auf die Bettkante. Fi zuckte die Achseln. „Sicher ist es, wenn es rauskommt."

Misty brach in lautes Wehklagen aus. Molly griff nach ihrer Hand, um sie versichernd zu drücken. „Schickt mich nicht weg, Madame! Wo soll ich denn hin? Was soll denn aus mir werden?"

„Was können wir tun?", krächzte Molly, Zahlen im Kopf. Misty war eines ihrer begehrtesten Mädchen. Wenn sie ausfiele, gäbe es erhebliche finanzielle Verluste. Dazu kamen die zusätzlichen Ausgaben für ihre Versorgung. Dann das Kind. Was sollten sie mit einem Säugling in einem Bordell anfangen? Molly schwirrte der Kopf.

„Was getan werden muss", murrte Ivy und tätschelte Misty die Schulter. „Madame, die Hebamme wird eine Bezahlung erwarten."

Molly sackte das Herz ab. Zusätzliche Kosten. „In Ordnung. Sie soll bei mir vorsprechen."

Sie schluckte schwer, schließlich hatte sie gehofft, in diesem Jahr endlich etwas Geld zurücklegen zu können. Endlich Aubreys Mitgift anlegen zu können und sie womöglich endlich auf eine Schule schicken zu können. Sie schloss die Augen.

„Madame?", sprach Grayston sie an. „Es ist üblich in dem Gewerbe, die Mädchen fortzuschicken." Wie wenig ihm die Aussicht gefiel, war ihm deutlich anzuhören. „Ich bitte Sie jedoch, es nicht zu tun."

„Was genau ist schiefgegangen?", fragte Molly ablenkend. „Ich dachte, es werden Vorkehrungen getroffen. Ich dachte, nach Lizzy wäre jeder von euch klar ..." Sie schüttelte den Kopf. Lizzy hatte ihre Schwangerschaft vor zwei Jahren verheimlicht und war bei einem Treppensturz ums Leben gekommen, mit dem sie das Kind hatte vertreiben wollen.

„Ich habe es gemacht", beschwor Misty schluchzend. „Jeden Abend! Nach jedem Mal!"

„Du musst es falsch gemacht haben." Das war doch die einzige Erklärung, die Molly einfallen mochte. Zugegeben, sie hatte keinerlei Erfahrung darin, den Samen eines Mannes daran zu hindern, sich festzusetzen und war damit durchaus zufrieden. Sie konnte tatsächlich nicht einschätzen, ob die Prozedur nun schwierig durchzuführen und zu Fehlern führen konnte oder nicht.

„Madame, man kann nicht viel falsch machen", wandte Ivy ein. „Man nimmt ein Schwämmchen, taucht es in Essig und führt es ein. Nach dem Akt wäscht man sich ausgiebig. Jede von uns erneuert ihr

Amulett einmal in der Dekade und wir trinken den Tee." Sie zuckte die Achseln.

Molly starrte Ivy an. „Mehr kann man nicht tun?"

„Sie könnten Schafdarm zur Verfügung stellen, aber die meisten feinen Herren verzichten lieber darauf." Ivy tat es mit einem Schulterzucken ab und wendete sich der jungen Kollegin zu, die herzzerreißend schluchzte.

„Schafdarm?", murmelte Molly verwirrt, sie konnte sich beileibe nicht vorstellen, was sie mit dem Tiergedärm anfangen sollten.

Grayston räusperte sich in der Tür. „Zum Überziehen, Madame. Ich denke, so genau möchten Sie es nicht wissen."

Überziehen. Molly schüttelte den Kopf. Nein, sie wollte es wohl nicht so genau wissen.

„Also, Grayston, schicken Sie einen der Burschen zur Hebamme." Sie seufzte laut. „Misty, beruhige dich bitte. Wir werden einen Weg finden, wie wir das Problem aus der Welt schaffen." Sie drückte die kalten Finger des Mädchens. „Ruh dich aus. Ivy und Fi müssen aber ihren Aufgaben nachgehen und können dir keinen weiteren Trost spenden."

„Bitte, Madame, schicken Sie mich nur nicht fort", flehte Misty verzweifelt, wobei sie sich wieder an Molly klammerte.

„Vorerst nicht", versicherte Molly und zog sich erschlagen zurück. Das war nicht nur ein kleines Problem und sie hatte keine Vorstellung davon, wie sie es lösen sollte. Nichts in ihrer Erziehung hatte sie auf solche Dinge vorbereitet und sie wünschte erneut, sie müsste sich nicht mit den Schattenseiten des Lebens auseinandersetzen. Ein zutiefst müßiger Wunsch, schließlich hatten sie die mehr oder weniger durchdachten Entscheidungen in ihrem Leben genau an diesen Ort geführt. Es hätte alles anders sein können, aber daran zu denken, ließe nur ihren Magen sich umstülpen. Besser, sie beschäftigte sich mit dem Hier und Jetzt.

„Grayston, wie oft kommt so etwas vor?"

„Madame, es ist der Lauf der Dinge."

Sie stockte. „Aber es ist das erste Mal, dass Sie mich involvieren!"

„So ist es, Madame. Bisher entschieden sich die Mädchen selbst dafür, wie sie es handhaben wollen. Sie gingen oder beendeten es beizeiten. Lizzy fiel unglücklich, aber es ist ein gängiges Mittel, um die Frucht abzutöten."

Molly lehnte sich gegen die blanke Holzwand. „Die Frucht? Das Baby? Mein Gott!" Sie starrte ihn an. Grauen lähmte sie.

„Ein Mädchen kann sich schlecht anbieten, wenn ein Säugling an ihrer Brust hängt."

Molly schloss die Augen, Aubrey im Sinn. Ihr kleines Mädchen, das sie selbst hatte stillen müssen, weil sie sich keine Amme leisten konnten. Man konnte nicht mehr viel tun, wenn man sich um so ein kleines Wesen kümmerte. Schon gar nicht, Männern zu Willen sein. Nicht einmal einem, geschweige denn ein Pensum, wie es Misty erfüllte.

Es war mehr als ein Desaster!

Kapitel 2

Club Noir

London, Club Noir, am Abend

Trent entdeckte Madame Noir auf Anhieb. Sie stand an der Bar, nippte an einem Glas Champagner und lächelte Lord Kilbridge zu. Ihr Blick schweifte ab und huschte durch den Raum, obwohl sie mit dem Marquess sprach. Wartete sie auf jemanden? Eifersucht spülte durch seine Adern und flammte auf, als ihre Augen über ihn hinweghuschten. Und wurde sogleich von süßer Freude hinfortgewischt, als sie zurückglitten und bei ihm hängen blieben. Für einen Moment, in dem die Zeit stehenblieb. Er war es, der genötigt war, den Kontakt zu brechen. Eines der Mädchen bat, er möge sie vorbeilassen und als er wieder aufsah, war Madames Interesse verpufft. Oder nicht? Sie stellte ihr Glas fort und verabschiedete sich knapp von Kilbridge. Ihr Weg führte sie jedoch nicht direkt zu ihm, sondern an ihm vorbei. Sie folgte dem Mädchen, das an ihm hatte vorbeikommen wollen und fing es ab.

„Misty!"

Das Mädchen riss die Augen auf und verlor an Farbe. „Madame?", wisperte sie verängstigt.

„Komm mit!"

„Madame", quiekte das Mädchen. „Ich bitte Sie, ich kann …"

„Nicht hier!" Madame Noir zog sie mit sich, an ihm vorbei, und aus dem Salon. Trent folgte ihnen neugierig.

„Was tust du hier unten, Misty?", fragte Madame und verschwand unter dem Treppenbogen. Trent folgte schnell.

„Ich kann arbeiten, Madame", versicherte Misty schrill. „Es geht mir gut. Bitte, ich kann meine Aufgaben erfüllen!"

„Misty, ich weiß, wie man sich fühlt, wenn man in dieser Konstitution ist. Du musst doch völlig erschöpft sein. Geh ins Bett und ruh dich aus." Madame sprach leise und sanft, obwohl der Befehl deutlich durchklang.

„Bitte Madame, ich fühle mich gut. Ich kann arbeiten", flehte das käufliche Mädchen weiter. Madame seufzte tief. „Bitte, Madame!"

„Fein, aber ich bestehe darauf, dass du dich schonst."

Misty fiel Madame um den Hals. „Danke, Madame! Ich danke Ihnen!"

„Misty." Madame schob das Mädchen an den Oberarmen von sich. „Versprich mir, dich zurückzuziehen, wenn du dich unwohl fühlst."

„Ja, Madame. Ich habe Lord Bender und Lord Morsley gesehen, sie sind sehr fürsorgliche Herren." Misty kicherte und kam im nächsten Augenblick tanzend an ihm vorbei. Madame wandte sich um, um ihr nachzusehen und fing seinen Blick auf. Sie nickte ihm zu, wobei sich ihre Lippen kurzweilig verkniffen.

„Lord Everham. Haben Sie sich verlaufen?" Es klang sehr nach einem Tadel.

„Ich war auf dem Weg nach draußen." Zum Abort, was natürlich eine Lüge war. Madame hob das Kinn.

„Oh, da möchte ich Sie nicht aufhalten." Sie deutete zur Hintertür.

„So dringend ist es nicht, Madame, und da wir so unverhofft aufeinandertrafen ..." Er verengte die Augen, weil sie tief einatmete. Seine Gesellschaft war ihr offenbar einmal mehr nicht genehm.

„Nun, Lord Everham, da wir so günstig aufeinandertrafen, warum sehen wir uns nicht den nächsten Raum an?" Sie deutete auf die Tür gegenüber des chinesischen Salons. „Unser französisches Boudoir."

Trent beeilte sich, die Tür für sie zu öffnen und beobachtete ihr verstecktes Mienenspiel. Sie wich seinem Blick aus, schluckte und schloss die zittrigen Lippen. Bei einer Lady hätte er es als deutliches Interesse gewertet. Bei einer Lebedame konnte es Belustigung sein, aber auch Abneigung. Anders als die Mädchen, die sich in diesem Haus tummelten, war Madame weder kokett, noch in einer anderen Art frivol. Und damit völlig anders, als man es von einer Kupplerin erwartete.

Sie trat tiefer in den Raum und drehte sich, um das Interieur zu präsentieren.

Trent sah sich um. Er könnte sehr gut in einem vornehmen Salon stehen, bei all dem Tand. Kopien von Louis XIV. Stühlchen standen herum, ein kleiner Mops kläffte und auf dem Beistelltischen standen edle Porzellantässchen herum.

„Ich traue mich nicht zu fragen, was hier angeboten wird, Madame."

Sie lachte auf und der Klang durchdrang jede Faser seines Leibes. Trent konnte sie nicht aus den Augen lassen. Das Gefühl, das der Klang ihres Lachens in ihm auslöste, war unfassbar und sicherlich überaus dumm. Er sollte sich weder zu ihr hingezogen fühlen, noch sich wünschen, sie stets zum Lachen bringen zu können, um in diesem warmen Schauer zu baden, der soeben durch seinen Körper floss.

„Dann frage ich besser nicht, was in Ihrem Kopf herumschwirrt", neckte sie ihn. In ihrem Blick lag eine ungewohnte Nachsicht, fast schon Zartheit, die perfekt zu ihr passte. Genau wie der Raum. Trents Atem stockte. Das französische Boudoir war eine Replik eines privaten Salons, wie ihn vornehme Damen gewöhnlich bewohnten. Hier wurde im familiären Kreis Tee serviert, Fremde hatten keinen Zutritt. Ging es hier darum? Eine Art vornehmen Hauch zu erwirken, damit sich die Herren wie zu Hause fühlten?

Madame Noir drehte sich von ihm fort, wobei ihr Blick seinen hielt, bis sie ihm letztendlich den Rücken zuwendete.

„Solange Ihre Fantasie beflügelt wird, haben wir alles richtig gemacht." Sie schritt zum Fenster und kontrollierte, ob es verschlossen war.

„Ich denke, es ist besser, wenn meine Fantasie hier nicht weiter beflügelt wird", murmelte er, da er bereits auf sicherlich unsinnige Gedanken kam, aber sie verstand ihn wohl. Für einen Augenblick sahen sie sich an und die Distanz zwischen ihnen schwand. Es mochte nur in seinem Kopf sein, aber die Wirkung war dieselbe. Die Vorstellung, sie an sich zu pressen, ihren nackten, schneeweißen Leib, und sie auf dem verrückt schmalen Ottomanen zu nehmen, sorgte für unangenehme Enge in seinem Hosenschritt.

„Sie sollten sich um Gitty bemühen", schlug Madame vor, wodurch sie ihn aus seiner erotischen Vorstellung riss. „Sie ist sehr gefragt für diese spezielle Form." Sie sah schnell an ihm herab, biss sich auf die Lippe, als sie über seine Mitte huschte und wendete sich dann demonstrativ ab. „Nun, ich möchte Sie nicht länger daran hindern, sich zu erleichtern."

Klartext: Sie wollte ihn schon wieder loswerden und dies, nachdem er schier für sie entbrannt war. „Madame." Sie blieb in sicherem Abstand vor ihm stehen und seufzte schwer.

„Lord Everham, jedes der Mädchen nimmt sich überaus gerne Ihrer an. Ich habe zu tun und kann mich nicht länger Ihnen allein widmen." Ihre süßen Lippen pressten sich ungehalten zusammen, auch wenn ihre Stimme freundlich blieb.

„Was genau ist Gittys spezielle Form?", spielte er auf Zeit, schließlich hatten Bitten sie bisher nie dazu gebracht, ihm tatsächlich mehr Zeit zu schenken.

Ihre Lippen entspannten sich. „Finden Sie es heraus. Ich schicke sie zu Ihnen."

„Ich habe wohl keine Chance, dass Sie mir zeigen, um was es geht, oder?"

Sie sah an der Tür zu ihm zurück. „Nein, Lord Everham. Ich stehe nicht zur Verfügung. Ihnen nicht, aber auch sonst niemandem." Sie wollte sich abwenden.

„Warum nicht?"

Sie stockte. „Es mag Ihnen seltsam erscheinen, Lord Everham, besonders an einem Ort wie diesem, aber nicht jede Frau ist käuflich." Damit war die Angelegenheit für Madame erledigt.

Trent sah ihr nach. Es war für einen solchen Ort tatsächlich eine merkwürdige Äußerung. Nachdem die Tür hinter ihr ins Schloss gefallen war, drehte Trent sich dem Raum zu, um sich seines ersten Eindrucks noch einmal zu versichern. Es blieb, dass jedes Detail ebenso aus dem Salon seiner Mutter stammen konnte. Selbst die Platzdeckchen auf den Lehnen der Sessel erinnerten ihn an die Handarbeit seiner werten Frau Mama.

Ein merkwürdiger Gedanke, ausgerechnet in einem Bordell mit einer Hure in diesem Umfeld intim zu werden. Natürlich fiel ihm auf, dass die Vorstellung, mit Madame Noir die Chaiselongue für ein Intermezzo zu nutzen, weitaus weniger ungewöhnlich gewirkt hatte.

Noch in Gedanken versunken, bemerkte er nicht gleich, dass er nicht mehr allein war. Finger krabbelten sacht über seinen Arm und fingen seine Aufmerksamkeit ein. Im ersten Moment floss seine Libido über. Heißes Blut schoss in seine Männlichkeit, weil er daran glaubte, Madame sei zurückgekehrt und habe sich eines anderen besonnen.

Er drehte sich, um mit ihr über ihre Worte zu sprechen, schließlich ging es ihm nicht um ihre Käuflichkeit, sondern um ihre Gunst. Er war bereit, sie für ihr Entgegenkommen zu entlohnen, so sie es wünschte, wollte sie aber nicht als Liebesdienerin, sondern als Geliebte.

Trent bemerkte den Fehler umgehend. Das Mädchen, Gitty, so vermutete er stark, schließlich hatte Madame Noir sie empfohlen, sah mit deutlichem Verlangen zu ihm auf, wie er es sicherlich nicht so bald in Madames Augen sehen würde.

„Das ist ein Missverständnis. Gitty, richtig?"

„Madame schickt mich, M'Lord." Sie drückte ihm einen Kuss auf das Kinn, während ihre Hände bereits abrutschten. Sie schindete keine Zeit, wusste genau, wie man einen Mann anfassen musste und ihn schnell entkleiden konnte.

Trent hatte Mühe, Gitty davon zu überzeugen, ihre Dienste nicht zu benötigen.

„Sie werden es nicht bereuen, M'Lord", behauptete sie, an seinem Hosenstall nestelnd. „Es tut auch gar nicht weh!" Sie kicherte und ging vor ihm auf die Knie. „Und es ist ein Geschenk von Madame." Gitty zog die Kordeln aus den Ösen und klappte den Latz herunter.

„Ein Geschenk?"

Gitty zwinkerte zu ihm auf. „Oh ja! Geht aufs Haus." Sie wühlte in seinem Hemd nach seinem besten Stück, das bei dem Gedanken an Madame Noir tatsächlich direkt wieder anschwoll.

„Holla!" Gitty ließ ihre Hand an ihm abgleiten und befeuchtete sich die Lippen. Sie verschwendete keine Zeit, umschloss ihn direkt und sog an der empfindlichen Spitze seiner Männlichkeit. Trent biss die Zähne zusammen, um ein Stöhnen zu unterdrücken. Immerhin war Gitty schwarzhaarig und bei der Perspektive war es nicht schwer, sich auf die Liebkosung einzulassen. Er ließ nach wenigen Minuten die Lider zufallen, um sich ganz auf seine Vorstellung zu konzentrieren. Madames volle Lippen, wie sie sich zu einem Lächeln verzogen. An ihm. Um ihn herum. Ihre Finger rieben seine Hoden aneinander, sanft und unglaublich anregend. Trent wob seine in ihr Haar, um ihre Bewegung zu führen. Sie züngelte an seiner Eichel entlang, sog an ihr und schob ihn tief in ihren Rachen. Ein fester Druck an seinem Schaft und Trent verlor die Kontrolle. Er kam und riss die Lieder auf. Der Abklatsch eines französischen Salons begrüßte ihn spöttisch in seinem Pomp. Gitty sah zu ihm auf. Ihre Zunge glitt verführerisch, genüsslich über ihre Lippen. „Hm."

Trent schluckte.

„M'Lord?", wisperte sie mit einem Blick, der sicherlich so einige um den Verstand brachte und mit sich hadern ließ, dass das Pulver bereits verschossen war. Auf ihn hatte es eher eine ernüchternde Wirkung.

„Madame hat recht. Du verstehst dein Handwerk." Er räusperte sich und fischte nach einer Münze. Sicherlich hatte Madame Noir ihn mit ihrer Großzügigkeit lediglich von sich ablenken wollen. Er war darauf eingegangen, ohne ihren Hintergedanken in Betracht gezogen zu haben. Sie wollte, dass er sich vergnügte, aber gleichsam sollten seine Sinne und Gedanken ebenfalls abgelenkt werden.

„Aber es war doch ein Geschenk.“

„Wenn Madame mir ein Geschenk machen möchte, sollte sie es selbst tun.“ Trent wendete sich ab, mit den Schnüren seiner Breeches beschäftigt. Nun, augenscheinlich beschäftigt, denn eigentlich wunderte er sich über seinen Ärger. Er sollte zufrieden sein. Er hatte es genossen, so schnell es auch vorbei gewesen war. Was also brachte ihn auf?

„Brauchen Sie noch etwas, M'Lord?“, fragte Gitty, sich die grinsenden Lippen abwischend. „Soll ich Sie zurück in den Salon geleiten?“

Er schüttelte den Kopf. „Ich muss kurz ins Freie.“

Trent brauchte etwas frische Luft. Allerdings war *frisch* im Hinterhof durchaus ein Problem. Der Abort stand nah am Haus und viel mehr Platz gab es auch nicht. Trent lehnte an der Wand und sah in den sternenbesetzten Himmel. Madame Noir geisterte in seinen Gedanken herum und sorgte damit für eine unangenehme Spannung in der Leiste. Nicht jede Frau war käuflich. Demnach versuchte er es besser gar nicht erst über die Verhandlung eines horrenden Preises. Es gab nur einen anderen Weg, eine Frau ins Bett zu bekommen, zumindest mochte ihm sonst keiner einfallen. Allerdings war es fraglich, ob sich eine Madame Noir tatsächlich verliebte. Und wie sich eine Frau verliebte, die von Geld nicht angezogen wurde. Aber vielleicht lag er da auch falsch. Nur weil sie sich nicht als käuflich erachtete, hieß es nicht, dass Vermögenswerte für sie nicht attraktiv waren, also Putz in Form von erlesenen Kleidungsstücken und

Schmuck, sowie Blumen und Pralinen. Wohlgesetzte Worte nicht zu vergessen. Sie klang durch ihre wohlakzentuierten Worte gebildet, vielleicht sollte er es mit Poesie versuchen?

Er verdrehte die Augen und stieß sich von der Wand ab, um die Gunst der Stunde zu nutzen. Wo er schon einmal am Austritt stand, konnte er das Geschäft auch erledigen.

Er stockte, sich die Hose schließend, und dabei an der Fassade aufsehend. Licht fiel auf den Hof, erleuchtet durch die unzähligen Fenster der Rückfront. An einem stand ein schwarzer Schatten und schob die Gardinen zu. Madame? Sie verschwand hinter dicken Stoffbahnen und trat ans nächste Fenster. Es war offen und Trent konnte beobachten, wie sie in die Hocke ging und etwas aufhob. Ein Schatten fiel über sie und ein kleiner, erschreckter Schrei wurde abgewürgt. Trent machte einen Schritt vor, starrte gebannt das Fenster an. Ein Kopf erschien, eine Faust, die herabsauste. Mein Gott!

Trent stürmte zum Haus. An der Treppe wurde er von einem Burschen aufgehalten. Ohne Begleitung könne er nicht hinauf.

„Madame Noir wird angegriffen!" Er räumte den Burschen aus dem Weg und stürzte weiter. Es musste das Zimmer zur Rückfront sein, also durchquerte er den ersten Stock und riss die Tür auf. Der Kamin flackerte wild und gab der Szenerie einen grausigen Anstrich.

Unter dem Fenster hielt ein bulliger Mann Madame Noir am Boden fest. Ihr Kleid war eingerissen und zeigte mehr Haut als üblich. Wie viel mehr wurde erst deutlich, als Trent ihn von ihr herunterriss. Er schlug nach ihm und erkannte ihn, als er am Boden lag.

„Was zum Teufel fällt Ihnen ein, Spencer?", spie er. Der Standesgenosse wischte sich den Mund ab.

„Verschwinden Sie, Everham, das geht Sie nichts an!"

Der Raum füllte sich. Grayston und einer der Lakaien stürmten hinzu.

„Raus hier, alle miteinander", brüllte Spencer. „Madame und ich haben Geschäfte zu erledigen!"

„Ein Nein ist ein Nein", hielt Trent dagegen. „Und ich kann mir nicht vorstellen, dass Madame wünscht, geschlagen zu werden."

Der Lakai griff nach Spencers Arm, der sich sogleich wieder befreite. „Fass mich nicht an! Was Madame und ich tun, geht niemanden etwas an!"

Trent schätzte, dass Grayston und der Lakai in der Lage waren, Spencer zu bändigen und wendete sich von ihm ab. Madame Noir stöhnte leise. Er ging vor ihr in die Knie und schlüpfte aus seinem Justaucorps, um es über ihre Blöße zu legen. Dann berührte er ihre geschundene Wange und sie stöhnte erneut, schmerzerfüllt und lauter als zuvor. Ihre Wimpern flatterten und hoben sich langsam.

Trent wischte ihr Blut von der Lippe, wobei er betont vorsichtig vorging, um ihr keine Schmerzen zu bereiten. Trotzdem schlug sie seine Hand weg und versuchte eilig fortzurutschen. In der Folge schrie sie auf und verlor den Halt. Die Rechte umklammerte sie mit der Linken und ihre Lippen pressten sich blutleer aufeinander. Das floss dafür woanders.

„Verdammt!", zischte Trent und fischte sein Taschentuch aus seinem Justaucorps. Er griff nach ihren Händen und zupfte ihren Handschuh ab.

„Wir brauchen hier einen Doktor", gab er Anweisung. „Und mehr Tücher."

Ihr Handschuh versteckte eine blutige Handfläche und einen ebenso besudelten Ring. Trent starrte ihn einen Moment verblüfft an. Damit hatte er nicht gerechnet. Niemals wäre ihm in den Sinn gekommen, dass Madame verheiratet sein könnte. Welcher Mann duldete schon, dass sein Weib in einem solchen Haus arbeitete und sei es nur, um die Gäste zu begrüßen.

Sie versuchte nicht einmal seine Hände fortzuschlagen, als Trent sie umschlang und aufhob. Er sah sich um. Neben der Tür stand ein Schreibtisch vor dem Kamin. Die Fensterfront endete bei einem Paravent und daneben verbarg ein Vorhang etwas. Trent strebte darauf zu. Tatsächlich versteckte sich ein Bett hinter dem Brokat, auf dem er sie vorsichtig absetzte.

Grayston räusperte sich hinter ihm. „Mylord, haben Sie Dank, aber wir übernehmen Madames Pflege nun."

Auch Madame Noir zog sich eilig von ihm zurück. „Danke, Lord Everham." Ihre Stimme war ungewohnt zittrig und Tränen standen in ihren Augen. Ihr Blick begegnete dem seinen kaum, so sehr er sich darum auch bemühte.

„Spencer hat sie geschlagen", murmelte Trent, wobei er die Hand an ihre Wange legte und sie sanft streichelte. Sie drehte das Gesicht weg. „Ihr Auge …"

„Madame, soll ich nach Dr. Norris schicken?"

Trent ließ die Hand fallen, als sie aufschreckte.

„Nein! Es ist nicht nötig. Es sind nur Blessuren.“ Sie rutschte weiter zurück, wobei sie achtsam die verletzte Hand im Schoß geschützt hielt. Sein Taschentuch war bereits durchgeblutet.

„Blessuren?“ Trent folgte ihr tiefer ins Bett, um ihre Finger aufzuheben. „Das ist ein tiefer Schnitt, Madame!“

Sie schluckte und zog die Finger zurück. „Gehen Sie bitte, Lord Everham.“

„Ihre Verletzung muss versorgt werden“, beharrte Trent verbissen. „Grayston, schicken Sie nach Dr. Norris.“

„Grayston, wenn Jarred Lord Spencer vor die Tür gesetzt hat, dann soll er sich Lord Everhams annehmen.“

Trent schnaubte. „Madame, so vergelten Sie mir mein Eingreifen?“

„Gehen Sie bitte!“ Ihre großen blauen Augen funkelten durch ihre Tränen und machten es schier unmöglich, ihrer Bitte zu entsprechen. Trent presste die Lippen aufeinander. Er wollte bleiben, sich versichern, dass sie versorgt wurde und bald gewohnt selbstsicher auf den Füßen stünde. Er wollte keine Tränen in ihnen sehen, keine Trauer oder Leid.

„Lord …“, hob sie zittrig an. Ihre Lider senkten sich und sie begann zu zittern „… Everham.“

Sie war am Ende ihrer Kräfte.

„Fein“, unterbrach er sie schnell, um sie nicht unnötig weiter zu strapazieren. Trent rutschte aus dem Bett. An der Tür blieb er noch einmal stehen und sah zu ihr zurück. Sie hielt die verletzte Hand an die Brust gedrückt, ihr Blut netzte sein Justaucorps und den Kopf hatte sie an die Kopflehne des Bettes gelehnt.

„Madame, Sie sollten Dr. Norris …“, begann Grayston.

„Sie wissen, dass wir uns keine weiteren Kosten leisten können“, murmelte sie.

„Es sind Ausgaben, die nötig sind, Madame“, insistierte er, aber Madame schüttelte den Kopf.

„Ich übernehme die Kosten.“

„Nein“, schlug sie keuchend aus. Sie war bereits recht fahl im Gesicht und es stand zu befürchten, dass ein Disput ihr den Rest gab, also nickte er ihr zu.

„Geruhen Sie wohl.“ Trent verließ das Zimmer und forderte den Lakai, der zuvor Spencer hinausgebracht hatte dazu auf, nach Dr. Norris zu schicken. Eine Traube Mädchen drückte sich am Kopf der Treppe herum, sie gafften und tuschelten aufgeregt miteinander und die ersten vornehmen Herren steckten ihre Köpfe aus dem Salon.

„Ihr solltet euch um eure Aufgaben kümmern, sicher wird Madame es nicht schätzen, wenn ihr sie vernachlässigt.“

Die Mädchen stoben davon und Trent konnte nur noch warten.

London, Club Noir, am nächsten Abend

Trent blieb in der Tür stehen und sah sich um. Madame Noir befand sich nicht im Salon, aber das hatte er eigentlich auch nicht erwartet. Er war nur in den Club gekommen, um sich nach ihrem Befinden zu erkundigen. Statt Madame Noir befand sich eine andere auffällige Dame an der Bar und sprach mit Lord Kilbridge. Der Marquess schien es nicht merkwürdig zu finden, statt mit Madame Noir mit einer Frau in Rot zu tändeln. Trent trat abgelenkt zur Bar und traf auf einen alten Bekannten.

„Pemberly?"

Pemberlys sonst so sanften Augen legten sich aufgebracht auf ihn. „Everham", knirschte er zur Begrüßung. Seine hellen Brauen stießen über seiner Nasenwurzel zusammen und sein gesamtes Antlitz war arg gerötet. Keine Frage, der Standesgenosse kochte vor Ärger.

„Was tust du denn hier?" Trent sah an Pemberly herab und bemerkte die geballten Fäuste. „Ich dachte, deine Braut hält dich beschäftigt."

Die Aufmerksamkeit des Standesgenossen driftete ab und seine Augen legten sich auf die Frau in Rot. „Ja", knirschte er. „Enolas Schwägerin ist bei uns und ich dachte, ich nutze die Gelegenheit."

Trent folgte seinem Blick. „Das ist nicht Madame Noir."

„Rouge", korrigierte Pemberly bissig. „Und du kommst besser nicht auf dumme Ideen!"

„Madame Rouge?" Trent schnaubte belustigt. Ein böser Blick ließ sein Grinsen abgleiten.

„Oh", machte er und lenkte schnell ab. „Ich habe sie hier noch nie gesehen."

„Teilhaberin", murrte Pemberly und zuckte die Achseln. „Keine Ahnung, wie sie ihre Aufgaben einteilen."

Trent fand, dass er schon eine ganze Menge wusste. „Dann ist Madame Noir heute nicht hier?"

„Nein. Entschuldige mich." Pemberly ließ ihn stehen und gesellte sich zu Madame Rouge. Sie trug eine rote

Maske und ihre braunen Augen legten sich verstimmt auf Pemberly.

„Mylord, wenn Sie sich nicht an die Regel halten mögen, muss ich Sie leider vor die Tür setzen." Sie tippte Pemberly vertraulich auf die Brust und ließ ihn stehen. Pemberly sah ihr nach wie ein verletzter Grizzly. Trent kam um die Theke herum und stellte sich in Pemberlys Blickfeld.

„Dein Interesse ist nicht zu übersehen, alter Freund. Es ist nicht ganz in deinem Sinne, oder?" Er fing Pemberlys Blick ein. „Oder?"

„Nein", grummelte er, aber es fiel ihm schwer, Madame Rouge nicht mehr nachzusehen.

„Schön. Wie wäre es mit einem Brandy?" Trent bestellte ihnen Getränke und schob ein Glas zu seinem alten Schulfreund, der sich gehetzt umsah.

„Komm. Dort in der Ecke hat man den ganzen Salon im Blick." Und Pemberlys Starren fiel womöglich nicht ganz so auf. „Also, nach deiner Hochzeit habe ich dich nicht mehr gesehen."

„Honeymoon."

„Ein ganzes Jahr?" Trent nippte an seinem Brandy. „Und kaum bist du wieder in der Stadt ..." Er folgte Pemberlys Blick. Madame Rouge lehnte am Whisttisch und beschwor die Spieler, auf ihr Glück zu vertrauen.

„Wegen Enolas Schwägerin", grummelte Pemberly. „Ich wäre auf dem Land geblieben."

„Also familiäre Schwierigkeiten? Dann wundert es mich nicht mehr, dich hier anzutreffen." Obwohl die permanente Verfolgung der Hausdame etwas seltsam anmutete. „Pemberly?"

„Hm? Oh nein, Molly ist ein Schatz." Er überdachte seine Worte. „Zumeist. Aber auch eine Löwin, wenn es um ihr Baby geht." Er zuckte die Achseln. „Die Kleine Aubrey soll bald auf ein Internat und Molly dreht deswegen durch." Wieder schweifte sein Blick durch den Salon. „Sie besteht darauf, sie wegzuschicken und gleichsam will sie die Kleine nicht gehen lassen. Versteh einer das Weibsvolk!"

Trent lachte auf. „Versuch es gar nicht erst."

Pemberly stimmte zu. „Wie sieht es bei dir aus? Noch immer keine Ambitionen, an den Altar zu treten?"

Trent zuckte die Achseln. „Sieht derzeit nicht danach aus."

„Vielleicht solltest du dich häufiger in passender Gesellschaft aufhalten und nicht in zwielichtigen Clubs." Pemberly grinste schief. „Natürlich nur, wenn du an einer Verehelichung interessiert bist. Für oberflächliche Vergnügungen bist du hier genau richtig."

Trent setzte das Glas ab, aus dem er hatte trinken wollen. Pemberly grinste noch immer und von seiner vorherigen Anspannung war nichts mehr zu spüren. Trent sah sich um. Madame Rouge hatte den Spielsalon verlassen.

London, Pemberly House, am frühen Morgen

Molly wanderte ungeduldig durch den Salon. Das Haus lag bereits in tiefer Ruhe und es gab eigentlich keinen Grund, aufzubleiben. Enola war nicht allein im Club, ihr Gatte beaufsichtigte sie und doch machte es

Molly nervös. Sie war immer nervös gewesen, wenn Enola die Schicht übernahm. Endlich hörte sie Stimmen im Flur und huschte hinaus. Molly seufzte erleichtert.

„Molly!"

„Wie war es?" Sie hielt sich den Morgenmantel mit der unverletzten Hand an der Brust zu. „Gab es Ärger?"

„Nein, Molly", flötete Enola und nahm sie in den Arm. „Es war so aufregend!"

„Nie wieder", grummelte Pemberly und durchbohrte erst Enola und dann Molly mit brennendem Blick. „Finde eine andere Lösung, Enola wird nicht noch eine Nacht als Madame Rouge auftreten."

„Pemberly!" Enola legte den Arm um Molly und schob sie vor. „Schau doch, wie sie aussieht!"

Pemberlys Blick wanderte über Mollys Gesicht, aber es machte ihn nur entschlossener. „Ich will nicht, dass du so aussiehst, Enola! Ich möchte nicht, dass man dich angreift!"

„Oh Pemberly", flötete Enola und hielt ihm die Hand hin. „Du bist doch bei mir. Und es ist sicher, nicht wahr Molly?"

„Wäre es sicher, wäre Molly nicht überfallen worden." Er zog Enola zu sich und schlang den Arm um ihre Mitte. „Bitte, Enola, ich möchte mich nicht streiten. Es ist zu gefährlich." Er drückte einen Kuss auf ihre Schläfe. „Es muss einen anderen Weg geben", beschied er fest und sah Molly dabei in die Augen. Molly seufzte.

„Wir sollten zu Bett gehen und am Morgen darüber sprechen. Einverstanden?" Sie versuchte zu lächeln, aber ihre Lippe brannte direkt, als wäre sie erneut aufgeplatzt. Sie hob die Hand und sah sich bestätigt. Blut netzte ihre Finger.

„Oh Molly!" Enola drehte sich zu ihrem Gatten um und sah verärgert zu ihm auf. „Sieh doch! Sie kann unmöglich morgen Abend in den Club gehen."

London, Club Noir, am nächsten Abend

Molly nippte an ihrem Apfelmost. Ihre Lippe brannte und ihr Auge war noch nicht abgeschwollen, weshalb sie nicht sonderlich gut sah. Pemberly war hart geblieben und hatte Enola strikt verboten, ihre Schicht zu übernehmen.

„Es ist eine Schande", versicherte Lord Kilbridge und tätschelte Mollys Hand. „Sie sollten hart durchgreifen!"

Molly versuchte zu lächeln, ohne dass es schmerzte. „Das werden wir, Lord Kilbridge."

„Und doch war es nett, mal wieder mit Madame Rouge zu plaudern."

„Sie hat es auch außerordentlich genossen, Lord Kilbridge."

Der alte Marquess schnaufte zufrieden. „Sie fehlt mir, Madame. Sie nahm sich immer Zeit. Verzeihen Sie, Madame, aber Sie sind stets kurz angebunden."

Molly legte ihre Hand auf seine. „Es ist sicherer. Sie sehen ja, was passiert, wenn man keinen Abstand wahrt."

„Madame."

Molly fuhr ein Schauer über den Leib und sie zog die Hände zurück. Sie sah auf, in Everhams dunkle Augen. „Ah, Lord Everham, Sie beehren uns wieder?“

Sein Blick glitt über ihr Gesicht und es war, als trüge sie keine Maske, nichts, was sie versteckte. Es schüchterte sie ein und doch flatterte etwas in ihrem Magen, das von süßer Aufregung kündete. Sie war ihm zutiefst dankbar für ihre Rettung, auch wenn er sich unerhört beharrlich in ihre Belange mischte.

„Ich habe Sie nicht hier erwartet, Madame, und Sie sollten auch nicht hier sein.“

Molly lachte auf und bereute es. Ihre Hand fuhr an ihren Mund und berührte vorsichtig ihre Lippe. Dennoch blieb eine Spur Belustigung. Er führte sich auf wie Pemberly, nein, schlimmer noch, aber an Gene versuchte sie seit Jahren nicht mehr zu denken.

„Sie sollten sich ausruhen.“

Molly sah strafend auf. „Das werde ich, Lord Everham, vielen Dank für Ihren guten Rat.“

Seine Lippen wellten sich amüsiert. „Wie ich sehe, sind Sie bereits versorgt.“ Er deutete auf ihren Kelch. „Wie bedauerlich.“

„Nun, hier gibt es genügend Mädchen, die sich über Ihre Großzügigkeit freuen würden.“ Sie lächelte vorsichtig. „Ihnen hat Gitty doch gefallen.“

„Darüber denke ich nach, nachdem Sie mir ein weiteres Zimmer gezeigt haben. Oder zwei? Ich hatte nicht die Gelegenheit, mit Madame Rouge zu sprechen.“

Molly senkte den Blick auf ihre Finger. Ihr kleiner Trick mit Gitty war aufgegangen und doch bestand er auf ihre Begleitung. Zwar schmeichelte es ihr in gewisser Weise, schließlich war er ein aufmerksamer und fürsorglicher Galan, aber sie durfte nicht vergessen, was er im Schilde führte. Ihn gelüstete es nach der verbotenen Frucht, wie allen Männern.

Allein aus diesem Grund sollte sie ihm schnell die Vorstellung nehmen, je mehr von ihr erhaschen zu können als Worte.

„Fein, Lord Everham. Dann lassen Sie uns sehen, was ich Ihnen heute zeigen kann." Sie schob ihr Champagnerglas von sich, das wie üblich nur mit Most gefüllt war. Und drehte sich noch einmal zu Lord Kilbridge um. Der war jedoch bereits im Gespräch mit Fi. „Waren wir schon im Keller?"

„Nein, Madame."

Molly gab Jarred einen Wink und er öffnete die Tür für sie, dann verließ er seinen Posten und folgte ihnen. Everham sah sich zu ihm um.

„Sie sind sicher bei mir, Madame, Sie brauchen sich nicht zu fürchten."

Das hatte Spencer auch beständig behauptet. Dass er sie verehrte und sie lediglich glücklich machen wollte. Bemerkenswerterweise hatte Gene etwas ganz Ähnliches gesagt, als er vor all den Jahren um sie warb. Molly rief sich zur Ordnung, weder die Erinnerung an Spencer, noch die an Gene waren dazu angedacht, ihre Contenance zu wahren und ihre Aufgabe mit einem Mindestmaß an freundlicher Offenheit zu erfüllen.

„Jarred wird uns begleiten, Lord Everham", beschied sie und führte ihn um die Treppe herum. Er eilte vor, um ihr wie stets die Tür aufzuhalten.

„Jarred." Der bullige Lakai entflammte die Petroleumleuchte und hob sie hoch, um ihnen den Weg zu weisen. Langsam stieg sie die Stufen hinab, wobei ihre Hand über den Handlauf schwebte.

„Madame, was genau befindet sich im Keller?", erkundigte sich Everham in ihrem Rücken. Sie meinte, eine Spur Beunruhigung aus seiner Stimme heraushören zu können, was ihre Nervosität linderte, mit einem Mann allein ein Zimmer betreten zu müssen.

„Oh, seien Sie versichert, Sie haben nichts zu befürchten."

Everham lachte leise. Es war ein zu beruhigender Klang und wickelte sie sogleich in einen Mantel aus Vertrauen.

Jarred entzündete die Lüster, die den Keller beleuchteten, und zog sich dann zurück.

„Willkommen in der Hölle." Molly wich zur Seite aus, auch wenn sie wesentlich kleiner war als ihre Begleitung und ihm sicher nicht den Blick verstellt hatte.

Everham trat über die Schwelle und drehte sich im Kreis. „Gott im Himmel", murmelte er tatsächlich verunsichert. Es gab ihr das Gefühl von Macht und damit genügend Selbstbewusstsein, um ihn zu necken.

„Damit wir uns nicht falsch verstehen, Lord Everham, keines der Mädchen wird hier angebunden, geschlagen oder in den Käfig gesteckt." Sie behielt ihn im Auge, wartete auf seine Reaktion, in der Hoffnung, keinen Missmut zu entdecken.

Everham fuhr sich durchs Haar und schüttelte den Kopf. „Madame, soll das bedeuten, dass Herren hier ... festgehalten und geschlagen werden?"

Molly grinste und es machte ihr absolut nichts aus, dass es wehtat. Sie hatte wahrlich nicht oft die Oberhand bei einem Gespräch mit einem Mann und es tat einfach gut, sich tatsächlich nicht fürchten zu müssen. „Ja. Verbrüht, verbrannt, ausgepeitscht, geschlagen und an allen Körperteilen gequetscht. Hört sich interessant an, nicht wahr?“

Everham starrte sie an. „Oh, bitte sagen Sie mir nicht, dass es die Behandlung ist, die man von Ihnen bekäme!“

Molly lachte auf und drehte ihm den Rücken zu. Er hatte es offenbar noch nicht verstanden, jedoch hatte der Gedanke, einem Mann so wehzutun, wie sie es von ihnen gewohnt war, durchaus einen Reiz.

Sie trat an die Wand, an der Eisenösen befestigt waren. Auf dem Tisch daneben lagen einige Utensilien bereit. Peitschen, Holzschlägel, Schnüre, Klemmen und solche Dinge. Ihre Finger glitten über den Griff einer neunschwänzigen Peitsche.

„Nein.“ So verführerisch der Gedanke tatsächlich war. „Ich begrüße lediglich unsere Gäste. Aber ich kann Maud zu Ihnen schicken.“ Sie wendete sich ihm zu. „Ich kann nicht versprechen, dass sie sanft sein wird.“

Everham brach in Lachen aus. Er hielt sich den Bauch und sah sie an. „Danke Madame, aber ich denke, auf die Erfahrung verzichte ich lieber.“ Sein Kopf legte sich leicht zur Seite. „Es sei denn, Sie können sich dazu durchringen, es selbst zu tun.“

Molly nahm die Peitsche auf und wog sie in der Hand. Sie umfasste den Griff und schlug sich testend auf die Hand. „Au!“ Dabei vergaß sie völlig, dass der Schnitt der Glasscherbe, nach der sie sich unmittelbar vor Spencers Übergriff gebückt hatte, noch nicht verheilt war.

Everham eilte zu ihr und nahm ihr die Peitsche ab. „Ich habe es mir anders überlegt, Madame. Selbst wenn Sie es anböten, lehnte ich ab." Er schüttelte den Kopf und warf die Peitsche zu den anderen Accessoires. „Ich bin kein Freund von Gewalttätigkeiten." Er nahm ihre Hand auf, sein Daumen rieb dabei sanft über die Innenfläche und er sah auf sie herab, bevor er sie an den Mund hob. Everham hauchte einen Kuss auf ihre Wunde, ohne sie tatsächlich zu berühren.

„Sollten Sie nicht im Bett sein, Madame?"

Molly hielt den Atem an. Er stand so nah vor ihr, dass sie die Schlieren in seinen Augen ausmachen konnte und sie meinte sogar, dass sein Atem über ihre Wange strich.

„Sollten Sie sich nicht von Ihren Verletzungen erholen?" Er hob den Blick, wo er mit ihrem verschmolz. Sein Halt um ihre Finger wurde etwas fester und Ärger schlich sich in seine kantige Miene. Seine Lippen verzogen sich zu einem kargen Strich, während seine Augen sich gefährlich verengten. „Schickt er sie her? Liegt ihm so wenig an Ihrem Wohl, dass er sie selbst verletzt an diesen Ort schickt?"

Molly schwirrte der Kopf. Sie musste irgendwann irgendetwas überhört haben, einen bedeutenden Teil ihrer Konversation, denn sie konnte ihm beim besten Willen nicht folgen. Er?

„Hat ihm Spencers Übergriff nicht die Augen geöffnet?"

„Ich kann Ihnen nicht folgen, Lord Everham“, murmelte sie zittrig und versuchte, ihre Hand zurückzuziehen, aber er hielt sie fest.

„Ich habe Ihren Ring gesehen“, offenbarte er, wobei sein heißer Atem tatsächlich über ihre Wange flog.

Erschrocken entriss sie ihm ihre Hand und wich mit hart pochendem Herzen zurück. War es von Bedeutung, dass er mehr von ihrem wahren Leben wusste als andere? Mehr als er sollte? Verheiratet zu sein oder gar Witwe, war nun wirklich kein Alleinstellungsmerkmal, sondern in vielen gesellschaftlichen Schichten die Regel. Dennoch blieb die Beunruhigung bestehen. Molly stieß bei ihrem Rückzug gegen den Tisch und stützte sich ab, obwohl dabei ein gemeiner Stich durch ihren verwundeten Arm schoss.

„Madame, Sie sind hier nicht sicher, das wird Ihrem Gatten doch bewusst sein. Es ist unverantwortlich ...“

Molly brach den Blickkontakt. Es ging nicht an, dass er sich beständig in ihre Belange mischte und unter eben jener Voraussetzung, die er annahm, war es doppelt fragwürdig. Was fiel ihm ein, die mögliche Entscheidung ihres Gatten anzuzweifeln?

„Lord Everham, das geht Sie nichts an.“

Er klappte den Mund zu. Ein Muskel an seiner Wange zuckte, weil er den Kiefer fest zusammenpresste.

„Sie brauchen das Geld“, mutmaßte er dräuend. „Deswegen. Deswegen kommen Sie auch her, wenn Sie kaum dazu in der Lage sind.“ Er kam wieder näher, trat fast auf ihren Rocksaum und hob die Hand. Seine Knöchel glitten sacht über ihre Wange und hoben dann ihr Kinn an. „Madame, ich helfe Ihnen aus.“

Sie sah zu ihm auf. Der Ernst in seiner Miene war beängstigend. Molly schluckte, unsicher, wie sie ihn zugleich beruhigen wie auch ablenken konnte. Sie konnte schwerlich über die Absichten eines Gatten diskutieren, der nicht mehr existent war und die Wahrheit zu offenbaren, war schier undenkbar. Sie erschauerte allein bei dem Gedanken daran.

„Was benötigen Sie, um über die Runden zu kommen, ohne hier sein zu müssen?“, wisperte er. Die Eindringlichkeit in seiner Miene machte sie sprachlos. Für einen wahnwitzigen Augenblick malte sie sich aus, auf ihn einzugehen, dann wies sie sich zur Ordnung. Niemals!

„Mylord.“ Molly nahm seine Hand von ihrem Gesicht und ließ sie fallen. „Für kein Geld der Welt.“ Sie wich zur Seite aus, um an ihm vorbeizukommen.

„Madame?! Warten Sie.“ Er fischte nach ihrer verletzten Hand, aber er blieb so sacht, dass es nicht von Bedeutung war.

„Lord Everham, es gibt hier sechzehn Mädchen, die sich liebend gern Ihrer annähmen. Richten Sie Ihr Augenmerk bitte auf sie.“

„Sie missverstehen mich, Madame“, beharrte er und hielt sie zurück. „Ich erwarte keine Gegenleistung. Keine, wie sie Ihnen in den Sinn kommt.“ Er entließ ihre Finger und hob die Hände. „Es geht mir lediglich um Ihr Wohl, Madame.“

„Lord Everham, wir wissen beide, dass dem nicht so ist. Grayston wird Ihnen Ihre Auslage erstatten. Gute Nacht.“ Molly wendete sich ab.

„Madame, ich erwarte nicht mehr von Ihnen, als hin und wieder einige Minuten Ihrer kostbaren Zeit.“

Er stand noch immer an der Wand mit den Ösen, während Molly bereits den ersten Fuß auf die Stufen setzte.

„Mehr werden Sie von mir auch nicht bekommen, Mylord. Es wäre mir lieb, vergäßen Sie dies nicht wieder."

„Madame, ich sorgte mich lediglich um Ihr Wohlbefinden!"

Seit Jahren sorgte sich niemand mehr um sie. Die Feststellung riss ihr beinahe den Boden unter den Füßen fort. Ihre Mutter kam ihr in den Sinn und deren Stolz über Mollys Entwicklung, zumindest bis zu jenem verhängnisvollen Tag. Die Schwester, die sie stets verulkt hatte und der Bruder, von dem das höchste Lob jenes gewesen war, dass er ihr den Kopf getätschelt hatte. Der Vater hingegen ...

Molly streckte die Hand nach der Wand aus und sie senkte den Kopf, um ihre Gemütsverfassung zu verbergen. Tränen brannten in ihren Augen. Ihre Familie sorgte sich nicht mehr um sie und Everham? Es wäre dumm, es ihm zu glauben. Die Männer, die herkamen, sorgten sich nicht um das Wohl von käuflichen Frauen. Nicht einmal um das ihrer eigenen Ehefrauen, Schwestern und Töchter.

„Mein Wohlbefinden geht Sie nichts an, Lord Everham."

Er war hinter ihr, sie spürte es, noch bevor sich seine Hand um ihre Taille legte.

„Madame?" Sein Atem kroch über ihre Haut und sie zog die Schulter hoch. „Sie werden doch nicht das Bewusstsein verlieren?"

Sie atmete zittrig ein. Eine berechtigte Frage, fühlte sie sich doch tatsächlich recht wacklig auf den Füßen.

„Kommen Sie, ich helfe Ihnen hoch." Er schlang den Arm um ihre Mitte und stützte sie. „Sie sollten sich setzen", raunte er und zog sie zur Tür des chinesischen Salons.

„Er ist besetzt", keuchte sie. „Der orientalische." Sie deutete auf die Tür neben dem französischen Salon. Er hatte den Vorteil, dass einer der Lakaien, die sich im Flur aufhielten, sie sicherlich sehen würde.

Everham führte sie zum orientalischen Salon und dort zum nächstgelegenen Diwan. Molly setzte sich, die Finger an die Stirn legend. Lichter blitzten vor ihren Augen auf. Everham drängte sie zurück, aber sie bemerkte es kaum, abgelenkt von dem anschwellenden Ton in ihren Ohren. Sie schloss die Lider und bekam sie nicht wieder auf.

Molly blinzelte. Finger streichelten sacht ihre Wange. Sie lag. Sie hörte jemanden atmen, ganz nah bei ihr. Gene? Ihr Herz stockte vor Schreck.

„Hier ist der Tee, Lord Everham."

Molly runzelte die Stirn. Everham? Und blinzelte erneut. Nicht Gene beugte sich über sie, obwohl er ebenso dunkelhaarig und braunäugig gewesen war.

„Madame?", murmelte er sanft. „Ich habe um Tee gebeten. Der sollte Ihre Lebensgeister wieder beflügeln." Er schob die Hand unter ihren Rücken und hob sie an, um sie aufzusetzen. Dann übernahm er den Tee von Grayston. „Hier."

Ihre Finger zitterten, als sie das Porzellan entgegennahm. „Haben Sie Dank, Mylord", murmelte sie automatisch und hob die Tasse an den Mund. Es war der gute Tee, den sie für ihre Gäste vorrätig hatten, das schmeckte sie sofort. Sie spürte seinen Blick auf sich, war aber nicht in der Lage, ihm zu begegnen.

„Mylord“, sprach Grayston Everham nach einem dezenten Räuspern an. „Madame sollte sich nun zurückziehen.“

„Ja“, murmelte Everham abwesend. „Das sollte sie.“

Molly ließ die Tasse sinken. „Dies ist übrigens der orientalische Salon“, krächzte sie. „Sie sollten bleiben und sich von Jasmin und Nara verwöhnen lassen.“

Schnell stellte sie die Tasse fort und stand auf. Sie bereute es, erfasste sie doch umgehend ein Schwindel. „Ich bin mir sicher, Lord Everham, dass Sie es genießen werden.“ Sie streckte die Hand nach Grayston aus, der sie eilig ergriff.

„Sehr wohl, Madame“, murmelte der, während er ihr den dringend benötigten Halt gab.

„Und was erwartet mich hier, Madame?“, rief Everham ihr nach.

„Lassen Sie sich überraschen“, gab sie zurück. „Grayston?“

„Natürlich, Madame.“

Sie ließ sich herausführen und in ihr Zimmer bringen. Den Rest der Nacht verschlief sie in wohliger Zufriedenheit.

Kapitel 3
Ein Kuss in Ehren

London, Club Noir, Frühsommer 1826

Trent folgte Madame Noir mit den Augen. Knapp eine Woche nach dem Angriff schien sie wieder ganz die Alte zu sein. Selbstsicher und auf Abstand bedacht. Das war in Ordnung, bekam er doch in jeder Nacht seine fünf Minuten absoluter Aufmerksamkeit. Noch. Sicherlich gab es nicht mehr allzu viele Zimmer, die er noch nicht gesehen hatte und wie sollte er dann seine Zeit einfordern?

Madame Noir löste sich von Lord Bender mit einem Tippen auf seinen Arm. Sie lächelte ihn an und neigte den Kopf. Eine elegante Geste, die so typisch für sie war. Eine, die hier völlig fehl am Platz war und eher in den Salon eines vornehmen Hauses gehörte.

Sie begrüßte die Gäste. Er hatte sich nicht viel dabei gedacht, aber es wurde langsam offensichtlich, dass es genau das war, was sie verriet. Die vornehme Art war nicht gespielt, sie war echt. Eingebläut von Kindheitsbeinen an. Trent spürte seine Anspannung, die augenblicklich da war, wenn er daran dachte.

Madame Noir gehörte nicht in diese Umgebung, sollte nicht hier sein und doch schickte ihr verfluchter Gatte sie her, damit sie sein Auskommen sicherte. Ungeachtet der Folgen.

Madame Noir stoppte am nächsten Spieltisch und brachte einige aufmunternde Worte an. Trent bestellte ein Glas Champagner und fing sie ab.

„Ah, Lord Everham.“ Sie nickte ihm zu, wobei er meinte, dass ihre Augen aufleuchteten, und nahm das Glas entgegen. „Sie beehren uns wahrlich jeden Abend.“

Auch ihr Tonfall besaß eine gewisse Wärme, die ihn beruhigte. Es war offenkundig eine gute Nacht und damit eine, in der er auf einige zusätzliche Minuten und neckende Worte hoffen durfte.

„Nur an Abenden, an denen Sie anwesend sein werden.“

Sie wussten beide, dass es also jeden Abend bedeutete.

Madame hob eine Braue, ihre Lippen kräuselten sich, obwohl sie sich ein deutliches Grinsen verbat. Sie war durchschaubar und gar nicht so geheimnisvoll wie er zunächst angenommen hatte. Alles machte Sinn, wenn man das Puzzle zusammensetzte. Ihre Erziehung hatte ihr eingetrichtert, wie sie mit Gentlemen umgehen musste, ganz gleich in welcher Umgebung sie sich befand. Ihr Gatte mochte sie für seine Zwecke einsetzen, aber er konnte ihr nicht nehmen, was sie ausmachte: ihre Eleganz, ihr Feingefühl und ihre Zurückhaltung, für die Trent sie bewunderte. Sie war eine starke Frau, keine Frage, und das war etwas, was ihm imponierte.

„Hm", machte sie. „Was soll ich mit Ihnen anfangen, Mylord?" Ihr Glas senkte sich und auch die Finger ihrer anderen Hand legten sich leicht um das zerbrechliche Gefäß.

„Nun, ich bin firm in Politik, Botanik, einigen Wissenschaften … ich denke, wir finden ein Thema, das uns beide beschäftigt hält."

Sie lachte auf, wobei ihre Augen funkelten. „Sie haben sich scheinbar bereits Gedanken gemacht, wie Sie mich bei Laune halten wollen." Sie schüttelte den Kopf und ein sanfter Tadel wich der Belustigung. „Vielleicht sollten Sie nicht mehr kommen, sondern Ihresgleichen besuchen."

„Weil ich Gesprächsthemen vorschlage, die unabhängig von unserer Umgebung sind?" Er fischte nach ihrer freien Hand, um sie an die Lippen zu ziehen und sie dann auf seinem Arm zu platzieren. Um tatsächlich ungestört mit ihr zu sein, eignete sich ein kleiner Rundgang stets am besten.

„Weil sie zwar die Nacht hier verbringen, aber keines der Mädchen in Anspruch nehmen, Lord Everham. Ich muss nicht erwähnen, dass die Spieltische Sie ebenfalls nicht halten."

„So ist es." Trent seufzte theatralisch. „Es ist tatsächlich die Neugierde, die mich hertreibt."

„So?" Sie glaubte ihm kein Wort, wie ihre funkelnden Augen verrieten. Und ihr Lächeln.

Ihr weiches, sanftes Lächeln, das ihm unglaubliche Zurückhaltung abverlangte, denn obwohl er wusste, dass ihr Gatte sie daheim erwartete, sehnte er sich nach ihr.

„Was dieses Haus noch alles versteckt hält!"

Wieder lachte sie. „Fein. Kommen Sie, ich offenbare Ihnen ein weiteres Geheimnis." Sie nippte an ihrem Champagner und stockte. Ein fast erschrockener Ausdruck huschte über ihre feinen Züge, die zwar weitgehend von ihrer Maske verdeckt wurden, aber genug sehen ließen, um ihre Mimik zu deuten. Ihre Zunge glitt über ihre Lippen. „Champagner." Ihre Stimme bebte und sie schluckte schwer, wobei sich ihr Blick auf ihn richtete.

„Wie immer."

Sie fing sich, zwängte ein Lächeln auf ihre Lippen und tat es mit einem eleganten Winken ihrer freien Hand ab. „Ja. Ja, natürlich."

„Und wie immer nehmen Sie nur einen kleinen Schluck."

Ertappt senkte sie die Lider. Er drückte ihre Finger, die er zunächst einfangen musste. Es gab einige Dinge, hinter die er noch nicht gekommen war oder für die eine Bestätigung noch ausstand. Ihr Trinkverhalten war eines. Natürlich ließ sich vermuten, dass Angebote auf einen Drink angenommen wurden, um den Ausschank anzukurbeln und sie stets nur einen kleinen Schluck nahm, um einen klaren Kopf zu behalten.

Aus dem Augenwinkel bemerkte Trent, dass Lord Hammond Madames Aufmerksamkeit erhaschen wollte und lenkte ihren Spaziergang daher schnell um. Besser sie verließen den Salon, bevor jemand weniger Rücksichtsvolles die Dame des Hauses für sich beanspruchte.

„Also, was werden Sie mir heute zeigen?"

Sie hob das Glas erneut an die Lippen. Er hatte noch nie gesehen, dass sie tatsächlich zwei Mal an einem Glas nippte.

„Es ist schon recht spät, ich kann nicht mit Sicherheit sagen, welche Räume nicht belegt sind." Sie zuckte die Achseln. „Kommen Sie."

Trent führte sie hinaus und die Stufen hinauf. Dort sah sie sich um. Ihr konzentrierter Blick glitt über die Türen in diesem Stockwerk.

„Hm."

„Alles belegt?", mutmaßte er, sie im Auge behaltend.

Sie nippte an ihrem Glas, während ihre Augen erneut von Tür zu Tür flogen. „Ich kann Ihnen das Dampfbad zeigen, allerdings war es in Benutzung."

„Ein Dampfbad?" Er fing ihren Blick auf.

„Ja." Ein Grinsen huschte über ihre Lippen. „Kommen Sie, Everham." Sie ergriff seine Hand und zog ihn mit sich, um die Stufen herum. Trotz der Handschuhe verspürte er einen kleinen Schlag. Noch nie hatte sie ihn von sich aus berührt und es sprach deutlich dafür, dass sie sich für ihn erwärmte.

Das vorderste Zimmer beinhaltete eine große Badewanne und einen großen Ofen. Schwaden standen in der Luft und netzten sogleich sein Gesicht. Madame Noir ließ ihn los und strebte zu den Fenstern, um sie aufzureißen. Die Sicht klärte sich langsam. Sie leerte ihr Glas und stellte es auf einem Tablett ab, dann bückte sie sich fahrig nach einigen am Boden liegenden Badetüchern und brachte sie mit zurück zur Tür.

„Es wurde noch nicht aufgeräumt“, erklärte sie peinlich berührt. Ihre Wangen hatten Farbe angenommen, wie er trotz des recht dichten Schleiers sehen konnte. Sie wich seinem Blick aus und stopfte die Tücher in einen Korb.

„Ein Bad?“, versucht er die Stimmung wieder zu lockern. „Bitte klären Sie mich auf, Madame. Was erwartet einen hier?“

„Ein Bad.“ Sie kicherte und erstickte es mit ihren Fingern. Ihr Blick flog zu ihm. Eine Note Verwirrung lag in ihm.

„Ich nehme an, man wird gewaschen? Von einem oder mehreren leicht bekleideten Damen?“

„Ah, Mylord, Sie scheinen es erfasst zu haben.“ Sie hob den Blick. „Aber da ist wohl mehr.“

„Mehr?“, griff er auf, schlicht fasziniert von dem Funkeln ihrer klaren blauen Augen. Er wollte definitiv mehr. Mehr von ihr.

„Ein Dampfbad. Viele unserer Gäste nutzen es zum Ausklang einer langen Nacht. Wasser mit Duftessenzen wird verdampft und man sitzt hier und ...“ Sie biss sich auf die Lippe und senkte die Lider. „Es heißt, es sei sehr anregend.“ Ihr Kopf neigte sich, als sie flatternd die Lider niederschlug. Ihre Finger tanzten nervös vor ihrem Bauch, als könnten sie sich nicht entscheiden, welche Lage ihnen genehm war.

„Vielleicht sollten Sie es versuchen?“

„Und wer ist meine weibliche Begleitung?“ Trent trat auf sie zu und hob ihr Kinn an. Ihre schüchterne Verwirrtheit war so erquickend, dass er sie einfach berühren musste. Sein Daumen glitt sacht über ihre Unterlippe.

„Jedes Mädchen.“

„Hm“, raunte er. Keines der Mädchen interessierte ihn und das wusste sie sehr genau. „Nur waschen, oder?“

„Ja“, hauchte sie. „Und ... Wasserspiele.“

„Wasserspiele?“ Er beugte sich vor, angezogen von ihren leisen Worten. Seine Lippen streiften ihre und setzten ihn in Brand. Sie hielt den Atem an. Ihre Finger ruhten auf seinen Oberarmen und ihre Lippen waren leicht geöffnet, als baten sie um mehr.

Trent stockte. Das sollte er nicht tun, so sehr er es auch wollte. Er wollte, dass sie ihm vertraute, er wollte, dass sie sich für ihn entschied und trotz ihrer Fortschritte war es hierfür viel zu früh. Seine Lippen legten sich dennoch zu einem sanften Kuss auf ihre. Sie schmeckte nach prickelndem Champagner. Ihr Seufzen beruhigte ihn. Solange er kein Nein hörte, sollte alles in Ordnung sein.

Trent vertiefte seinen Kuss, legte dabei sacht den Arm um die kleine, sonst so flüchtige Frau. Er strich ihr eine feuchte Strähne aus der Stirn und ihre Lider hoben sich, um ihm in die Augen zu schauen.

Atemberaubend! Ihr Gatte war ein Narr. Trent verschmolz ihre Lippen erneut miteinander, küsste sie, bis süßes Feuer ihn verschlang. Ihr Busen drückte sich gegen seine Brust und er ließ von ihrem Mund ab, um kleinen Küssen eine Spur über ihren Hals zu bahnen. Sie war exquisit!

Trent umfasst ihren Busen, drückte leicht zu, bis ihr der Atem stockte und stöhnte in ihr Dekolleté. Sein Gesicht verbarg sich in der feuchten Spalte der weichen Halbkugeln, was ihn seine Zurückhaltung kostete. Ihre weiche, warme Haut zu spüren, war noch berauschender als es ihre schüchternen Küsse waren. Er schob sie zurück, bis sie die gekachelte Wand stoppte und lehnte sich gegen sie.

„Wie heißt du?", wisperte er an ihrem Ohr. Er war des Versteckspiels überdrüssig. Er wollte wissen, wer ihn schier um den Verstand brachte. Mit einem Lächeln. Er raffte ihren Rock, schob seinen Schenkel zwischen ihre, um ihr noch näher zu sein, ihre verborgene, intime Haut zu spüren. Er stöhnte an ihrem Mund, an seinem Sehnen verzweifelnd. Er musste wissen, wie sie hieß. Er wollte schlicht nicht an Madame Noir denken, an die Kupplerin in einem Bordell. Er wollte ihr anderes Ich. Ihr eigentliches Wesen ergründen, samt der Nähe, die damit einherging.

Er schob die Hand in ihren Schoß, suchte nach der Öffnung in ihrer Unterwäsche und fand süße Hitze. Er rieb an ihr, verschluckte ihr Schnaufen, während sie die Finger in seinem Haar vergrub und ihn an sich drückte. Es war richtig. Er und sie, ganz gleich, wessen Namen sie trug und doch ließ es ihn nicht los. Sein Daumen suchte den kleinen Knopf, der sich in jedem weiblichen Schoß versteckte, mochte er auch häufig unbeachtet bleiben. Er wollte mehr von dieser Frau als eine schnelle Vereinigung. Er wollte ihre Lust entfachen, wollte, dass sie ihn ebenso begehrte wie er sie. Ihr Keuchen bestätigte ihn nur noch, als er begann, ihre Weiblichkeit zu erkunden und sanft über ihr intimes Fleisch rieb. Sie schob ihr Becken vor, ermöglichte ihm damit, tiefer in ihre weiblichen Geheimnisse vorzudringen. Mit den Fingern zunächst, die er sanft in ihre feuchte Höhle schob, um anschließend vorsichtig hineinzustoßen. Es kostete ihn den letzten Rest an Zurückhaltung.

Mit überschäumendem Verlangen brach er seine Werbung ab. Trent hob ihr Knie an, legte ihr Bein um sich und presste sich an ihren Schoß.

„Wie heißt du?", keuchte er, sich die Breeches öffnend. „Sag es mir. Ich möchte nicht mit Madame Noir zusammen sein."

Es war, als hätte er sie mit diesen unbedeutenden Worten herausgerissen. Ihre Finger bohrten sich in seinen Arm und ihre Augen weiteten sich. Ein kleiner Schrei entwich ihren Lippen. „Nein!"

Trent starrte sie verwirrt an, sicher, sich verhört zu haben. Ihre Hände stießen gegen seine Brust.

„Aufhören!" Atemlos und damit nicht sonderlich laut, aber es hallte in seinen Ohren wider. Sie schlug gegen seine Schulter. „Loslassen!" Ihre Augen waren riesig und er verstand nicht, was er in ihnen las.

„Nein, es ist gut", murmelte Trent, hin- und hergerissen zwischen seinem brennenden Verlangen und der Vernunft. Er fing ihre Hände ein, die ihn malträtierten und suchte nach den passenden Worten, um sie zu beruhigen. „Schon gut."

Sie schrie erneut, dieses Mal wesentlich lauter. Trent starrte in ihre weit aufgerissenen Augen, ohne zu verstehen, was sie so in Panik versetzte. Er entließ ihre Handgelenke, um ihren Mund zuzuhalten, schließlich wäre es fatal, von einem der Burschen oder Grayston in so einer Lage erwischt zu werden. Man verwiese ihn umgehend des Hauses, ließe ihn nicht erklären, was sich zugetragen hatte.

„Scht", raunte er nahe an ihrem Ohr. „Sag mir, wie du heißt, bitte." Wenn er ihren Namen kannte, war es bedeutend leichter, sie um Hilfe zu bitten, um Nachsicht. Er durfte nicht hinausgeworfen werden, aber ohne ihre Zustimmung sah er da keine Chance, sich herauszureden.

Sie schlug ihn und kreischte um Hilfe. Tränen und schiere Panik verfestigten sich nicht nur in ihren Augen, auch ihre Stimmlage sprach Bände. Sie war völlig außer sich.

„Scht", bat Trent und ließ locker. „Bitte, hör mich an."

Madame Noir stieß ihn von sich, wobei sie strauchelte und seine zur Hilfe gereichte Hand fortschlug.

„Warte." Er hob die Hände, aber sie ignorierte ihn und lief los.

„Madame!" Trent folgte und erwischte sie, als sie die Tür aufreißen wollte. Er drückte sie wieder zu. „Warte."

Sie heulte auf, warf sich gegen ihn, um auf ihn einzuschlagen und schrie ihn an, sie nicht anzurühren.

„Ich tue dir nicht weh, bitte beruhige dich!"

Aber es war zu spät. Vom Flur her wurde er aufgefordert, die Tür freizugeben und ein schwerer Körper warf sich dagegen. Der ganze Rahmen zitterte unter der Wucht. Madame Noir riss sich erneut von ihm los und wich vor ihm zurück.

„Ich tue dir nicht weh", beschwor Trent erneut. „Bitte." Sie stolperte über ein Tuch und fiel. Trent fluchte und gab seine Position an der Tür auf, um zu ihr zu eilen. „Hast du dich verletzt?" Er beugte sich über sie. Nässe krabbelte in sein Hosenbein und seine Finger berührten seidiges Haar. Dann wurde er auch schon umgerissen und landete in voller Länge auf den nassen Fliesen. Er drehte den Kopf, um Madame anzusehen. Sie rutschte mit schmerzverzerrter Miene von ihm fort.

„Bitte, du ..." Er versuchte, den Arm nach ihr auszustrecken, aber Jarred fing ihn direkt ein. „Verdammt, lass mich los", schnarrte Trent und riss an Jarreds Umklammerung. Frei bekam er sich dadurch nicht. Ein Knie drückte sich in seinen Rücken und presste ihn bewegungslos zu Boden. Madame Noir ließ sich aufhelfen und zuckte zusammen.

„Warte", beschwor er sie erneut. „Sag ihnen, dass es anders ist."

Er hatte sie nicht angegriffen, das musste sie sagen. Er hatte kein Nein ignoriert. Sie hatten sich geküsst, alles war, wie es sein sollte!

„Sag es ihnen", keuchte er, als er sie aus den Augen verlor. „Madame!"

„Raus mit ihm", krächzte sie tonlos. „Er hat Hausverbot."

Das konnte sie doch nicht ernst meinen!

London, Straße von St Pauls, am nächsten Tag

Molly strich sich die Tränen aus den Augen. Ihre Gedanken wollten sich nicht von den Geschehnissen der letzten Nacht losreißen. Von Everham und seinen heißen Küssen, die sie beinahe in den Abgrund gerissen hätten. Es hatte wahrlich nicht viel gefehlt, und sie hätte von sich nicht mehr als Dame reden können. Sie erschauerte unangenehm, denn tief in ihrem Inneren bedauerte sie es, ihn vor die Tür gesetzt zu haben. Natürlich war es der einzige Weg, um ihre Tugend zu wahren und nur dies hatte Vorrang.

Sie war auf dem Weg zur Kirche und musste jeden Moment die Kutsche wechseln. Sie hatte keine Zeit, ihren Gedanken nachzuhängen.

Ihr Gefährt stoppte und Molly rutschte schnell über die Bank, um auszusteigen. Sie tauchte in dem belebten Platz unter. Verbarg sich in einer Gasse und drehte ihren Mantel auf links. Anstelle des zuvor schwarzen, hüllte sie sich nun in einen dunkelgrünen. Auch ihren Hut krempelte sie schnell um und ließ den lichten Schleier herab. Dann überquerte sie humpelnd den Platz zur anderen Seite und stieg in Pemberlys Kutsche ein.

„Du bist spät", tadelte er, wobei er sie musterte. Enola rutschte über die Bank und nahm sie in den Arm.

„Ist Aubrey bereits in der Kirche?"

„Ja", grummelte Pemberly und schlug gegen die Rückwand. „Hoffentlich kommen wir noch pünktlich."

„Es tut mir leid", murmelte Molly, wobei sie achtsam ihren Rock glatt strich. „Ich erlag einem Missgeschick." Besser sie verheimlichte, dass es sich eigentlich um einen neuerlichen Übergriff gehandelt hatte. Sie verscheuchte den Gedanken, der ihr ohnehin nur Tränen in die Augen trieb. Everham hatte sie fein genarrt. Letztlich sollte es sie nicht wundern, dass auch er nur auf einen schwachen, unachtsamen Moment gewartet hatte, um seine Ziele zu verfolgen.

„Oh je", griff Enola auf und drückte ihre Finger. „Ich hoffe, es ist nichts Ernstes!"

„Ich habe mir wohl den Knöchel verdreht." Sie zog die Hand zurück. „Ich freue mich schon so darauf, Aubrey zu sehen."

„Du verhätschelst sie, Molly." Pemberly seufzte gedehnt. „Erst gestern wollte sie ausreißen, um wieder mit dir zusammenzuleben."

„Ich sehe sie so selten." Weil der Aufwand einfach zu groß war. Der Kutschwechsel diente als Verschleierung, ebenso das Ändern ihrer Aufmachung. Sie wollte keinesfalls, dass man Madame Noir mit Pemberly, Enola und Aubrey in Verbindung brachte.

„Zieh bei uns ein", bot Pemberly an. „Lass Grayston die Verwaltung übernehmen."

Molly zuckte zusammen und senkte den Blick. Als Bürde. Sie sollte erneut jemandes Bürde sein. Sie schluckte die Bitterkeit hinunter.

„Das ist freundlich von dir, Pemberly. Sehr freundlich."

„Aber?", griff Enola sanft auf. Sie hob eine Locke auf und steckte sie Molly unter den Hut. „Du bist uns keine Last."

„Keinesfalls", brummelte Pemberly. „Du könntest endlich deinen Platz in der Gesellschaft wieder einnehmen."

Sie erschauerte unangenehm und zog die Schultern hoch.

„Du bist sechsundzwanzig, jung genug, um eventuell noch einem Gentleman ein Eheversprechen abzuringen."

„Oh, das wäre doch herrlich“, flötete Enola und schlang den Arm um sie. „Jemandem, der dich aufrichtig liebt!“

Molly legte die Arme um sich. „Nein. Das halte ich für ausgeschlossen.“ Zu ihrer immensen Erleichterung rollte die Kutsche vor der Kirche aus und sie musste sich keine weiteren Bemerkungen über Eheschließungen anhören.

Trent war spät dran. Gewöhnlich sparte er sich den sonntäglichen Kirchgang, aber an diesem Wochenende hatte er das Gefühl, göttlichen Beistand zu benötigen. In der letzten Nacht war er hochkant aus dem Club Noir geflogen. Mit der Weisung, sich nicht wieder blicken zu lassen. Ein unhaltbarer Zustand! Er bog um die Ecke. Eine Kutsche hielt vor der Kirche, das Wappen war verdeckt, weshalb Trent ihr keiner Bedeutung zumaß. Erst als er sie umrundete, erkannte er den Eigner des Gefährts.

„Pemberly?“

Der Earl sah auf, während er einer Dame beim Aussteigen behilflich war. Sie trug einen tiefgrünen, fein gesäumten Mantel und einen großen Hut mit Schleier.

„Ah, Everham! Was tust du denn hier?“

Trent deutete zur Kirche. „Buße. Lady Pemberly.“ Er verbeugte sich knapp vor der Dame, die in einen schwankenden Knicks versank und etwas murmelte, was sein Name sein konnte. Pemberly stützte sie und korrigierte ihn: „Lady Batton, die Schwägerin meiner werten Gattin. Wärst du so gut?“ Pemberly schob die Lady zu ihm und Trent ergriff automatisch ihre Hand, um sie auf seinem Arm abzulegen. Trotz ihres Widerstandes. Pemberly half einer weiteren Lady aus seiner Kutsche. „Enola, Liebes, erinnerst du dich noch an Everham?“

Lady Pemberly lächelte ihm freundlich zu und reichte ihm ihre Hand zur Begrüßung. „Leider nein, Mylord. Es waren so viele fremde Gesichter, dass ich kaum jemanden im Gedächtnis behielt.“

Lady Batton entwich seiner Seite und harkte sich bei Pemberly ein. Er lauschte gebannt ihren leisen Worten. „Aber natürlich, meine Liebe.“ Er tätschelte ihre Hand. „Everham, mach dich nützlich und geleite meine Gattin hinein, Lady Batton ist recht fremdenscheu.“

Trent runzelte die Stirn und ließ seinen Blick schnell an besagter Lady herabgleiten.

„Natürlich. Lady Pemberly, es wäre mir ein Vergnügen.“ Die brünette Lady legte ihm die Hand auf den Arm und sah vergnügt zu ihm auf.

„Pemberly übertreibt, wissen Sie“, vertraute sie ihm an. „Molly ist nur etwas zu vorsichtig.“ Sie seufzte. „Nun, Vorsicht ist besser als Nachsicht, nicht wahr?“

Trent führte Lady Pemberly die Stufen hinauf und öffnete das Tor. Er ließ Pemberly und Lady Batton den Vortritt und bemerkte, dass die Dame humpelte.

„Was führt dich her?“, fragte Pemberly, als sie den Vorraum betraten. „Wakefield?“

„Bin ich so durchschaubar?“ Er schüttelte den Kopf. „Ja. Wakefield und die Hoffnung auf etwas göttlichen Beistand.“

„So?“ Lady Pemberly strahlte ihn an. „Sie suchen göttlichen Beistand? Wobei bloß?“ Sie zwinkerte, als durchschaue sie ihn bereits nach wenigen Augenblicken seiner Gesellschaft.

„Ich befinde mich in einer verzwickten Situation, Mylady." Von der er ihr sicherlich nicht berichten wollte, aber Pemberly mochte eine ebenso gute Hilfe sein wie sein Cousin. Schließlich schien er Madame Rouge zugeneigt zu sein. Das war jedoch ein Thema, das er besser nicht anschnitt, solange sie sich in weiblicher Gesellschaft und überdies in einem Gotteshaus befanden.

„Soll ich fragen, in welche Schwierigkeiten du dich nun wieder gebracht hast?", schnaubte Pemberly belustigt und warf ihm einen spöttischen Blick zu.

In ernste, allerdings wollte er nun nicht damit herausrücken. „Meinst du, du kannst dich deinen Verpflichtungen später entledigen?"

„Oh! Sie wollen mir doch nicht meinen Ehemann abspenstig machen, Mylord." Lady Pemberly grinste unbefangen zu ihm auf. „Wo ich seine Gesellschaft doch so unermesslich genieße."

„Keinesfalls", versicherte Trent schnell. „Ich hoffte lediglich, er könne mir bei einem kleinen Missverständnis aus der Patsche helfen. Nichts Zeitaufwendiges." So hoffte er zumindest.

Pemberly schob seine stumme Begleitung in eine Sitzreihe. Ein kleines Mädchen sah auf. Ihre klaren blauen Augen funkelten auf und erleuchteten ihr schmales, blasses Gesicht.

„Mama!", rief sie und riss sich von ihrer Aufsichtsperson los. Lady Batton schloss sie in die Arme und flüsterte ihr etwas zu. Trent starrte das Mädchen an. Sie war strahlend blond. Nicht schwarzhaarig, mahnte er sich, aber dennoch ... Das Mädchen sah zu ihm, oder wohl eher zu ihrer Tante Enola, denn sie lächelte. Madame Noirs Lächeln.

„Setz dich, Aubrey", murmelte Lady Batton und schob das Mädchen zurück an die Seite der dunkel gekleideten Bediensteten.

„Oh, Mama!" Sie hängte sich sogleich wieder an Lady Battons Arm. „Bleibst du? Oh bitte!"

„Ja", beruhigte sie die Kleine leise. „Bis zum Abend." Aubrey kuschelte sich in die Seite der Lady. Lady Pemberly löste sich von Trent und nahm neben der Schwägerin Platz.

„Also, suchst du Wakefield? Oder setzt du dich zu uns?"

Der Hut Lady Battons bewegte sich. Lauschte sie?

„Ich bleibe", murmelte Trent. Es war wahnwitzig. Lady Batton war mit Sicherheit nicht Madame Noir. Pemberly ließe es niemals zu, dass so etwas seinen Namen beschmutzte. Ausgeschlossen und doch bannte ihn jede Bewegung Lady Battons. Wenn sie nur etwas lauter spräche! Aber sie murmelte selbst während des Gesangs, während der Fürbitte und als sie sich vom Pfarrer persönlich verabschiedete.

„Wolltest du deinen Cousin nicht sprechen?", erkundigte Pemberly sich auf dem Weg hinaus. „Ich glaube, er ist auf dem kurzen Weg raus."

„Schon gut. Ich denke, ich lade mich bei euch zum Tee ein."

Pemberly lachte auf. „Knapp bei Kasse?"

„Nur frei von Gesellschaft", widersprach er dem angedeuteten Affront.

Lady Batton half ihrer Tochter, in die Kutsche zu klettern. Trent trat schnell vor und hielt ihr die Hand hin, um ihr seinerseits zu helfen. Sie zögerte, bevor sie die Finger nach ihm ausstreckte.

„Mylady."

„Danke, Mylord", murmelte sie und zog die Hand zurück, sobald es möglich war.

Pemberly betrachtete ihn nachdenklich. „Begleitest du uns?" Er half seiner Gattin in den Wagen und deutete in den Innenraum.

„Gern."

Er nahm Lady Batton gegenüber Platz, in der Hoffnung, einmal einen Blick in ihr Gesicht werfen zu können. Die breite Krempe ihres Hutes machte das aber schwierig. Allerdings ließen sich ihre Lippen ganz gut ausmachen, wenn sie mit ihrer Tochter sprach und dazu den Kopf seitlich neigte. Volle Lippen mit sinnlichem Schwung und einem Lächeln ... Trent schluckte. Molly.

„Everham?"

Trent schreckte auf und riss die Augen von ihr los. „Bitte? Entschuldige, ich war in Gedanken."

„Hm", machte Pemberly und sah selbst zu Molly. „Dir ist wohl nicht nach politischer Diskussion."

„Nein. Nicht am Sonntag." Oder einem anderen Tag, an dem er Madame Noir gesellig gegenüber saß. Molly. Seine Mundwinkel hoben sich und mit ihnen seine Laune. „Oder in Gesellschaft so reizender Ladies." Er grinste.

Lady Pemberly kicherte und berührte den Ellenbogen ihrer Schwägerin.

„Vielen Dank, Lord Everham. Molly, du musst wissen, seine Lordschaft war Gast auf unserer Hochzeit und ich vergaß ihn restlos! Aber er hat mir mein Versäumnis verziehen. Zuvorkommend, nicht wahr?“

Trent wartete angespannt. Sähe sie auf? Ihr Hut bewegte sich, aber die Krempe verhinderte immer noch einen Blick in ihr Gesicht. Er verfluchte das Ding innerlich.

„Ja, wie zuvorkommend.“

Hielt sie ihre Stimme absichtlich so gesenkt?

„Waren Sie auch anwesend, Mylady?“

Sie nickte.

„Ich auch!“

„Aubrey“, flüsterte Lady Batton. „Eine junge Dame ist niemals vorlaut. Und sie mischt sich nicht ungefragt in eine Unterhaltung ein.“

„Ich bin wohl derselben Verfehlung schuldig wie die junge Lady Pemberly“, stellte Trent fest. Aubrey warf ihm einen Blick zu und er fuhr fort. „Da ich mich nicht an Miss Aubrey erinnern kann und sicherlich warst du die hübscheste Dame der Gesellschaft.“

„Nein, das war Tante Enola!“ Aubrey grinste ihn an.

„Oh danke, Schätzchen“, flötete Lady Pemberly. „Hörst du? Sie ist so wohlerzogen.“

„Aubrey“, warnte Molly leise. „Misch dich bitte nicht in Gespräche Erwachsener.“

„Verzeihen Sie, Lady Batton, ich hätte um Ihre Erlaubnis ersuchen müssen ...“ Trent stockte, weil es nur zu wahr war. Er hätte sich vorher versichern müssen, dass ihr seine Annäherung genehm war und es nicht voraussetzen dürfen – geteilte Küsse hin oder her. „... mit Ihrer Tochter zu sprechen.“

Sie neigte lediglich ihr Haupt.

Die Kutsche hielt vor Pemberlys Stadthaus. Der Schlag wurde geöffnet und das Ehepaar stieg aus. Trent folgte und wartete auf seine Chance. Leider blieb ihr Hut im Weg und sie erlaubte ihm nicht, ihre Hand länger festzuhalten. Sie entzog sich ihm und hob die kleine Lady aus dem Gefährt.

„Komm, mein Schatz", murmelte sie. „Ich habe mich die ganze Woche auf dich gefreut."

Sie humpelte neben ihrer Tochter die Stufen hinauf und Trent bleib nichts übrig, als zu folgen. In der Halle legte sie ihren Hut ab und ein Schwall blonden Haares kam zum Vorschein. Trent gaffte sie an. Blond! Er musste völlig falschliegen.

Der Lakai nahm ihr auch den Mantel ab und sie richtete sich vor dem Spiegel mit geübten Griffen das Haar.

Pemberly stieß ihn an. „Brandy?"

„Tee."

„Brandy. Komm mit", beschied er fest und verstellte ihm die Sicht. Ihm blieb kaum etwas übrig, als stattzugeben.

„Pemberly?", rief Lady Pemberly ihnen nach. „Leistet ihr uns denn keine Gesellschaft?" Sie trippelte auf sie zu und hängte sich an den Arm ihres Gatten. „Molly benötigt doch dringend etwas Abwechslung."

Trent folgte ihrem Blick zurück zur Treppe, die Lady Batton langsam emporschritt.

„Sie müssen wissen, Lord Everham, dass sie sich ganz in ihre Trauer vergräbt und kaum einmal das Haus verlässt." Lady Pemberly zog am Arm ihres Gatten. „Komm! Sie braucht dringend Unterhaltung."

Pemberly grummelte etwas. „Wir kommen nach, Liebes. Gib uns ein paar Minuten."

Sie seufzte, stellte sich auf die Zehenspitzen und drückte Pemberly einen Kuss auf die Wange. „Lass uns nicht zu lange warten", mahnte sie mit einem Lächeln zu ihm. „Lord Everham."

Trent nickte ihr zu. Sie folgte ihrer Schwägerin unter dem wachsamen Auge ihres Gatten die Treppe hinauf. Pemberly räusperte sich.

„Molly ist tatsächlich keine Gesellschaft gewohnt."

„Außer der ihres Gatten vermutlich." Trent zuckte die Achseln. „Ich bemühe mich, ein angenehmer Gesellschafter zu sein."

„Sie ist zurückhaltend. Sie wird nicht mit dir sprechen wollen."

Trent zuckte erneut die Achseln. „Ein paar Worte werde ich ihr sicherlich entlocken können."

„Verlass dich nicht drauf", murrte Pemberly und schlug ihm auf die Schulter. „Dann Tee, wie du es wünschst!"

Lady Batton nippte an ihrem Heißgetränk. Ihr Ehering funkelte an ihrem Finger und als sie aufsah, traf ihn ein Blick aus ihren klaren blauen Augen. Ein Schauer ließ ihn stocken und Pemberly erreichte die Damen somit zuerst.

„Ah! Sieh mal, Molly, die Herren gesellen sich zu uns."

Lady Batton stellte ihre Tasse auf ihrem Unterteller ab. „Wie nett", murmelte sie. „Aubrey, setz dich zu mir." Dafür rückte sie auf ihrem Sofa ein Stück zur Seite. Das Mädchen wechselte schnell seinen Platz und sah ihm neugierig entgegen.

Trent nahm auf dem frei gewordenen Sessel Platz.

„Tee, Lord Everham?“

„Bitte, Lady Pemberly. Zwei Löffel Zucker. Vielen Dank.“ Mit der Tasse in der Hand sah er in die Runde. Die Kleine starrte ihn neugierig an, Lady Batton ignorierte ihn und Lady Pemberly strahlte abwechselnd ihn und ihren Gatten an.

„Lord Everham, sagen Sie, gibt es eine Lady Everham?“ Lady Pemberly schaffte es, die Frage völlig unbeschwert zu äußern und ihr Gatte schnaufte in seinen Tee.

„Enola!“ Lady Batton starrte die Schwägerin alles andere als amüsiert an. „Verzeihen Sie Lady Pemberly, Mylord.“ Einen Moment sah sie ihn direkt an. Blonde Locken umrahmten ihr schmales Gesicht, ihre Augen funkelten und ihre weichen Lippen thronten über einem energischen Kinn. „So manches Mal schießt sie über das Ziel hinaus.“

„Ich fühle mich nicht angegriffen, Lady Batton. Und nein, Lady Pemberly, die derzeitige Lady Everham ist meine Mutter.“

Lady Batton hob ihre Tasse an die Lippen und senkte den Blick.

„Haben Sie die Notwendigkeit noch nicht erkannt oder haben Sie die passende Dame noch nicht kennengelernt?“, erkundigte sich Lady Pemberly dreist und sah dabei aus, als erkundigte sie sich nach dem Wetter. Lady Battons Porzellan schlug aufeinander.

„Enola!“, wisperte sie als deutliche Rüge.

„Was ist eine Notwendigkeit?“, fragte die Kleine neugierig und starrte ihn dabei immer noch fasziniert an.

„Eine Notwendigkeit ist etwas, was getan werden muss, gleich, ob es einem gefällt", erklärte Lady Batton und stellte ihre Tasse ab. „Verzeihen Sie, Lord Everham, aber ich muss meine Tochter nach oben bringen. Guten Tag."

Trent stand schnell auf. Sie war fast so groß wie er selbst und damit etwa so groß wie Madame Noir. Sie wich zurück, knickste schnell und wies das Mädchen an, es ebenfalls zu tun.

„Molly", wandte Lady Pemberly ein. „Aubrey ist doch sehr manierlich. Lass uns doch den Tee genießen."

Lady Batton schob Aubrey vor sich her und schüttelte den Kopf. „Entschuldigt uns." Sie humpelte hinaus.

„Lady Batton ist verletzt", stellte Trent fest, während er sich wieder setzte. „Ein Missgeschick?"

„Oh, Molly ist … tollpatschig." Lady Pemberly lächelte ihren Gatten an.

„Ihr Gatte ist nicht in der Stadt?" Ein Schuss ins Blaue, es war genauso gut möglich, dass Lord Batton Kirchgänge verabscheute.

„Oh. Oh nein, mein Bruder ist von uns gegangen. Gott hab ihn selig." Die Lady senkte zum ersten Mal seit ihrer Bekanntschaft den Blick.

Ein Fettnäpfchen, nur gut, dass Lady Batton den Raum bereits verlassen hatte. „Mein Beileid, Mylady."

„Danke, Lord Everham. Es ist nun bald fünf Jahre her. Es ist nur schade, dass Molly es sich so zu Herzen nimmt." Lady Pemberly seufzte schwer. „Nun, Lord Everham, haben Sie Geschwister?"

„Ich habe einen Haufen Schwestern, Mylady."

„Enola, Liebes", grummelte Pemberly. Seine Augen lagen mit ebensolcher Verehrung auf seiner Gattin, wie vor einer Woche auf Madame Rouge. Trent ordnete seine Gedanken.

„Verzeihung Everham, Enolas Neugierde geht so manches Mal mit ihr durch."

Kapitel 4

Lord Everhams Einsatz

London, Club Noir, drei Tage darauf

Molly verglich ihre Aufzeichnungen mit den Rechnungen. Sie hörte Stimmen aus dem Salon und Stöhnen aus dem Nachbarraum und schob die Papiere von sich. Ihr Kopf dröhnte. Sie hatte ihre Runde abgebrochen, weil sie den Lärm nicht ertrug. Sie rieb sich über die Schläfen. Es brachte wohl nichts, die Papiere zu prüfen, während sie kaum zwei Zahlen addieren konnte. Es klopfte und Molly seufzte gedehnt.

„Ja bitte?"

„Madame, Lord Everham bittet erneut um ein Gespräch."

Sie drehte sich zu Grayston und schüttelte den Kopf. Es war nun die dritte Nacht in Folge, dass er Grayston mit seiner Bitte belästigte. Und sie. „Nein."

„In dem Fall soll ich Ihnen dieses Schreiben übergeben und darauf hinweisen, dass er auf eine Antwort wartet." Grayston hielt ihr ein Billet entgegen. Sie schloss die Lider. Warum hörte er denn nicht auf? Es gab unzählige Clubs. Unzählige Frauen, die er sich kaufen konnte, warum musste er es auf sie abgesehen haben?

Warum konnte er nicht einfach akzeptieren, dass sie kein Interesse daran hatte, einem Mann zu Willen zu sein, ganz gleich, wie zuvorkommend er sich gab oder wie angenehm seine Gesellschaft auch scheinen mochte.

Sie nahm das Billet entgegen. Es trug sein Wappen, wies aber keinen Adressaten auf. Sie brach das Siegel und faltete das Pergament auseinander, wobei ihre Finger bereits bebten. Etwas an ihm versetzte sie in Unruhe, ganz gleich, wann und wie sie aufeinandertrafen.

Bitte verzeih mir.

Ihr erster Impuls war, ihm stattzugeben, der zweite das Papier zu zerknüllen und es ins Feuer zu werfen. Stattdessen nahm sie die Feder auf und tunkte sie in die Tinte.

Nein.

„Bitte, Grayston. Bringen Sie Lord Everham meine Nachricht." Sie klappte die Seite zu. „Ich lege mich etwas hin. Mein Kopf bringt mich um."

„Soll ich Fi um etwas Fliederöl zur Linderung bitten?"

Molly zögerte. „Ja, bitte."

Er schloss vorsichtig die Tür und Molly legte das Gesicht in ihre Handflächen. Sie verließ den Club nicht, bevor der letzte Gast gegangen war, selbst wenn sie sich nicht mehr unten blicken ließ. Es klopfte erneut und Molly bat wieder, man möge eintreten. Grayston räusperte sich.

„Madame. Ich habe hier noch eine Nachricht."

Molly seufzte verzweifelt.

„Lord Everham wartet erneut auf Antwort."

„Natürlich." Sie nahm das versiegelte Schreiben an, drehte es milde verwundert und öffnete auch dieses Billet. Eine Adresse prangte einsam auf der Seite: ihre Adresse am Milburn Cresscent. Molly starrte das Papier an. Die Schrift verwackelte, weil sie zu zittern begann. Neben ihrem Kopf, der ohnehin bereits schwirrte, geriet nun auch noch ihr Magen in Aufruhr und sie bekam Schwierigkeiten zu atmen.

„Madame?"

Sie sah zu Grayston. „Bitten Sie ihn herauf." Ihre Stimme kratzte schrecklich in ihrem Hals und es war sicher nicht zu überhören, wie verstört sie war.

Grayston nickte zögerlich, bevor er erneut leise die Tür schloss. Trotzdem zuckte sie zusammen. Sie ließ die Hand sinken und starrte wieder auf die Adresse.

„Madame? Lord Everham."

Molly stand auf, wobei sie sich schnell den Schleier richtete, auch wenn ihre wahre Identität bereits aufgedeckt war. Das Pergament knitterte in ihren Fingern. Everham sah ihr völlig gelassen entgegen. Er hatte, was er wollte: Einlass und ihre völlige Aufmerksamkeit.

Sein dunkles Haar wellte sich in seiner Stirn und ließ ihn einmal mehr wie einen feschen Gentleman erscheinen, dem die Damen nur so zu Füßen lagen.

„Madame Noir", grüßte er mit einer angedeuteten Verbeugung.

Sie gönnte ihm keine Erwiderung. Sie hätte ohnehin kein verständliches Wort hervorgebracht. Sie musste schlucken, sich die Lippen befeuchten und musste zudem ihren getreuen Gehilfen ins Auge fassen, um einigermaßen ruhig hervorzubringen:

„Grayston, bitte lassen Sie uns einen Moment allein. Halten Sie Jarred bereit. Ich bin mir sicher, ich werde ihn brauchen."

Everham zuckte mit keiner Wimper. Molly wartete, bis die Tür aufdringlich knackte, dann hob sie die Hand mit dem Billet. „Was soll das?"

„Ich hatte gehofft, dass ich nicht dazu gezwungen wäre." Er kam näher und nahm ihr das Papier ab. Er glättete es und langte nach ihrer Schreibfeder. In geschwungenen Lettern schrieb er ihren Namen auf das Papier. Als er aufsah, trug seine Miene einen Ausdruck der Reue.

„Was wollen Sie?" Ihre Stimme zitterte wie erwartet verräterisch, so sehr sie sich auch bemühte, Ruhe zu bewahren. Er hob die Hand und streichelte über ihre Wange. Sie wich zurück, durchaus erschrocken über das Prickeln, das seine Berührung auslöste. Sie wusste, was er wollte, das hatte er schließlich bereits mehr als deutlich gemacht, als er sie im Dampfbad bedrängt hatte. Ihr Magen krampfte sich noch mehr zusammen, als sie die pikanten Erinnerungen verdrängte.

„Ich möchte wissen, was passiert ist. Warum du mich aus dem Club warfst und nicht mehr für mich zu sprechen bist." Eine Reihe von Fragen, die er sich spielend leicht selbst beantworten könnte.

„Sie belästigten mich“, knirschte Molly, wobei sie sich eingestand, dem Beistand geleistet zu haben. Sie hätte ihn gleich zur Ordnung rufen müssen, als er versucht hatte, sie zu küssen, sie hätte niemals erlauben dürfen, dass er sich auch noch weitere Freiheiten nahm. „Gehen Sie nun.“ Nervös knetete Molly die Hände vor dem Bauch.

Er schüttelte den Kopf. „Ich habe dich geküsst und du warst absolut nicht abgeneigt.“

Molly erschauerte, ahnend, dass sich die Situation nicht so leicht klären ließe, wie es wünschenswert gewesen wäre. Sie räusperte sich, um Zeit und die nötige Glaubhaftigkeit zu erkaufen. Sie hob das Kinn und gab ihrem Blick die notwendige Härte.

„Ich war abgeneigt.“ Etwas hatte sie eingelullt, der Alkohol vermutlich, vielleicht auch seine zuvorkommende Art. Vielleicht war sie auch schlicht eine Närrin, weil sie trotz ihrer gesammelten Lebenserfahrung immer noch auf ein paar braune Augen hereinfiel, die ihr das Blaue vom Himmel versprachen.

„Nein, du …“ Everham fing sie ein, vergrub seine Hand in ihrem Haar oder besser in ihrer Perücke und zog sie an sich. Seine Lider senkten sich, als er sich vorbeugte.

„Nein!“ Sie schubste ihn mit aller Gewalt, zu der sie in der Lage war und die sie nur aufbrachte, weil sie nicht nur wütend auf ihn war, sondern auch auf sich. „Ich will nicht angerührt werden!“

Everham torkelte einen Schritt zurück, fing sich und zog sein Justaucorps glatt. In seiner Miene arbeitete es. Offenbar war er es nicht gewohnt, auf so viel Gegenwehr zu treffen und musste seine nächsten Schritte überdenken. Molly kämpfte mit ihrer Furcht. An diesem Ort war sie sicher, daran musste sie glauben, wenn sie sich nicht fortan in einem der leeren Zimmer ihres Stadthauses verstecken wollte.

„Sie werden gehen! Sie sind hier nicht willkommen. Leben Sie wohl!" Sie hob ihr Kinn, hoffend, stark zu wirken, auch wenn sie am ganzen Leib bebte.

Everham starrte sie an. „Nein."

Molly schwankte und stützte sich auf ihrem Tisch ab. Sie musste nur rufen, das gab ihr zumindest etwas Sicherheit. Sie atmete tief ein. „Wenn Sie nicht freiwillig gehen, wird Jarred Sie vor die Tür setzen."

„Ja, davon gehe ich mal aus." Everham nahm das Papier auf, wobei er die Stirn runzelte und den Kopf schüttelte. „Was passiert, wenn das hier publik wird?" Er hielt ihren Blick fest. „Was bedeutet das für Aubrey?"

Molly schnürte sich der Hals zu. Es war eine widerwärtige Drohung und kam zudem unerwartet. Es riss ihr förmlich das Herz aus der Brust und zeigte ihr, dass sie tatsächlich eine dumme Närrin war.

„Raus!"

Everham ließ das Papier auf die Tischplatte segeln. „Molly." Er schüttelte den Kopf, wobei er langsam den Abstand zwischen ihnen verringerte. Als Everham bei ihr anlangte, legte er seine Hand in ihren Rücken.

Mollys Knie gaben nach, aber es fiel nicht weiter auf, da er sie im selben Moment an sich zog. Seine Lippen drückten sich auf ihr Ohr, was von einem dunklen Stöhnen begleitet wurde.

Molly bebte am ganzen Leib. Sie wusste, dass sie diese Situation nicht so einfach lösen konnte. Sie wusste, dass Everham nicht ginge, ohne bekommen zu haben, was er sich wünschte. Seine Beharrlichkeit war immer schon enervierend gewesen und auf gewisse Weise beängstigend, denn das, was Molly aufrichtig zuwider war, war körperliche Nähe. Nicht einmal jene ihres verstorbenen Gatten Gene war ihr genehm gewesen, außer vielleicht vor ihrer Eheschließung und bevor sie wusste, worauf es bei einer Ehe ankam. Was es bedeutete, einem Mann zu Willen zu sein. Sie erschauerte, als Everham auch den anderen Arm um sie schlang und seine Lippen begannen, genüsslich an ihrem Hals zu knabbern.

„Madame Noir", korrigierte sie zittrig. „Und nun ..."

„Wenn es herauskommt, ist Aubrey doch gebrandmarkt", murmelte er. Er legte die heiße Stirn an ihrer ab, sein Atem schlug ihr bei jedem seiner schnellen Atemzüge ins Gesicht, dennoch unterbrach er seine Annäherung. Wozu?

Molly schwirrte der Kopf.

„Das bereitet mir ernsthaft Sorgen." Er schlug die Lider auf, wodurch er ihr geradewegs in die Augen sah und sie ihm einen langen Augenblick glaubte, dass ihm lediglich an ihrem Wohl gelegen sei und nicht darum, seinen Willen mit ihr zu haben. Mollys Hals zog sich zu.

„Wir lassen es nicht so weit kommen, nicht wahr?"

Molly keuchte. Wie dumm sie war! Glaubte sie ernsthaft, Everham sei einen Deut besser, als all die anderen Männer, die sich in diesem Haus vergnügten? Es war besser, sie nähme es als Drohung auf, damit sie nicht übel überrascht wurde. Solche Hinweise kannte sie schließlich zur Genüge und Gene warnte nie zweimal.

Molly schloss die Augen, als er seine Liebkosung fortsetzte. Es gab kein Entkommen.

Everham küsste ihren Hals. „Und Lady Pemberly? Sie hätte es auch nicht leicht, denn wenn man dich mit diesem Etablissement in Verbindung bringt, ist es nur ein kleiner Schritt, Madame Rouge zuzuordnen."

Seine Rechte legte sich auf ihren Bauch, der noch immer revoltierte. Galle stieg in ihrem Mund auf und wollte sich nicht wieder vertreiben lassen.

„Molly, was tust du hier nur?"

Sein Daumen rieb über ihren Leib und sie spürte es trotz der Schichten Stoff zwischen seiner Hand und ihrem Leib, es war, als berühre er bereits ihre bare Haut. Ein Flattern gesellte sich zu der Faust, die ihre Gedärme stetig umstülpte.

„Du solltest dich nicht an so einem Ort aufhalten", flüsterte Everham in ihr Ohr. „Du solltest dich nicht diesen Gefahren aussetzen. Das muss aufhören."

Molly brannten Tränen in den Augen. „Sie müssen gehen, Lord Everham."

Es war sicherlich einen Versuch wert, auch wenn sie nicht annahm, er ließe sich davon abhalten, seine Ziele zu verfolgen. Er war wie Gene. Alle Männer waren wie Gene, ganz gleich, wie schön sie einem mit Worten taten, sie interessierten sich nur für sich selbst.

„Ich habe mir vorgenommen, mit dir zu sprechen." Er drehte ihr Gesicht, um sie küssen zu können. „Allerdings fallen mir die Worte nicht mehr ein, die ich an dich richten wollte."

Er hatte ihre Forderung sicherlich vernommen. Molly senkte das Kinn. Sie kannte es, sie wusste es ja. Es war gleich, was eine Frau zu sagen hatte, wenn ein Mann auf Beischlaf pochte.

„Ich kann nur daran denken, wie sehr ...“ Er brach mit einem Krächzen ab und vergrub das Gesicht in ihrer Schulterbeuge. Er atmete tief ein, sie spürte es an dem kühlen Luftzug und blies ihr den Atem in den Ausschnitt. „Ständig beschäftigen sich meine Gedanken mit dir.“

„Lord Everham.“ Molly sog zittrig den Atem ein. „Was wollen Sie?“

„Dich. Ich will beenden, was wir im Bad begannen. Ich muss es beenden, es treibt mich in den Wahnsinn, daran zu denken, wie perfekt es war und was daraus geworden ist.“ Er hob ihr Kinn, um ihr in die Augen zu sehen. „Ich dachte, du fürchtest dich vor deinem Gatten. Dass er es herausfände oder ...“ Er schüttelte sacht den Kopf. „Aber du bist Witwe.“

Sein Blick wanderte über ihr Antlitz und fiel dann hinab in ihr Dekolleté, das durch ein Fichu verdeckt war, dennoch konnte er sich nicht von ihrer Büste fortreißen. Sie spürte trotz der Lagen zwischen ihnen eine gewisse Härte an ihrem Schenkel.

„Du musst in ernsthaften Schwierigkeiten sein, wenn du dies hier auf dich nimmst.“

Sie hatte derzeit schwerwiegendere Probleme, wenn man sie fragte.

Everham räusperte sich kratzig. „Bitte“, wisperte er. Seine Hand, die zuvor auf ihrem Bauch geruht hatte, wanderte hinauf und zupfte an ihrem Fichu, einem kleinen Stück Spitze, das ihren Ausschnitt verdeckte.

Die andere fuhr über ihren Rücken, um an der Verschnürung ihres Kleides zu nesteln. Er drückte seinen Mund auf Mollys Hals, um unterhalb ihres Ohres sanft zu saugen.

Ihr Bauch machte eine weitere Drehung, aber etwas tiefer begann es ebenfalls zu ziehen. Molly erstarrte erschreckt. An jenem Abend, als Everham zuletzt aufdringlich geworden war, war etwas ganz Ähnliches passiert. Sie hatte den Alkohol dafür verantwortlich gemacht, aber an diesem Abend hatte sie nichts getrunken und sie war auch nicht froh, ihn zu sehen. Sie erwartete weder neckische Worte mit ihm zu wechseln, noch sein übliches Interesse gewinnbringend abzulenken. Es gab keinen Grund für die leise Aufregung, die sie beschlich, und auch keinen für das ungewöhnliche Ziehen in ihrem Unterleib, das mit einem gewissen Sehnen einherging, das sie in noch größere Verwirrung stürzte.

Everham lockerte ihr Mieder und nutzte es, um eine Hand in ihr Kleid zu schieben. Er stöhnte, als er ihren Busen umfasste.

„Können wir später darüber sprechen, wenn ich meine Sinne beisammen habe? Ich kann mich nun beileibe nicht auf diese Schwierigkeiten konzentrieren, in die du dich hier bringst.“ Seine Lippen schlossen sich um ihr Ohrläppchen und zogen sacht daran, bevor er es freigab und feuchte Küsse über ihre Wange und ihren Hals verteilte. „Lass mich bei dir sein.“

Molly bekam keinen Ton über die Lippen. Gene hatte sicherlich nie solche Worte an sie gerichtet, trotzdem bekam sie ihn nicht aus dem Kopf. Starr schloss sie nur wieder die Lider. Wie hatte sie nur in so eine Situation geraten können? Wie hatte er herausfinden können, wer sie war?

Sie hatte sich so um Vorsicht bemüht, so viel auf sich genommen, damit man Lady Molly Batton nicht mit Madame Noir in Verbindung brachte und letztlich war alles umsonst gewesen.

Everhams Lippen wanderten über ihren Hals und an ihrer Schulter herab, wofür er sich von ihr lösen musste. Er trat zur Seite, um sie von hinten zu umfassen, presste sie dabei gegen seinen harten Körper.

„Du treibst mich in den Wahnsinn, Molly", bekannte Everham einmal mehr an ihrem Ohr. Das kannte Molly zur Genüge. Allerdings hatte sie Gene eher mit der Bitte um Geld in den Wahnsinn getrieben. Wenn sie die Haushälterin bezahlen wollte oder die neuen Schuhe für Aubrey.

Everham riss sie aus ihren Gedanken, als er sie vorwärts schob, bis sie gegen den Schreibtisch stieß. Seine Hände umfassten ihren Busen, drückten ihn sacht, wobei er stöhnte. Sein Daumen umkreiste die Spitzen ihrer Brüste, seine Lippen hinterließen einen feuchten Film auf ihrem Hals und sein Leib brannte sich ihn ihre Rückseite.

Es war wenig fraglich, was er wollte. Was Männer immer wollten. Seine Linke fiel herab und raffte ihren Rock. Seine Hand schob sich zwischen ihre Schenkel, in ihr Höschen. Wie beim letzten Mal sandte seine intime Berührung heiße Bolzen durch ihren sonst eiskalten Körper. Er rieb mit den Fingern an ihr, verteilte dabei eine Flüssigkeit, deren Ursprung ihr eigener Körper war. Es verwirrte sie, schließlich lagen die unschicklichen Tage in diesem Monat bereits hinter ihr.

„Molly", stöhnte er dunkel, was ebenfalls etwas in ihr auslöste. Ihr Schoß zog sich zusammen und der Atem staute sich in ihrer Kehle.

„Hab keine Angst", flüsterte er ihr zu, was sie verwirrte, bis sie spürte, wie er sich in sie grub. Er bewegte seine Finger in ihr, wobei er den anderen Arm um sie schlang und sein Gesicht sich in ihrer Perücke vergrub. Dennoch vernahm sie sein Stöhnen, als er sich wieder und wieder in ihren Schoß stieß. Molly keuchte. Ihr Magen fiel herab und ihre Knie wurden erneut ganz weich, allerdings war es nicht Furcht, die ihr Herz schneller pochen ließ, es war Erwartung. Molly beugte sich vor, wobei sie ihm unwissentlich einen besseren Zugang ermöglichte. Sie biss sich auf die Lippe, um nicht doch noch zu stöhnen und presste die Lider fester zusammen. Noch immer liebkoste er ihr Inneres, sein Atem wärmte ihren Nacken und sie spürte seine Härte an ihrem Po.

Plötzlich ließ er sie los. Molly sackte etwas auf dem Tisch zusammen, in der Annahme, er käme doch noch zur Besinnung und führte nicht fort, was er begonnen hatte. Sie keuchte, konnte sich nicht aufraffen, um sich zu setzen, weil ihre Beine sie sicherlich nicht trügen. Molly vernahm sein leises Fluchen und wollte sich schon umwenden, um nach Everham zu sehen, als er wieder ihre Röcke raffte. Sie bauschten sich in ihrem Rücken und fielen herab, sobald er sie losließ.

„Beug dich weiter vor", wies er sie an, wobei sich seine Hand bereits in ihr Kreuz legte und sacht nachhalf. Sie spürte Stoff an ihren Schenkeln reiben, bevor sich etwas Heißes in ihren Schoß drückte. Ein Gemächt, aber sie brauchte etwas länger, um es zuzuordnen.

Molly riss die Augen auf. Es lag ihr auf der Zunge, ihn um Schonung anzuflehen, ganz gleich, dass sie gleichsam ihren Po anhob.

Everham stützte sich ebenfalls auf dem Tisch ab. Seine Finger woben sich dabei in ihre Perücke, die wohl hoffnungslos aufgelöst war und mühevoll gerichtet werden musste. Molly biss sich auf die Unterlippe, als sich der harte Schaft des Lords in sie schob. Er stöhnte gedehnt und verharrte, wobei er sich halb auf sie legte, um ihren Hinterkopf zu küssen. „Hab keine Angst, ich will dir nicht wehtun, das verspreche ich dir bei allem, was mir heilig ist."

Molly keuchte, zu keiner Antwort fähig, aber die benötigte Everham wohl auch nicht. Sein Körper löste sich aus der kurzen Umarmung und er begann, sich in ihr zu bewegen.

Molly hielt den Atem an. Mit Gene die Ehe zu vollziehen, war stets fürchterlich gewesen. Zwar hatte es geholfen, an etwas Schönes zu denken, dennoch hatte sie alles Mögliche getan, um dem auszuweichen.

Everham stieß sich fester in sie, es kam dem, was sie kannte, bereits näher. Jeder Ruck ließ sie gegen den Tisch stoßen und bei einem stieß sie das Tintenfässchen um. Molly spürte, wie die schwarze Farbe ihre Haut nässte, ihren Busen und die bisherige Verwirrung schwand. Everham nahm sie, er brandmarkte sie und da war es gleich, ob er es geschickter anstellte, ob er ihr weniger Schmerzen zufügte, als es ihr Gatte getan hatte. Es machte es gar schlimmer. Es war nicht so, dass er eine Hure aus ihr machte, nein, sie machte sich selbst zu einer. Zu einer wollüstigen Dirne, die sich Männern anbot. Nun war es zu spät für Gewissensbisse oder zweite Gedanken, es gab kein Zurück mehr. Wie man sich bettete, so lag man.

Tränen der Scham rannen über ihre Wangen und vermischten sich mit der Tinte. Wie sollte sie je wieder einen Fuß in die Kirche setzen? Wie sollte sie je ein angemessenes Vorbild für ihre Tochter sein?

Everham streichelte über ihren Rücken, hoch zu ihrem Hals, wobei er sich immer noch in ihr bewegte. Er beugte sich über Molly, um ihren Namen zu murmeln. Sein Gewicht erdrückte sie fast, da er sich nun für jeden Stoß an sie pressen musste. Seine Lippen legten sich in ihren Nacken, er keuchte, erstarrte und stöhnte gedehnt.

„Molly", wisperte er, schwer atmend, wobei er sie fest in die Arme nahm.

Sie behielt die Augen geschlossen, wartete, dass er von ihr abließ. Ihre Gedanken krochen zäh durch ihren Kopf. Sie wollte ins Bett und nicht wieder aufstehen müssen.

Endlich gab er sie frei, allerdings nur, um sie hochzuziehen und umzudrehen.

„Oh verdammt!" Er wischte über ihre Brust. „Verdammt noch mal!" Er sah mit derart schuldbewusster Miene auf, dass sie ihm fast Reue abkaufte, dann an ihr vorbei. „Das tut mir leid."

Er schob sie zur Seite, ließ sie aber nicht völlig los. Eine Hand umfasste ihren Ellenbogen. „Buchhaltung? Sind das Rechnungen? Oh verflixt!"

Das riss Molly aus ihrer Starre. Ihre Papiere wurden getränkt von tiefer schwarzer Tinte. Sie umrundete

den Tisch, nachdem sie sich mit einem kleinen Aufschrei losgerissen hatte und wollte retten, was zu retten war. Allerdings war es bereits zu spät. Entsetzt
sackte sie auf ihren Stuhl. Fassungslos über diesen
weiteren Tiefschlag, der nicht ihre Moral angriff, sondern ihr Überleben anging. Wie sollte sie all die Ausgaben der letzten Wochen nun nachhalten?

„Bestimmt lässt sich etwas retten", versicherte
Everham betont zuversichtlich, während er Löschsand
auf die Tinte kippte. Als der aufgebraucht war, riss er
die Schubladen auf, auf der Suche nach weiteren
Hilfsmitteln. Ein Tuch landete auf einem Tintenrinn-
sal und tränkte sich augenblicklich.

Molly sackte zusammen, soweit es ihr halb geöffne-
tes Mieder zuließ. Es war zu viel. Sie ertrug einfach
nicht mehr. Sie wollte sich einfach nur noch zusam-
menrollen und über das Sterben nachdenken. Über
die Erleichterung, der Verantwortung, die auf ihr las-
tete, endlich ledig zu sein. „Bitte gehen Sie jetzt."

Everham hielt in seinem Rettungsversuch inne und
sah zu ihr. Sie spürte seinen Blick, auch wenn sie ihn
nicht erwidern konnte. „Ich komme für den Schaden
auf, Molly."

Sie schüttelte den Kopf, Blitze zuckten durch ihr
Sichtfeld und eine Eisenklammer zog sich um ihre
Stirn zu. „Gehen Sie einfach. Ich habe keine Zeit mehr
für Sie."

Er sah auf das Desaster hinab, wobei er deutlich haderte. „Kann niemand anderes die Verwaltung übernehmen? Pemberly?"

Ein letzter Stoß ging durch sie hindurch. Sie mochte
verdammt sein, aber sie würde weder Enola noch

Aubrey mit sich in den Abgrund reißen. Sie richtete ihren harten Blick auf ihn, indem sie ihre gesamte Restenergie bündelte. „Pemberly hat nichts mit dem Club Noir zu schaffen!"

Ihre Sicht verschwamm allmählich, aber sie wollte sich ihre Schwäche auch nicht anmerken lassen. Sie erhob sich und deutete zur Tür. „Gehen Sie!"

Der Raum begann sich zu drehen.

„Molly!" Sein Ruf hallte in ihrem Kopf wieder, auch noch, als es absolut schwarz um sie herum wurde.

London, Club Noir, am nächsten Morgen

Trent ließ die Papiere sinken. Es war zwecklos. Die meisten waren völlig von Tinte durchdrungen, auf anderen waren lediglich vereinzelte Zahlen und Buchstaben auszumachen und dem Rechnungsbuch erging es nicht besser. Er sah auf, zur hinteren Ecke des Zimmers. Molly schlief noch immer. Seit Stunden bereits. Er konnte verstehen, dass sie aufgebracht war. Er hatte hier tatsächlich ein richtiges Chaos angerichtet, aber ihn weiterhin zu siezen, war schon übertrieben hart.

Es klopfte und Grayston trat ein. Er blieb stehen und starrte zum Bett.

„Kann ich Ihnen helfen, Grayston?"

Er drehte sich. Seine Augen zuckten über das Chaos auf dem Schreibtisch.

„Es kam zu einem Unglück mit dem Tintenfläschchen. Madame verlor daraufhin die Besinnung. Ich brachte sie zu Bett und warte seither, dass sie sich erholt. Leider bin ich derweil keine große Hilfe, da vieles direkt durchtränkt wurde."

Grayston räusperte sich. „Madame klagte über Kopfschmerzen. Sie sollte daher nicht weiter behelligt werden, Mylord. Sprechen Sie doch am Abend noch mal vor."

Trent verschränkte die Finger. „Grayston, Sie gehören hier ebenso wenig hin wie Madame. Habe ich recht?"

„Wie meinen, Mylord?" Grayston richtete sich etwas weiter auf und seine buschigen Brauen zuckten.

„Butler mit jahrelanger Berufserfahrung. Sie sind noch knorriger als Bulls, mein Butler. Ich nehme an, Sie gehören zu Madames Haushalt?" Trent musterte den alten Mann erneut. Er lag sicherlich richtig mit seiner Einschätzung.

Grayston schüttelte den Kopf. „Mylord, Sie sollten nun gehen."

„Ich bleibe, Grayston. Besorgen Sie mir ein neues Rechnungsbuch und Tinte. Ich werde Madame etwas Arbeit abnehmen, damit sie sich erholen kann." Er schlug die erste Seite auf. „Vier Jahre?"

Nun, was blieb ihm schon übrig?

„Mylord", wollte Grayston protestieren, aber Trent unterbrach ihn gleich.

„Dinge werden sich hier ändern, Grayston, und Sie gewöhnen sich besser schnell daran." Er sah zu Molly. „Madame kann so nicht weitermachen."

Es musste sich schnell etwas ändern. Vielleicht sollte er sich Pemberlys Hilfe sichern. Er senkte den Blick. „Haben Sie auch Kaffee im Haus?"

„Ja, Mylord", grummelte Grayston und verbeugte sich.

„Grayston, Sie hätten sie davon abhalten müssen!"

Sich hier einzubringen, mit den Mädchen und den Freiern in Kontakt zu kommen. Überhaupt Kenntnis von dieser Seite des Lebens zu bekommen. Trent ballte die Fäuste.

„Madame lässt sich nicht abhalten, Mylord. Madame hat ihren eigenen Kopf." Er zögerte merklich. „Und ein zu großes Herz." Die buschigen Brauen zogen sich zusammen. „Ich lasse Sie nur bleiben, Mylord, weil Madame noch keine gegenteilige Order gab."

Ansonsten säße Trent sicherlich schon mit dem Hosenboden auf der Straße, daran zweifelte er nicht eine Sekunde lang.

„Verstanden. Danke für Ihren Schutz. Madame kann ihn gebrauchen." Trent ließ seinen Blick wieder zu ihr schweifen. Sie schlief noch immer. Zu gern gesellte er sich zu ihr, aber damit hülfe er ihr nicht. Damit befriedigte er nur sein Bedürfnis nach ihrer Nähe. Und das war nicht die Botschaft, die bei ihr ankommen sollte. Er wollte sich verlässlich zeigen, nützlich. Witwen waren im Allgemeinen vorsichtiger und weniger naiv als junge, ungebundene Mädchen. Ihr Vertrauen zu erlangen, war wesentlich schwieriger. Sie mochten freigiebiger mit ihrer Gunst sein, aber auch gleichgültiger. Er wollte nicht, dass sie gleichgültig war oder freigiebig. Er wusste nur nicht genau, wie er bekam, was er wollte.

Eine Feder kratzte über Pergament. Der Duft von Kaffee lag in der Luft. Molly blinzelte verwirrt. Sie lag in dem Bett im Club. Hatte sie sich ausruhen wollen? Gewöhnlich nutzte sie die Nacht zur Arbeit und schlief zu Hause am Cresscent den halben Tag, bevor sie sich den Besorgungen widmete. In der Woche tat sie nichts sonst: schlafen, Besorgungen, Club. Tagein, tagaus. Trotzdem nahm sie den Weg zu ihrem Zuhause auf sich, schlief nicht im Club.

Molly drehte sich und das Kratzen stoppte. Stuhlbeine schabten über Holzboden, Schritte näherten sich. Sie blinzelte erneut.

„Molly?"

Sie riss die Lider auf. Everham streckte die Finger nach ihr aus und ließ sich dabei auf der Bettkante nieder. Sie erinnerte sich siedend heiß an die vergangene Nacht und keuchte: „Oh Gott!"

„Es ist alles in Ordnung. Möchtest du Frühstück?" Seine Fingerspitzen glitten über ihre Wange und versenkten sich dann in ihrem Haar. „Ich habe dir die Perücke abgenommen, ich hoffe, das war in Ordnung. Grayston war einige Male hier, aber er weiß ja, wer du bist." Seine dunklen Augen musterten sie. „Wer noch?"

„Sie sollten nicht hier sein", krächzte sie, seinen Arm fortschiebend. „Gehen Sie."

„Molly, wer weiß, was du hier treibst?" Er fing ihre Hand ein und drückte sie. „Du willst sicherlich nicht, dass noch jemand darüber stolpert, oder?"

Wieder Drohungen. Sie schluckte schwer. „Was wollen Sie?"

„Dich."

Der Kloß in ihrem Hals wurde immer größer. Es bliebe demnach nicht bei dem einen Mal der letzten

Nacht. Sie senkte die Lider. Seine Lippen drückten sich auf ihre, dann zog er sich zurück.

„Ich ordere Frühstück. Nimmst du Kaffee, Tee oder Schokolade?"

Sie gaffte ihn an, was ihr aber erst bewusst wurde, als er sich, auf ihre Antwort wartend, ihr wieder zuwendete. „Molly? Stimmt etwas nicht?"

„Wasser", krächzte sie. „Nur Wasser und etwas Brot." Sie schob die Decke von sich und zupfte an ihrem Ausschnitt. Er war eklatant tief für den frühen Morgen.

„So schlimm?", murmelte Everham und kam wieder auf sie zu. Er schlang die Arme um sie. „Nicht einmal ein gutes Frühstück kannst du dir leisten?"

Sie erstarrte, aber letztlich lag er völlig richtig.

„Der Club läuft gut, wo bleiben die ganzen Einnahmen?"

Das ging ihn schwerlich etwas an.

„Das muss anders werden. Wenn sich dieses Wagnis nicht einmal lohnt, musst du es abstoßen! Die Gefahr ist zu groß", grummelte er in ihr Haar. Er drückte sie an sich. „Du bekommst jetzt erst einmal ein vernünftiges Frühstück, dann gehen wir durch die Papiere. Ich bin sicher, wir finden den Grund für dein knappes Budget."

Er ließ sie stehen. Molly sah ihm nach. Wie zum Teufel wurde sie ihn nur wieder los? Und das, ohne Aubreys Zukunft zu gefährden oder Pemberlys gutes Ansehen.

London, Club Noir, am Abend

Molly rieselte es eisig den Rücken hinunter. Das Gefühl ließ sich nicht abschütteln, also sah sie sich um. Everhams Augen lagen unverrückbar auf ihr. Schnell sah sie weg. Sie hatte versucht, ihn hinauszuwerfen. Am Morgen, über den Tag hinweg und auch am frühen Abend, aber letztlich war sie an seiner Drohung gescheitert. Trotzdem hatte sie irgendwie gehofft, er möge die Nacht verschlafen. Aber er war kaum zwei Stunden fort gewesen und hatte sich dann über ihre Kleiderwahl beschwert. Sie mache sich schon begehrenswert genug, indem sie nicht zu haben war, behauptete er, da müsse sie sich nicht auch noch fast entblößt präsentieren.

Sie schloss die Lider und verdrängte die Erinnerung. Sie hatte sich geweigert, sich umzuziehen und er hatte sie nicht aus dem Raum gelassen. Fast eine Stunde lang hatten sie gestritten, dann hatte Grayston angemerkt, dass sie im Flur zu hören seien und es unabdinglich wäre, den Disput nun einzustellen, da die ersten Gäste einträfen. Also hatte Everham sie grimmig angestarrt und tat es noch immer.

„Madame."

Molly schreckte auf. Wakefield ergriff ihre Hand und hob sie an seine Lippen. Vom Regen in die Traufe, aber sie musste das Gesicht wahren, koste es, was es wolle. „Euer Gnaden, wie geht es Ihnen?"

„Hervorragend, danke der Nachfrage." Er lächelte sie schmelzend an. „Ich sehe, dass Sie meinen Cousin völlig in ihren Bann gezogen haben."

Molly runzelte verwirrt die Stirn und Wakefield führte aus: „Everham. Er lässt Sie nicht aus den Augen."

Sie stöhnte innerlich. „Vielleicht sollten Sie ihn zur Vernunft rufen, Euer Gnaden." Ihr Grinsen gelang nur zittrig und selbst die Worte mochten sich nicht formen. Eine Bitte an Wakefield zu richten, gehörte zu den wenigen Dingen, die sie kaum über sich brachte. „Bevor mir die Geduldsschnur reißt."

„Ah, dann ist er nicht nur mit den Augen einnehmend?" Wakefield lachte auf. „Ich rede mit ihm, Madame."

Nicht, dass sie dem Erfolg zumaß. „Danke, Euer Gnaden."

„Vielleicht mögen Sie mir zuvor etwas Gesellschaft leisten?"

Alles, was sie von Everham fort führte, sollte ihr genehm sein, aber tief in ihrem Inneren verknotete sich ihr Gedärm. „Gern. Was halten Sie von einem kleinen Rundgang durch den Salon?"

„Madame, ich nehme, was Sie mir anbieten!" Er legte ihre Hand auf seinem Arm ab und zog sie damit mit sich. „Ich hörte, es gab einige Probleme?"

„Nichts Ernstliches."

„Das beruhigt mich."

„Wir sind in der Lage, unsere Verbindlichkeiten abzutragen, Euer Gnaden, das versichere ich Ihnen." Auch wenn es schwierig wurde, bei den vielen unerwarteten Ausgaben in diesem Monat.

„Das bereitet mir keine Sorge, Madame. In den letzten drei Jahren waren Sie nicht einmal säumig." Er tätschelte ihre Hand.

Das erleichterte sie und sie entließ den Atem.

„Wakefield."

Molly zuckte zusammen. Der Duke drehte sich mit ihr am Arm.

„Ah, Everham, habe dich gar nicht bemerkt." Er reichte ihm die Hand, die Everham schüttelte. Dabei glitt sein Blick zu Mollys Hand auf Wakefields Arm, dann sah er in ihren Augen. Es bestand keinen Zweifel an dem, was er dachte. Molly zog die Hand zurück.

„Nun, Euer Gnaden, Lord Everham, vielleicht sollte ich Sie …"

Wakefield fing ihre Hand auf und drückte sie ungeniert an den Mund. „Aber nein, Madame, Everhams Gesellschaft kann ich jederzeit einfordern. Die Ihre ist dagegen ein rares Geschenk." Er nickte dem Cousin zu. „Du entschuldigst uns?"

Everhams Augen glühten und versenkten sich in sie. Wakefield zog sie mit sich.

„Eines, das du bereits über Gebühr in Anspruch genommen hast", knurrte Everham und verstellte ihnen den Weg. „Madame hat sicherlich noch andere Aufgaben." Seine Stimme strotzte vor erzwungener Ruhe.

„Du machst dich lächerlich, Everham", hielt Wakefield knapp dagegen. „Madame sollte eine neue Hausregel einführen, die es untersagt, Madame zu belästigen."

„Die gibt es bereits, Euer Gnaden", versuchte Molly schnell die Wogen zu glätten. „Und an die hält sich auch Lord Everham."

„Das ist ihm auch zu raten.“

Everham lief rot an und seine Hände ballten sich. „Und? Hältst du dich dran?“

Molly keuchte entsetzt. In aller Öffentlichkeit!

Grayston tauchte neben ihr auf und räusperte sich. „Madame, es gibt ein Problem, das Ihrer Aufmerksamkeit bedarf.“ Er verbeugte sich knapp vor dem Duke und Lord Everham, als läge keine explosive Spannung in der Luft. Molly zögerte. Konnte sie die Männer einfach allein lassen oder bräche dann ein Gewitter aus?

„Nun“, murmelte Wakefield. „Ich mag Sie nicht von Ihren Aufgaben fernhalten.“

Sie nickte dankbar und ignorierte Everham. Es wäre ihr nur recht, wenn er ginge und nicht wiederkehrte. Sie folgte Grayston auf den Flur.

„Was für ein Problem gibt es? Ist Misty in Ordnung? Ich fürchte jeden Abend ...“

„Es gab nur ein Problem im Spielsalon. Eifersucht vermutlich.“

Molly klappte den Mund zu. Grayston hatte sie lediglich aus dem Auge des Sturms entfernen wollen.

„Danke.“

Er nickte. „Sie sollten sich eine Weile zurückziehen, bis einer der Herren gegangen ist.“

Molly nahm den Vorschlag auf und stieg die Stufen hinauf. Fi und Lord Bender kamen ihr entgegen. Sie nickte ihm zu und wünschte ihm noch einen angenehmen Abend. In ihrem Zimmer angelangt, sackte sie auf ihren Stuhl und legte den Kopf an die Lehne. Zahlen schwirrten ihr im Kopf herum. Der Stapel Arbeit, der noch auf sie wartete. Sie schloss die Lider und riss sie gleich wieder auf. Die Tür schlug gegen die Wand, dann zu. Molly stolperte auf die Füße.

Everham starrte sie an. Ärger brodelte in seinem Blick und spiegelte sich in seiner Haltung. Er hob die Faust.

„Sag mir, dass da nichts ist“, spie er, immerhin bemüht, die Stimme niedrig zu halten. „Sag mir, dass du ihn nicht mit ins Bett nimmst!“

Molly hielt den Mund. Sie würde sich nicht rechtfertigen, sie würde ihre Ehre nicht verteidigen, die allein er besudelte, allerdings machte ihn dies noch wütender, wie sein schneller werdender Atem bezeugte. Sein Kiefer mahlte und Molly fürchtete sich vor seinem Ausbruch.

Es war vorbei. Ihr Geheimnis war keines mehr. Wenn sie sich schützte, konnte er sie ruinieren. Sie, ihre kleine Aubrey und den armen Pemberly gleich mit. Sie musste ihm nachgeben. Als er auf sie zukam, schloss sie lediglich die Augen. Er griff in ihr Haar, zog dabei schmerzlich an den Pinnen, die ihre Perücke festhielten und riss sie an sich.

„Wie kannst du …“ Sein Atem brannte in ihrem Gesicht. Sie biss sich auf die Lippe, wollte nicht flehen, er möge sie nicht weiter verletzen. Es brachte nichts. Es brachte nie etwas. Kein Wort, kein Flehen, kein Versprechen. Man konnte es nur über sich ergehen lassen.

Sein Mund presste sich auf ihren. Molly keuchte, obwohl es sie nicht überraschte. Sein Kuss war eine Strafe, daran ließ er keinen Zweifel. Er war hart und unnachgiebig. Anders als das letzte Mal, als er sie geküsst hatte. Sie konnte sich ihm nicht entziehen, solange seine Hand in ihrer Perücke vergraben war.

Tränen rannen über ihre Wangen, brannten sich nahezu einen Weg in ihre Haut. Sie war so froh gewesen, die Gewalt hinter sich gelassen zu haben und nun hatte sie sie erneut eingeholt und entlud sich einmal mehr in einer Form über ihr, die schlimmer war als Schläge und Beschimpfungen.

Sie schmeckte das Salz ihrer Tränen auf den Lippen, konnte sie aber nicht zurückhalten, so sehr sie es auch versuchte.

Everham unterbrach seinen Kuss. Er umfasste ihr Kinn eine Spur zu fest, wobei sich der Blick aus seinen dunklen Augen in sie bohrte. Sie kannte diesen Blick aus ganz ähnlichen Augen. Einst hatte sie Gene wegen seiner geheimnisvollen Augen anziehend gefunden, aber sie hatte schnell gelernt, dass geheimnisvoll kein Attribut war, das angenehm sein musste. Gene war alles andere als angenehm gewesen.

Molly schauderte, wobei ihr gesamter Leib in Bewegung geriet.

Everham verzog die Lippen, als es ihm auffiel und ließ sie los. Er starrte sie zwar noch einen langen Moment an, allerdings ohne sie zu berühren, dann ging ein Ruck durch ihn. Er fuhr sich durch das schwarze Haar, während er sich abwendete und stapfte ohne ein weiteres Wort hinaus.

Molly sackte am Tisch zusammen und vergrub das Gesicht in den Händen. Sie musste Aubrey schützen. Sie hatte keine Ahnung wie, aber sie musste etwas finden, was Aubrey aus dieser Sache völlig heraus-

hielt. Etwas, was sie abschottete, separierte. Es musste
einen Weg geben, ihr Kind zu schützen!

Kapitel 5

Mein, ganz allein

Trent schlug die Tür zu und hastete die Stufen hinab. Er brauchte Luft. Ohne nach seinem Mantel zu fragen, stürmte er aus dem Haus. Nach einigen Schritten auf der nicht sonderlich anheimelnden Straße blieb er stehen. Er fuhr sich durch das Haar, das es nur so zauste, und atmete tief ein. Er drehte sich, den Club in Augenschein nehmend. Er kämpfte mit sich. Er sollte gehen. Vermutlich sollte er sie einfach abschreiben. Sie war nicht die Person, die er in ihr sehen wollte. Er wendete sich ab. Es war aussichtslos. Wenn sie mit Wakefield verkehrte, mit wem dann noch? Konnte sie damit aufhören?

Trent sah die Straße hinab. Wakefield war sicherlich großzügig. Wenn das alles war? Wenn ihre finanzielle Situation so verheerend war, dass ihr schlicht keine Wahl geblieben war?

Jeder Zentimeter seiner Haut kribbelte vor Ärger. Sie sollte sich nicht in einer solchen Situation befinden!

Langsam machte er sich auf den Rückweg. Unentschlossen, ob er Molly gegenübertreten und damit konfrontieren sollte oder nicht, setzte er sich erst einmal in den Spielsalon. Eine Weile starrte er schlicht in seinen Brandy, dann lenkte er sich ab, indem er seine Standesgenossen beobachtete. Wakefield schlug ihm auf den Rücken und setzte sich neben ihn.

„Na, abgekühlt?"

Trent schoss einen giftigen Blick auf ihn ab.

„Du weißt, dass es aussichtslos ist?"

„So?", murrte Trent, an seinem Brandy nippend.

„Ich versuche sie seit vier Jahren von meinem Charme zu überzeugen." Wakefield zuckte die Achseln. „Und verhalte mich dabei nicht so geschäftsschädigend wie du."

„Geschäftsschädigend", knurrte Trent, das Glas auf den Tresen knallend. Er drehte sich zu ihm um. „Was interessieren dich ihre Geschäfte?"

Wakefield lächelte nichtssagend. Er hatte nicht vor, darauf zu antworten. Stattdessen bestellte er sich einen Brandy und nippte daran. „Lass sie in Frieden, Everham."

„Um dir nicht in die Quere zu kommen?"

„Um nicht ausgeschlossen zu werden, Everham. Madame versteht in der Sache keinen Spaß. Wenn du ihr zu nahe kommst, wirft sie dich raus. Überspann den Bogen nicht, verstanden?" Wakefield durchbohrte ihn mit seinem Blick, bevor er das Glas zum Gruß hob und ihn stehen ließ.

Trent sah ihm nach. Wakefield bandelte mit einem der Mädchen an und verließ mit ihr den Salon.

„Oh, Lord Everham“, säuselte Gitty und strich ihm über den Arm. „So allein?“

„Setz dich. Möchtest du einen Champagner?“

Gitty rutschte auf ihrem Stuhl nahe an ihn heran. Ihre Finger wanderten an seinem Arm auf und ab.

„Wie lange arbeitest du schon im Club?“

Gittys Finger stoppten kurz. „Drei Jahre. Mylord, Sie sehen müde aus.“

„Hast du Madame in der Zeit je mit einem Gentleman zusammen gesehen?“

Sie nahm die Hand von seinem Arm. „Mylord, wir sprechen nicht über Madame.“ Sie rutschte vom Stuhl und ließ ihn stehen.

Er sah ihr nach. Gitty strebte direkt auf Grayston zu und sprach mit ihm. Trent fing seinen Blick auf. Grayston nickte, bevor er Gitty wegschickte und zur Bar kam.

„Mylord, folgen Sie mir bitte.“

Trent leerte sein Glas. Man versuchte besser nicht, ihn vor die Tür zu setzen.

Grayston führte ihn in die Garderobe, wo es gewohnt einsam war.

„Mylord, stellen Sie den Mädchen bitte keine Fragen über Madame. Sie haben ohnehin Anweisung, nicht zu antworten.“

„Werden Sie mir antworten?“

Grayston schüttelte den Kopf. „Nein, Mylord. Zudem werde ich Madame über ihre Befragung unterrichten.“

Trent schluckte. „Ich werde es ihr selbst sagen, Grayston. Vermutlich sollte ich auch meine Fragen an Madame persönlich richten."

Grayston machte eine zustimmende Geste und deutete zur Tür des Spielsalons. „Sie erlauben, dass ich mich meinen Aufgaben widme?"

Trent nickte und folgte ihm langsam. An der Tür zum Salon entschied er sich, keine weitere Zeit zu schinden. Er drehte ab und erklomm die Stufen. Die Aussicht, die falschen Dinge zu hören zu bekommen, ließ ihn zögern. Er musste es nicht wissen. Er konnte die Vergangenheit einfach vergangen sein lassen. Wenn sie ihm versprach, dass sie nun nur für ihn da war, genügte es doch völlig. Er wischte sich die Hand an seinen Breeches ab, bevor er sie ausstreckte.

Unerwarteterweise trat er ins Dunkle. Er drückte die Tür ins Schloss. Sollte er nach ihr rufen?

Der Feuerschutz stand vor dem Kamin. Trent durchquerte das Zimmer und schob die Gardine zur Seite. Molly drehte sich und setzte sich mit einem kleinen Schrei auf.

„Ich bin es, Molly. Everham."

Das Laken knisterte. Trent haderte kurz. So wichtig war es dann doch nicht. Er streifte sich das Justaucorps ab. Es war nicht wichtig. Hemd und Breeches folgten und er kletterte ins Bett. Er tastete nach ihr, fand sie aber nicht. „Molly?"

„Sie bleiben doch nicht hier?"

War das Erschrecken?

„Doch." Er rutschte tiefer ins Bett und fand endlich etwas warmen Körper.

„Sie wollen …“ Sie brach ab und ließ sich zu ihm ziehen, ließ sich küssen. „Sie haben getrunken.“ Ihre Stimme zitterte.

„Ja.“ Trent rollte sie herum und beugte sich über sie. „Ein wenig.“

Er streichelte ihre Wange und küsste sie sacht. Er rutschte näher an sie heran, um sie zu spüren. „Molly.“ Er ließ die Hand abwandern, über ihren Hals und tiefer. Sie trug ihr seidenes Unterhemd. Trent unterbrach seine Liebkosung, um auf sie herabzusehen, auch wenn er kaum etwas erkennen konnte. „Ich möchte bei dir sein.“ Er beugte sich vor. „Molly.“

Sie ließ sich küssen, berühren und auch aus ihrem Hemd pellen. Er rutschte an ihr herab, drückte kleine Küsse auf ihre heiße Haut. Ihre Hingabe war berauschend.

Trent mühte sich um Zurückhaltung, scheiterte aber kläglich. Er legte die Stirn auf ihrem Bauch ab, um zu Atem zu kommen. „Ich möchte, dass du nur noch mich erwartest.“

Er stemmte sich auf und rutschte an ihr hoch. Ihre Schenkel teilten sich automatisch und gaben ihm den benötigten Spielraum. Er umfasste sacht ihr Gesicht, gab ihr einen festen Kuss. „Nur noch mich!“

Sie keuchte, als er sich langsam in sie schob und drehte den Kopf. Eine schlimme Marotte, fand er, denn er wollte sie küssen, während er sich in ihr versenkte. Trent traf auf Widerstand, als er sich ihre Lippen zurückholte. Einen Moment verharrte er irritiert, dann versuchte er es erneut. Sie ließ sich küssen. Er streichelte ihre Wange, fuhr an ihrer Seite herab, über ihren Busen, die Rippen zu ihrer schlanken Taille, herunter zur Hüfte. Ihre Haut war samtweich, warm und verdammt verführerisch. Er schob die Hand unter ihren Po und am Schenkel entlang zu ihrem Knie, um es mit sich hochzuziehen. Vielleicht war es mehr Unerfahrenheit als Hingabe, was natürlich recht unsinnig war. Sie war mehrere Jahre verheiratet gewesen, bevor sie ein Bordell leitete. Trent schob den Gedanken schnell aus seinem Fokus. Er wollte nicht an Madame denken, sondern ganz allein an Molly.

Sie keuchte leise und verbiss es sich. Sie wollte erneut den Kopf abwenden.

„Nein, ich will dich küssen. Bitte berühr mich doch." Er hob ihre Hand und legte sie sich auf die Schulter. „Ich will dich spüren." Jeden noch so kleinen Millimeter von ihr.

Schweiß perlte über seine Stirn und zeugte von seiner Anstrengung. Der Anstrengung der Zurückhaltung, denn dieses Mal wollte er es genießen. Er wollte jeden Moment auskosten, gar nicht wieder aufhören.

„Molly", stöhnte er, als er es einfach nicht mehr aushielt. Er sackte leicht auf ihr zusammen, keuchend und schlicht erfüllt. Er spürte ihren Herzschlag an seiner Brust und grinste. Das war Zufriedenheit und nichts weiter wünschte er sich. Schlichte Zufriedenheit in ihren Armen. Nach einer Weile, seine Erektion war längst schon abgeklungen, flüsterte sie: „Schlafen Sie?"

„Nein." Er genoss.

„Könnten Sie mich freigeben?"

Niemals.

Trotzdem rutschte er von ihr herunter. Sie nutzte es sogleich, um seiner Nähe zu entkommen. Er hörte ihre

Schritte auf dem nackten Boden, dann Wasser plätschern. Es dauerte eine ganze Weile, bis sie zurückkam und dann hielt sie sich auch ganz am Rand des Bettes auf, rührte nicht einmal das Laken an, um sich zu bedecken.

„Molly? Komm näher." Er bekam keine Antwort. „Molly."

„Bleiben Sie?"

Die Frage ließ ihn kurz darüber nachdenken. „Ja."

Warum sollte er gehen? „Komm zurück."

Sie rutschte ein Stück näher und Trent kam ihr entgegen. Er hüllte sie in das Laken und gleichsam in seine Arme. Ein scharfer Geruch stieg ihm in die Nase und ließ sie kitzeln.

„Wie kannst du schlafen, wenn da unten die Hölle los ist?"

Was deutlich zu hören war. Die Mädchen kicherten, die Männer grölten und er könnte schwören, auch andere, verräterische Geräusche zu vernehmen.

„Kann ich nicht", murmelte sie nach einem Moment tiefer Stille.

„Aber ..."

„Mir war unwohl. Ich hoffte, dass etwas Ruhe es behöbe."

Trent sackte der Magen weg. „Warum hast du es nicht gesagt?"

„Es ist nicht von Bedeutung", wisperte sie kaum vernehmbar. Sie drehte sich etwas von ihm weg. Trent schluckte sein Schuldgefühl hinunter.

„Sag es mir bitte, wenn dir unwohl ist." Er wollte ihr kein Unbehagen bereiten, sondern Vergnügen, wenn sie beisammen waren. „Ruh dich aus." Er küsste ihren Nacken und hielt sie, bis er wegdriftete.

Molly war völlig in ihre Zahlen vertieft. Everham hatte bereits mit dem Übertrag begonnen. Die ersten Seiten waren auch leicht abzuschreiben. Mit jeder Seite wurde der dunkle Rand größer. Der Fleck. Molly schob den Gedanken an die gegenwärtigen Schwierigkeiten von sich. Noch beschäftigte sie die Vergangenheit. Noch war alles verhältnismäßig einfach.

Ein Klopfen riss sie aus ihrer Konzentration. „Ja? Ja bitte?" Sie warf einen schnellen Blick zum Bett. Der Vorhang war voll zugezogen und man sah auch von der Tür aus nicht, dass sich jemand darin befand.

„Madame?" Grayston lugte um die Ecke. „Seine Gnaden, der Duke of Wakefield, erbittet eine Vorsprache."

Molly stockte der Atem. Sie griff sich in das lose Haar, sah dann an sich herab. Sie trug lediglich einen schweren Hausmantel, nichts darunter.

„Ist eines der Mädchen wach?" Sie musste irgendwie Zeit schinden.

„Madame", übernahm Wakefield selbst das Gespräch. „Ich habe derzeit kein Interesse an einem Gespräch mit einem der Mädchen. Nehmen Sie sich den Augenblick."

Es war keine Bitte. Molly sprang auf und huschte durch den Raum.

„Also schön."

Sie verschwand hinter dem Paravent und raffte ihr Haar. Sie konnte von dort ungesehen hinter den Vorhang schlüpfen und ihre Perücke holen. Sie hörte, wie die Tür ins Schloss gezogen wurde.

„Was kann ich für Sie tun, Euer Gnaden?“ Sie zupfte einige Strähnen gerade und drehte den Kopf, um sicher keine blonde zu übersehen. Dann band sie sich die Maske vor das Gesicht. Schritte durchquerten das Zimmer. Kam er zu ihr?

Sie schnitt ihm den Weg ab. Sie hielt sich am Paravent und dem Vorhang fest, so dass kein Durchkommen war. Wakefield sah an ihr herab.

„Habe ich Sie geweckt? Oder ist Ihr Aufzug ein dezenter Hinweis, dass Ihnen meine Aufmerksamkeit genehm wäre?“ Sein Mundwinkel hob sich mokant.

„Euer Gnaden, die Regeln des Hauses gelten auch für Sie. Kommen Sie mir zu nahe, sehen Sie sich vor der Tür wieder.“ Molly hob das Kinn. „Ich mache keine Ausnahmen.“

„Hm“, brummte er, noch immer mit ihrer Aufmachung beschäftigt. „Hörte, es gibt Ausnahmen.“

Endlich hob er den Blick und Molly wünschte, er hätte es gelassen. Seine braunen Augen durchbohrten sie wie Eispickel. Ihr Herz begann wild zu pumpen und es fiel ihr schwer, Ruhe zu bewahren.

„Es gibt keine Ausnahmen.“

„Sie haben Everham vor die Tür gesetzt und doch hat er nun wieder Zutritt.“

Molly schluckte. „Er hat mich geküsst“, beschloss sie es offensiv anzugehen. „Als ich ausrutschte und in seinen Armen landete.“ Sie neigte den Kopf. „Er schwor, es sei ein Missverständnis gewesen.“

„Ein Missverständnis“, murmelte Wakefield dunkel. „Belle, es war kein Missverständnis.“

Das wusste Molly nur zu genau. Sie versagte sich, einen schnellen Blick zum Bett zu werfen. Einen verräterischen Blick.

„Everham ist besessen von Ihnen.“

Sie atmete tief durch. „Sie kommen am frühen Morgen her, um über Everham zu sprechen? Euer Gnaden, Sie überraschen mich.“

„Ich hätte ihn nicht herbringen sollen.“

Da hätte sie gerne laut zugestimmt. „Überzeugen Sie ihn, nicht wieder herzukommen.“ Und damit täte er ihr nebenbei noch einen großen Gefallen.

„Belle, dafür ist es zu spät. Er hat Feuer gefangen. Sie müssen es löschen.“ Er hob die Hand und legte sie an ihre Wange. „Da habe ich den passenden Vorschlag.“ Er beugte sich vor.

Molly wich ihm aus und rutschte zur Seite weg. Ihr ganzer Körper ging auf Abwehr und ließ sie direkt schaudern.

„Lassen Sie das, Euer Gnaden“, befahl sie hart, obwohl eine Welle der Furcht dem Ekel folgte.

„Es schützt Sie, Belle.“

Molly schnaubte. „Da verzichte ich dankend auf Ihren Schutz!“

Wakefield lachte auf. „Belle, schauen Sie sich um. Das ist nicht die Umgebung, in der Sie sein sollten! Ich biete Ihnen ein schickes Stadthaus in guter Lage, eigene Bedienstete, Juwelen und schicke Kleider. Glauben Sie mir, Sie hätten es damit komfortabler als ein Großteil adliger Gattinnen.“

Molly ballte die Fäuste. „Euer Gnaden, ganz gleich, was Sie mir anbieten, meine Antwort bleibt Nein.“

Wakefield wechselte das Standbein und musterte sie scharf. „Sie spielen mit hohem Einsatz.“

„Nein. Mit offenen Karten.“ Molly ließ ihn stehen und trat ans Fenster. „Ich will nicht angerührt werden.“

„Belle, ich werde nicht zulassen, dass Everham seinen Namen besudelt, indem er eine Lebedame heiratet.“

Schritte kamen näher, aber Molly war zu schockiert über seine Worte, um rechtzeitig auszuweichen.

Wakefield drehte sie herum, umfasste ihre Oberarme und zog sie an sich. „Sie haben diese Entscheidung für sich getroffen, stehen Sie zu ihr!“

Molly schüttelte den Kopf. „Was reden Sie da?“

„Ich kenne Everham. Er neigt zu unüberlegten Handlungen.“

„Wie die, mit Eheversprechen um sich zu werfen?“ Molly versuchte, sich zu befreien.

Er gab nach, als er wieder auflachte. „Nein. Allerdings war er auch noch nie so von einer Frau besessen, wie es bei Ihnen der Fall ist.“ Er hob ihr Kinn. „Belle, glauben Sie mir dieses: Ich setze mich durch.“ Seine durchdringenden Augen warnten sie viel eindrücklicher als seine Worte. „Sie werden niemals mit Lady Everham angesprochen werden.“

„Sie denken ...“, flüsterte Molly. Sie konnte es kaum fassen. Everham hielt sie für eine käufliche Person und Wakefield machte sie zur Titeljägerin. Ihr fehlten tatsächlich die Worte.

„Belle, einen Earl! Sie wären eine Närrin, hielten sie die Option nicht im Auge.“

„Dann bin ich eine Närrin!“, brach es aus ihr heraus. Sie stieß ihn mit aller Kraft von sich. „Ich versichere Ihnen, dass ich Lord Everham sicherlich nicht erhörte, so er denn eine so abwegige Bitte an mich richtete!“

Sie ließ ihn stehen. Aufgebracht wanderte sie durch den Raum, zum Tisch und wieder zurück, um sich zu fassen. Zu gern hätte sie ihm die Augen geöffnet, nur um dieses Themas ein für alle Mal ledig zu sein, aber es brächte sie nur in noch größere Schwierigkeiten. Molly kannte Wakefield zu gut, um auf sein gutes Wesen zu vertrauen. Hilfe war von ihm nur zu einem unmöglich hohen Preis zu erhalten, das hatte sie gelernt, als sie ihre Geschäftsbeziehung eingegangen waren. Sie sah zu ihm auf. „Das ist lächerlich, Euer Gnaden, und noch erniedrigender als Ihre beständigen Avancen!“

Herrgott, sie wünschte inniglich, sie hätte eine Wahl gehabt!

„Gehen Sie, Euer Gnaden.“ Sie streckte die Hand aus und deutete mit dem Finger zur Tür. „Beherzigen Sie zukünftig, dass unsere Regeln auch für Sie gelten und dies umfasst auch unangebrachte Besuche in meinen Geschäftsräumen!“

„Belle ...“

„Und ich heiße nicht Belle“, unterbrach sie ihn knapp. „Madame Noir, auch für Sie!“

Er hob die Hand. Molly wich nach hinten aus und rief laut: „Grayston!“

„Belle, Sie sind ebenso unbedacht wie Everham, so will es mir scheinen.“

„Weil ich auf Ihre beschämenden Avancen nicht eingehe oder weil ich mich weigere, mich für einen Titel zu verkaufen?“

Grayston räusperte sich in ihrem Rücken. „Madame?“

„Seine Gnaden möchte gehen. Bitte weisen Sie ihm den Weg zur Tür.“

„Nicht so schnell, Madame“, intervenierte Wakefield schnell. „Ich bin noch nicht fertig.“

„Doch, sind Sie!“ Molly deutete zur Tür. „Dies ist mein Haus, Euer Gnaden. Ihre Anteile belaufen sich auf kaum mehr als fünf Prozent seines Wertes! Ich lasse mich hier nicht von Ihnen beleidigen!“ Das tat sein Cousin schon zur Genüge und solange Everham Wakefield nicht in ihre Misere einweihte, ließe sie sich nicht so von ihm behandeln.

„Madame ...“

„Nein! Sie können völlig beruhigt sein, ich plane nicht, jemals wieder einem Mann zu gehören.“ Ihr Finger deutete noch immer auf die Tür. „Raus!“

Wakefield gab sich einen Ruck. Seine Absätze klackerten auf dem Dielenboden und wurden kurzzeitig von der Teppichware verschluckt.

„Wissen Sie, Madame Noir, ich wäre wohl ziemlich enttäuscht, gäben Sie nach.“

„Da kann ich Sie beruhigen, Euer Gnaden, ich werde Sie niemals enttäuschen.“

Sie weigerte sich, in seine Richtung zu sehen, hob lediglich das Kinn und richtete den Blick an die Wand. Die Tür schloss sich leise und Molly verlor ihre Haltung. Sie legte die Hände vor das Gesicht und hielt gerade eben noch ein Schluchzen zurück. Als wären die beständigen Avancen, denen sie sich ausgesetzt sah, nicht schlimm genug! Und Everham.

Verflixt, seinetwegen war doch alles so kompliziert geworden! Seinetwegen belästigte Wakefield doch nun noch zielgerichteter. Ganz abgesehen davon, dass ihr die Sicherheit fehlte, wenn sie nun Avancen zurückwies. Wie sollte sie auch erklären, dass es bei Everham anders war?

Sie hatte doch schon so viel aufgegeben. So lange gekämpft. Warum konnte es nicht endlich leichter werden?

Eine Berührung ließ sie aufschrecken. Den Schrei verschluckte sie und im nächsten Moment lag sie an einer baren Brust. Everhams Hand legte sich in ihren Nacken und sein Mund auf ihren, bevor sie noch einen Pieps von sich geben konnte.

Sie hob automatisch die Hände, um ihn von sich zu schieben und zuckte vor der Berührung zurück. Es brachte nichts. Sein Arm schlang sich um sie und presste sie fest gegen seinen unbekleideten Leib. Sie riss die Lider auf, weil sich seine Bereitschaft eindrücklich bemerkbar machte und ein Echo in ihr fand.

Er wisperte zwischen eindringlichen Küssen ihren Namen und hob sie von den Füßen. Sie quiekte, was von seinen Lippen verschluckt wurde. Er nahm sie auf die Arme, wodurch er seinen Kuss unterbrechen musste.

„Nicht", keuchte sie, klammerte sich aber an seine Schultern, aus Furcht zu fallen.

„Ist dir wohl?"

„Bitte?"

Er legte sie ab und verschloss erneut ihren Mund.

„Fühlst du dich wohl?“

Er sah auf sie herab, streichelte ihre Wange und wartete recht angespannt auf ihre Antwort.

„Nein.“

Er stöhnte und sank an ihre Seite. „Was hast du?“

„Bitte?“

„Warum fühlst du dich nicht wohl?“ Everham schob seine Hand in ihren Morgenmantel und streichelte ihre Hüfte. Es war sonnenklar, was er wollte. Schon wieder! Gene war sicherlich ein Mann mit Appetit gewesen, aber Everham überflügelte ihn bei weitem.

„Hast du Schmerzen? Oder ...“ Er suchte mit Mühe nach anderen Gründen, fand aber keine. Er schüttelte den Kopf. „Kann ich etwas tun, damit dir wohler ist?“

Molly starrte ihn an. Seine Hand wanderte höher, über ihre Taille.

„Hast du schon gefrühstückt?“ Er beugte sich vor und gab ihr einen Kuss auf den Mundwinkel. „Vielleicht geht es dir dann besser.“

„Sie wollen das schon wieder tun?“

Am frühen Morgen? Im Hellen?

Ein Lächeln flackerte auf. „Ja.“

Molly wendete das Gesicht ab. „Ich muss erst ...“ Sie setzte sich auf. Everham folgte und legte ihr die Hand in den Rücken.

„Molly?“

„Ich muss erst ...“ Sie wedelte mit der Hand Richtung Paravent. „Nur einen Moment.“

Sie kletterte schnell über ihn hinweg und huschte zur Waschschüssel. Mit zittrigen Fingern tränkte sie ein kleines Schwämmchen mit Essig und sah dann an sich herab. Sie wusste, dass sie das Schwämmchen in sich positionieren musste, nur leider nicht wie. Molly öffnete ihren Mantel. Essig brannte sich in die empfindliche Haut zwischen dem Nagel und seinem Bett.

„Molly?“ Everham berührte ihre Schulter. „Was machst du da?“

„Ich muss …“ Sie hob die Hand. „Das muss in mich.“

Everham nahm ihr das Schwämmchen ab und hob es an die Nase. „Ist das Essig? Verdammt, das brennt.“ Er schüttelte den Kopf. „Das willst du nicht wirklich in dir haben.“

„Die Mädchen sagen …“ Sie biss sich auf die Lippe und zuckte die Achseln. Ihre Wangen brannten lichterloh, schließlich war dieses Gespräch mehr als anrüchig.

„Verflixt, Molly!“ Er warf das Schwämmchen zur Seite. „Du wirst sicherlich nicht zu Mitteln greifen, die deine Mädchen verwenden“, grollte er. „Verstanden?“

Sie senkte das Kinn.

„Molly!“ Er zwang sie, zu ihm aufzusehen. „Hast du mich gehört?“

Sie nickte. Sollte sie ihn auf den Grund aufmerksam machen, warum sie Essigschwämmchen verwenden wollte?

„Gut“, murmelte Everham beschwichtigt. Er küsste sie sanft. „Ich will nicht, dass du solche Dinge tust. Komm.“ Er führte sie zum Bett. Dort drehte er sie zu sich um und schob ihren Morgenmantel über ihre Schultern. Sie wollte ihre Arme vor dem Körper verschränken, aber er fing ihre Arme ab. „Lass mich dich betrachten.“

Sie schluckte, ließ ihm aber seinen Willen. Seine Augen glitten einer Liebkosung gleich über ihren Leib.

Molly wendete den Kopf ab und schloss die Lider. Es war schwer, ruhig zu bleiben, sich nicht eilig zu bedecken.

Seine Fingerspitzen berührten ihren Busen, wanderten dann tiefer, über ihre Taille, und legten sich an ihren Po. Seine Lippen schlossen sich um ihr Ohrläppchen, seine Zähne folgten. Er biss sie sanft. Molly sog scharf den Atem ein.

„Tat es weh?"

Sie wusste nicht zu antworten.

„Molly?"

„Ich ... nein."

Er hob ihr Gesicht an. „Du bist exquisit."

Das wollte sie nun wirklich nicht hören. Er ließ seine Hände über ihre Schultern zu ihren Händen hinabwandern. An ihnen zog er sie zu sich und legte sie dann auf seinen Hüften ab, um wieder über ihre Arme empor zu streicheln. Er beugte sich vor, um sie zu küssen, streichelte dabei ihren Rücken und ihren Po. Molly bemühte sich, ruhig zu bleiben. Gene hatte seine ehelichen Rechte nur in der Nacht eingefordert. Nun, es sollte sie nicht wundern, dass Everham es nicht in die Nacht verlegte. Sie war nicht seine Gattin, er musste keinerlei Rücksicht walten lassen.

Everham bettete sie in die Laken, ohne seinen Kuss oder die Liebkosung zu unterbrechen. Er war zielstrebig, insofern war die Sorge seines Cousins berechtigt. Allerdings brauchte Wakefield sicherlich keine Eskalation zu befürchten, nicht in der von ihm befürchteten Art und Weise.

Everham senkte sich auf sie. Molly atmete tief ein. Sie schloss die Lider, um ihn nicht ansehen zu müssen.

Er wisperte ihren Namen, als er sich in sie schob und stöhnte gedehnt. Zumindest war es nicht unangenehm, befand Molly. Sie musste es nur eine Weile aushalten, früher oder später verlöre er das Interesse. Sie hatte es dutzendfach beobachtet. Eine Weile war ein Gentleman ganz versessen auf eines der Mädchen und verlangte ausschließlich nach ihr, dann plötzlich war sie abgeschrieben.

Natürlich war es nicht ganz so einfach. Zwar störte sie die Helligkeit, machte sie nervös und fahrig, so dass die Süße ihrer letzten Zusammenkunft nicht aufkommen mochte, oder gar das Feuer der ersten Nacht, aber es war nicht unangenehm, ihn in sich zu spüren. Mit seinen Küssen war schwieriger umzugehen als mit dem Akt an sich. Sie raubten ihr den Atem, mehr noch als sein Gewicht auf ihr. Sie keuchte, wenn er tief in ihr war und erzitterte unter dem Kribbeln, das es auslöste, sein Gehänge an ihrem Po zu spüren. Es kitzelte und das Klatschen war sowohl peinlich wie auch belustigend.

Everham streichelte sie. Ihre Brust, ihren Po, ihre Schenkel, wobei er seinen Daumen zwischen ihrer beider Körper schob und ihn über ihren Schoß reiben ließ.

Bald schon stöhnte er und fuhr ihr durchs Haar, nachdem er fluchend die Perücke gelöst und aus dem Bett geschleudert hatte. Er bäumte sich über ihr auf, schob sich tief in sie und erschauerte, was sie tief in sich spüren konnte.

Molly hielt den Atem an, weil die Vibration eine leichte Welle in ihr auslöste. Sie hob sich ihm entgegen, um mehr davon zu spüren, aber Everham küsste sie nur träge.

„Ist dir wohl?"

Molly blinzelte, nicht sicher, was er hören wollte. „Ja."

„Schön." Er streichelte ihre Wange. „Frühstück?"

Molly stockte. „Mylord ..."

„Scht", machte er, die Lippen auf ihre drückend. „Frühstück. Und dann schauen wir uns an, was wir von deinen Papieren retten können." Wieder ein kleiner Kuss. „Ist Wakefield dein einziger Geldgeber?"

„Bitte?", hauchte sie überrascht. Sie hätte sich gerne abgewendet, leider lag er noch immer zwischen ihren gespreizten Beinen und machte keine Anstalten, seinen Platz zu räumen.

„Du zahlst deine Schulden ab, deswegen bleibt nichts, obwohl du gute Einnahmen hast. Die einzige sinnvolle Erklärung." Er strich ihr wieder durch das Haar.

„Die andere wäre, dass du eine schlechte Buchhalterin bist, aber das konnte ich ausschließen." Er grinste, was Molly irgendwie berührte.

Natürlich war ihr bereits früher aufgefallen, was für ein ansehnlicher Gentleman Everham war. Die schwarzen Haare fielen in leichten Wellen und blieben immer eine Spur rebellisch. Seine braunen Augen hatten etwas Geheimnisvolles, wenn sie einen aus der Distanz beobachteten. Aus der Nähe ließen sich seine Emotionen leichter von ihnen ablesen. Molly mochte sein Kinn mit dieser kleinen Kerbe, die man nur bemerkte, wenn sich ein leichter Schatten seines Bartes auf sie legte.

Everham beugte sich vor, um sie zu küssen.

„Ich will nicht abhängig sein." Molly wurde ihre Lage immer unangenehmer. Zumal, wenn er sich auch noch unterhalten wollte. Konnte sie ihn darauf hinweisen, dass sie keine Zeit hatte, um Gespräche zu führen und ihn ihre finanzielle Lage auch nichts anginge?

„Mylord, wenn Sie fertig sind ..."

„Fertig?", grummelte er. Seine Brauen zogen sich über der Nasenwurzel zusammen. „Molly, ich glaube nicht, dass ich *fertig* bin."

Ihr klappte schockiert der Mund auf. Damit hatte sie bei aller Liebe nicht gerechnet.

„Noch einmal?!" Eine Spur Panik schlich sich in ihre Stimme. Was nutzte es, wenn es nicht unangenehm war, wenn es stattdessen den ganzen Tag und die Nacht obendrein einnähme?

Er seufzte tief, küsste sie und erlöste sie von ihrer Horrorvorstellung. „Nicht gerade jetzt." Sein Blick wanderte über ihre Züge, die ihre Erleichterung sicherlich laut herausschrien. „Wie war es mit deinem Gatten?"

Molly war fassungslos. Eine solche Frage stellte man doch nicht!

„Mochtest du es mit ihm?"

„Lassen Sie mich los", hauchte sie. „Sofort!" Sie ertrug es nicht mehr, ihn zu spüren.

„Du willst nicht über ihn reden, hm?"

Molly hob die Hände und legte sie ihm an die Brust. Seine Haut war warm und sie spürte das Spiel seiner Muskeln, als er sich vorbeugte, um sie zu küssen.

„Ich fragte nur, weil ich das Gefühl habe, dass das Vergnügen hier recht einseitig ist. Ich möchte aber, dass du meine Gegenwart ebenso genießt wie ich die deine.“

Molly vergaß, dass sie ihn von sich drücken wollte und gaffte ihn an. Er klappte ihren Mund wieder zu und hauchte einen Kuss auf ihre Lippen.

„Ich bin gern bei dir.“

Er streichelte ihre Wange. Erwartete er, dass sie etwas sagte? Dass sie gern mit ihm zusammen war, womöglich?

„Was mochtest du?“

„Bitte?“, fiepte sie unnatürlich hoch, völlig verwirrt von diesem merkwürdigen Gespräch.

„Hat er mal etwas getan, was dir besonders gut gefallen hat?“

Gene tauchte vor ihr auf und sie schloss fest die Lider. „Nein!“, schrie sie übermannt von der Erinnerung. Sie schlug nach ihm. „Lassen Sie mich los! Lassen Sie mich!“

Everham fing ihre Handgelenke ein und drückte sie auf die Matratze. „Schon gut! Schon gut, Molly, ich frage nicht mehr!“

„Lassen Sie mich frei!“ Panik schnürte ihr die Kehle zu und ließ ihren Mageninhalt nach oben schießen. Sie schaffte es gerade noch so, ihn wieder herunterzuschlucken.

Die Tür schlug gegen die Wand und Jarred stürmte in den Raum. Molly schrie erneut auf, peinlich berührt, dass jemand Zeuge ihrer Situation wurde. Everham warf sich zur Seite und zog sie fest gegen seinen Leib. „Raus Mann, Madame ist unbekleidet!“

Jarred zögerte. „Madame?“

„Sag ihm, dass er mir zu gehorchen hat, verdammt“, grollte Everham, nach dem Laken wühlend, um es über sie zu ziehen. Nur über sie. Eingewickelt drückte er ihr einen Kuss auf die Lippen und stieg aus dem Bett. Völlig ungeniert zog er den Vorhang zu. „Madame wird sich etwas überziehen.“

Molly schnaubte für sich. Es war ein Ding, ihm zu Willen sein zu müssen, ein ganz anderes, sich von ihm herumkommandieren zu lassen.

„Madame ist von unserer Konversation wenig erquickt“, erklärte Everham derweilen. „Sie ist eine temperamentvolle Frau, da kommt es zu Meinungsverschiedenheiten. Das ist nicht gleichbedeutend mit Ärger.“

Molly schlüpfte in ihren Morgenmantel und band ihn zu. Dann fischte sie ihre arg in Mitleidenschaft gezogene Perücke hervor und setzte sie auf. Die Maske hatte er ihr gelassen. Sie schob den Vorhang mit Schwung auf und ignorierte die nackte Gestalt Everhams.

„Jarred, danke für deine Sorge.“

„Sie ist überflüssig“, erklärte Everham kurz angebunden.

„Sorge ist niemals überflüssig“, korrigierte sie fest. „Mylord, ich denke, es ist an der Zeit, dass Sie sich zurückziehen.

„Wie bitte?“

Sie wendete sich ihm zu, bemüht, ihn nicht anzusehen. „Ich habe einen arbeitsreichen Tag vor mir, Mylord, ich muss mir diese Störungen verbitten.“

Seine Lippen zuckten und er trat ihr in den Weg. Molly hob die Hände, um ihn auf Abstand zu halten. Everham beugte sich vor und flüsterte ihr ins Ohr: „Mein Vorschlag war mir genehmer."

„Mir aber nicht", murrte sie.

„Fein. Aber ich werde nicht den ganzen Tag untätig zu Hause herumsitzen."

Ihr Rücken versteifte sich. War es eine Drohung? Sie sah zu ihm auf. Machte sie sich etwas vor? Änderte sie das Schicksal nicht, indem sie ihm nachgab, sondern verzögerte sie nur das Unvermeidliche?

Er beugte sich erneut vor, dieses Mal, um sie zu küssen. „Wann nimmst du dein Souper ein?" Er zögerte, seine Brauen wanderten zusammen. „Ist es hier essbar? Ich bringe etwas mit. Was hältst du von einer Ausfahrt und einem Picknick?"

Molly brauchte einen Moment, um seine Worte zu verstehen. War er von Sinnen?

„Eine Ausfahrt, Mylord?" Sie schüttelte den Kopf. „Nein!"

„Ich bin mir sicher ..."

„Nein", unterbrach sie ihn knapp. „Das ist nicht möglich!"

Herrje, verstünde jemand diesen Mann! Er bekam, was er wollte, warum beließ er es nicht dabei? Warum führte er sich auf, als gehöre sie ihm? Gab Order für sie, richtete ihren Tag ein und bestimmte obendrein, wann sie aß!

Er kaute auf seiner Zunge herum. „Vermutlich schwer umsetzbar und zeitraubend", räumte er ein. „Schön, dann komme ich her."

„Mylord ..."

„Ich komme her." Ein Kuss und er ließ sie stehen.
Molly hob verzweifelt die Hände und richtete die Augen gen Himmel. Sie sparte sich die verbale Bitte, richtete aber eine stumme Fürbitte an den Herrn.

„Lord Everham!" Sie folgte ihm hinter den Vorhang. Er stieg bereits in die Stiefel. „Sie können nicht einfach über mich verfügen!"

Er stand auf und zog sie in die Arme. „Die Entscheidung liegt bei dir."

Entscheidung? Molly schüttelte verwirrt den Kopf. Wann war je die Möglichkeit einer Entscheidung aufgekommen?

„Entweder ich bleibe", führte er aus und drückte seine Lippen an ihren Hals. „Oder ich komme zum Souper, damit du etwas Vernünftiges in den Magen bekommst."

Das waren doch sehr bescheidene Entscheidungsmöglichkeiten. Sie presste die Lippen aufeinander. Allerdings war sie es leid, gegen Windmühlen zu kämpfen, also versuchte sie es anders.

„Haben Sie nichts zu tun?"

„Du."

„Bitte?"

Er küsste ihre Nase. „Hast *du* nichts zu tun. Everham und *du*, nicht Mylord und *Sie*. Und zu deiner Frage: Doch. Ich habe Aufgaben, die ich erledigen muss. Ich kann meine Geschäfte jedoch etwas aufschieben, sie drängen nicht. Wir sollten einen Weg finden, unsere Geschäfte zur selben Zeit abzuwickeln, so dass wir mehr Zeit für uns finden."

Molly gaffte ihn an. Er war von Sinnen! Deutlich und vollkommen. Wakefield kam ihr in den Sinn und ließ sie erschauern. Wenn er nun gar nicht so falschlag?

Everham grinste sie an. Er legte die Hände an ihr Gesicht und küsste sie zart.

„Ich muss schließlich herausfinden, was du magst."

Molly gab ihm einen Schubs, schließlich war es unerhört, auf Bettgeflüster zurückzukommen.

„Gehen Sie!"

„Du."

Sie verdrehte die Augen, gab aber nach, damit er ihrer Forderung endlich nachkam. „Verschwinde!"

Er fing sie wieder ein und drückte seinen Mund auf ihre Stirn. „Bis später."

Molly starrte auf den Vorhang, der hinter ihm wieder zugefallen war. Sie hatte deutlich das Gefühl, gefangen zu sein. Ähnlich wie nach ihrer Hochzeit und der Ernüchterung, die damit einherging. Plötzlich sah sie sich wieder einem Mann gegenüber, der jeden ihrer Schritte bestimmen wollte. Molly presste die Hand auf ihren Magen und sank auf die Bettkante. Ihr wurde schummrig.

„Madame?" Der Vorhang bewegte sich, aber Grayston blieb wie gewöhnlich dahinter stehen.

„Grayston, ist Lord Everham gegangen?"

„Ja, Madame." Er räusperte sich. „Er befragt die Mädchen über Sie, Madame."

Sie schloss die Augen. Gene hatte über jeden Bereich ihres Lebens bestimmt und es war entsetzlich gewesen. Nicht so sehr, dass er ihre Korrespondenz überwachte, sondern dass er ihre Kontakte beschnitt, ihr das Ausgehen oder Besucher versagte. Am Ende hatte sie nur noch Enola zur Gesellschaft gehabt.

„Ich brauche etwas zu essen, Grayston. Ich beschäftige mich dann mit dem Problem." Und all den anderen.

„Lord Everham orderte bereits ein ausreichendes Frühstück für Sie, Madame. Er sagte, es ginge auf seine Kosten." Wieder räusperte er sich. „Madame, ich halte ihn für eine wertvolle Hilfe. Er könnte uns bei einigen Problemen zur Seite stehen, bei denen Sie nichts ausrichten können."

Molly rieb sich über die Stirn. Seit Pemberly ausgezahlt wurde, gab es einen Mangel an Autoritätsfiguren und sie mochte weder Wakefield noch Kilbridge um Unterstützung bitten.

„Ich denke darüber nach, Grayston." Was blieb ihr auch schon anderes übrig? „Aber das Frühstück ist nicht notwendig, ich benötige nur etwas Brot und Wasser."

„Madame, es ist bereits so gut wie bereitet. Es wäre ein Frevel, es nicht zu verspeisen."

Molly stöhnte. „Ist eines der Mädchen noch wach? Misty?"

„Nein, Madame. Und Sie sollten die Gelegenheit nutzen und etwas Vernünftiges zu sich nehmen. Sie können sich nicht nur von Brot und Wasser ernähren."

Oh doch, das funktionierte eigentlich recht gut, zumindest hatte es in den vergangenen drei Jahren keinerlei Probleme mit dieser Diät gegeben.

Kapitel 6

Gefährliche Nähe

London, Club Noir, fünf Nächte später

Molly richtete sich die Stola und musterte ihr Dekolleté im Spiegel. Es war immer schon ein schwieriges Unterfangen gewesen, das richtige Maß zwischen Zeigen und Verstecken zu finden. Nun konnte sie getrost davon ausgehen, für dessen Tiefe gerügt zu werden.

„Molly?"

Sie seufzte und drehte sich zu ihm um. Sein Blick fiel direkt an ihr herab und seine Brauen zogen sich zusammen. Er zupfte an ihrer Stola, zog sie fast bis zu ihrem Hals hoch und begegnete dann ihrem Blick. Sie hob eine Braue. Sie führten jeden Abend dieselbe Diskussion. Sie wendete ihm den Rücken zu und schob die Stola wieder herunter. Everham umarmte sie.

„Bitte“, wisperte er. „Ich mag nicht, wie man dich anstarrt.“

„Ich mag auch nicht, wie man mich anstarrt“, gab sie wütend zurück. „Aber es ist nun mal nötig!“

Er schob die Stola wieder hoch.

„Everham“, beschwerte sie sich. „Wenn du es nicht erträgst, musst du gehen!“

„Nein, nur mit dir argumentieren.“ Er küsste ihren Hals. „Du musst nicht so viel zeigen.“

Molly gurgelte verzweifelt. „Man sieht kaum mehr, als trüge ich ein Abendkleid!“

„Hm“, murmelte Everham und zupfte an ihrem Ausschnitt. „Von hier aus sieht es aus, als wärst du nackt.“

Molly löste seine Hände von ihrem Leib und drehte sich zu ihm um. „Ich rufe Jarred, wenn das nicht aufhört!“

„Ich bin mir ziemlich sicher, dass er mir zustimmen wird.“

„Bitte?“

Everham seufzte und wollte sie wieder in die Arme nehmen. Molly wich ihm aus und hob die Hände. „Everham, das genügt!“

„Warum machst du es mir so schwer?“

Sie lachte auf. „Ich dir?“

„Es ist eine Spitzenstola. Selbst wenn du sie dir um den Leib wickelst, kann man noch alles sehen.“ Er deutete mit einem Wink auf ihre Brust. „Du bist verdammt anziehend, du brauchst dich nicht so zu entblößen.“

„Ich habe einen Club zu leiten, Everham!“

„Ja, darüber sollten wir auch noch einmal reden“, murmelte er verdrossen, immer noch auf ihren Busen starrend.

„Wie meinen?“ Molly ballte die Fäuste.

„Ein wenig höher noch, bitte.“ Er zupfte wieder an ihr herum und sie schlug seine Hand weg.

„Das reicht jetzt!“

Er kaute auf seiner Zunge herum, ein Hinweis, dass er einlenkte. Sie seufzte erleichtert und drehte sich noch einmal zum Spiegel. Mit seinem Herumgezupfe hatte er ihr Kollier verrückt und sie ordnete dessen Glieder.

„Du solltest kein Glas tragen.“

„Ich kann mir nichts anderes leisten.“ Noch wollte sie es. „So. Ich werde nun nach unten gehen.“

„Molly?“ Er vertrat ihr den Weg und hob ihr Kinn an. Er schaute fast schon traurig aus, mit seinen herabhängenden Mundwinkeln und den über der Nasenwurzel hochgezogenen Brauen.

„Oh bitte, Everham.“ Sie zog die Stola noch etwas höher. „Nun zufrieden?“ Sie schob ihn zur Seite und stapfte zur Tür.

„Molly“, rief er ihr nach, allerdings mit gedämpfter Stimme. „Danke.“

Sie öffnete die Tür und schlug sie hinter sich wieder zu. Dann atmete sie tief durch. Ein langer Abend erwartete sie, denn Everham hatte vorgeschlagen, besondere Abende zu organisieren. Heute war ihr erster orientalischer Abend. Das Haus war dekoriert, das Angebot für den entsprechenden Salon im Preis gesenkt und die Mädchen gaben den Anschein, aus einem Märchen aus tausendundeiner Nacht zu stammen.

Sie war die Ausnahme und Everham war der Grund. Sie konnte kein durchsichtiges Kleid tragen, das zu viel von ihren Beinen offenbarte, noch sollte sie ihren Bauch frei zeigen.

Sie fuhr sich über den Rock und hob das Kinn. Es war Zeit, ihren Platz einzunehmen und die Gäste zu begrüßen. Also schritt sie die Stufen herab und blieb an der Garderobe neben Grayston stehen.

„Madame."

Sie seufzte. „Ist alles bereit?"

„Ja Madame, Monsieur hat sich bereits über den Stand der Vorbereitungen erkundigt." Grayston sah betont unbeteiligt geradeaus.

Molly blieb nicht so gelassen. Sie presste die Lippen aufeinander.

„Ich spreche mit ... *Monsieur*."

Ständig mischte er sich ein! Befragte die Mädchen, ordnete Dinge an und machte Vorschläge. Und zum Überfluss gab er sich diesen bescheuerten Namen: Monsieur! Natürlich nur, um sie zu schützen. Sie hätte lachen mögen. „Hat er Anweisungen gegeben?"

„Lediglich die Ihren bestätigt."

Immerhin etwas. „Also schön. Haben wir bereits Gäste?"

„Nein."

„Dann schaue ich mir noch einmal alles an." Sie nickte ihm zu und machte ihren Rundgang. Der Salon war mit Stoffbahnen verhängt und sah aus wie das Innere eines Zeltes. Es standen dicke Kerzen in den Ecken, und auf der Bar, die gerade erst entzündet worden waren. Ornamente aus Papier bildeten Häuser um sie herum und warfen Schatten. Kleine Figuren aus Holz standen herum: Nachbildungen von Kamelen und Pferden, Palmen und Oasen. Einige der Mädchen tummelten sich bereits im Salon. Gitty malte Blumen in den Sand, der auf der Bar auslag.

„Gitty, alles in Ordnung?"

„Ja, Madame."

„Hast du nach Misty gesehen?"

Gitty zuckte die Achseln. „Fi ist oben."

„Sehr gut." Molly lächelte erleichtert. „Ich mache mir Sorgen. Sie hat seit drei Tagen das Bett nicht verlassen."

Wieder zuckte Gitty die Achseln. „Ist so nach dem Wegmachen."

Molly war im Begriff weiterzugehen, stockte nun aber. „Wegmachen?"

„Das Kind, Madame. Misty ist zu einem Engelmacher gegangen."

„Gitty, ich bin mir nicht sicher, was das bedeutet." Obwohl sie eine Ahnung hatte, die ihr nicht ganz geheuer war.

„Das Baby ist weg."

Molly lehnte sich gegen den Tresen. „Weg? Misty ist nicht mehr in anderen Umständen? Wie ist das möglich?"

Gitty zuckte die Achseln.

Molly konnte keine weiteren Fragen stellen, denn die Salontür öffnete sich. Lord Kilbridge blieb stehen und nahm den Anblick auf. Molly trat schnell auf ihn zu und hielt ihm die Hand entgegen, die er an die Lippen zog. „Mylord! Wie schön, dass Sie uns heute beehren.“ Sie hakte sich bei ihm ein und führte ihn zur Bar.

„Ich konnte nicht fernbleiben, Madame, meine Neugierde lockte mich her.“

„Ah! Neugierde! Wer hätte gedacht, dass Herren so leicht zu ködern sind?“ Molly fing Gittys Blick auf. Die verstand sofort und fing Kilbridges Interesse ein. Molly verabschiedete sich und begab sich erneut zur Tür, um die nächsten Herren zu begrüßen. Die Spieltische wurden langsam besetzt und die Mädchen begannen mit ihren Showeinlagen. Everham fand sich ein und um den Schein zu wahren, musste sie ihn begrüßen.

„Lord Everham, wie schön, dass Sie uns mit Ihrer Anwesenheit beehren.“

Er ergriff ihre Hand und zog sie wie üblich an die Lippen. „Nichts könnte mich fernhalten.“

„Wie bedauerlich.“ Sie konnte es sich nicht mehr verkneifen. Everham lachte auf.

„Madame, fast bekomme ich das Gefühl, hier nicht willkommen zu sein.“

„Nun, Mylord, ich teile lediglich die Sorge Ihres Cousins“, hielt sie dagegen.

Everham legte ihre Hand auf seinen Arm und führte sie durch den Raum.

„Ach, Wakefield sollte sich lieber Sorgen um seinen eigenen Lebenswandel machen, meinen Sie nicht?“ Er legte seine Hand auf ihre und drückte ihre Finger.

„Seiner Gnaden Lebenswandel ist für mich nicht von Interesse, Lord Everham.“

„Jetzt schmeicheln Sie mir, Madame.“

Sie lachte auf, schließlich war es nicht dazu gedacht gewesen, sein Ego zu bestärken. „Ach?“

„Sie implizieren, dass mein Lebenswandel Sie sehr wohl etwas anginge." Er beendete ihre Umrundung und führte sie zur Bar.

„Das lag nicht in meiner Absicht, Mylord." Ganz sicher nicht. „Ich schließe mich lediglich seiner Gnaden Meinung an, Sie sollten sich nicht jede Nacht in Etablissements aufhalten." Sie zog ihre Hand zurück und legte sie stattdessen auf die Theke.

Everhams platzierte sich direkt daneben, ihre Finger berührten sich. „Sie haben recht, Madame. Das sollte ich wohl nicht."

Molly hob eine Braue.

„Ich sollte wohl auf der Suche nach einer Gattin sein und die Linie fortführen."

Molly zog die Hand zurück. Sein plötzlicher Umschwung ließ sie frösteln. Sie bekam, was sie wollte? Unglaublich!

„Das sollten Sie." Die Bestätigung gelang nur mit einem deutlichen Krächzen.

„Nun, womöglich nehme ich es bald in Angriff." Er fing ihre Hand auf und führte sie erneut an seine Lippen, dabei lagen seine Augen unverrückbar auf ihren. „Wenn ich mir damit Ihr Wohlwollen sichern kann."

Molly befreite sich aus seinem Griff. „Mein Wohlwollen? Lord Everham, Sie fassen meine Worte völlig falsch auf. Nun, wie dem auch sei, ich muss Sie nun leider sich selbst überlassen." Bevor ihm oder sonst jemandem noch ihre ungewöhnliche Gemütshaltung auffiel, denn sie war nicht halb so erleichtert, wie sie sein sollte und bedeutend zu mitgenommen von der Aussicht, Everham möge sich tatsächlich dem Club fernhalten. Sie nickte ihm ungelenk zu.

„Wie bedauerlich." Er grinste und sah ihr noch nach. Molly spürte seine Augen auf sich. Abgelenkt warf sie einen Blick zurück, um sich zu bestätigen.

„Madame?"

Molly schreckte zusammen. Grayston berührte ihren Ellenbogen.

„Kommen Sie."

Sie folgte ihm umgehend. Erst auf der Treppe in den ersten Stock raunte er ihr den Grund für seine Entführung zu: „Es ist Misty, Madame."

Sie stockte und umfasste den Lauf der Treppe fester. „Misty?"

„Es geht ihr nicht gut."

Mehr bedurfte es nicht, Molly hastete die Stufen hoch. Fi hielt Misty im Arm und weinte. Das Bettzeug war zerwühlt und es stank.

„Was ist denn hier los?", flüsterte sie entsetzt.

Fi sah auf. „Madame, sie verblutet!"

„Wir brauchen einen Doktor." Molly konnte sich kaum von den Mädchen losreißen. „Grayston, wir brauchen Doktor Norris."

Molly rannen Tränen über die Wangen. Sie hatte erfahren, dass Doktor Norris soeben gegangen war. Er hatte Misty nicht helfen können. Sie sackte gegen die karge Holzwand und schluchzte. Sie verstand nicht ganz, was vorgefallen war. Sie verstand nicht, warum Misty nun im Sterben lag und nichts getan werden konnte, um sie zu retten.

„Madame?" Everham zog sie an sich. „Was ist passiert?"

Molly sank in seine Umarmung und hielt sich an ihm fest. Sie schüttelte den Kopf, brachte sie doch sicherlich kein Wort hervor. Sie zitterte am ganzen Leib, was ihr nun erst bewusst wurde, da sie so nah an ihm lag.

„Du bist völlig aufgelöst", murmelte er in ihr Haar. „Hat dich jemand angegriffen?" Er hielt sie ein Stück von sich. Molly schüttelte den Kopf. Everham kämpfte mit sich. Glaubte er ihr nicht?

„Grayston", rief er, sie immer noch im Auge behaltend.

„Ja, Mylord?"

„Sorgen Sie dafür, dass der Flur geräumt wird. Ich bringe Madame in ihre Räume und will nicht, dass jemand darüber stolpert, dass ich Zugang zu ihnen habe", orderte er und nahm sie gleichzeitig auf. Molly schlang den Arm um seinen Hals und drückte sich an ihn.

„Jawohl, Mylord." Grayston hastete davon.

Everham küsste ihre Stirn. „Du musst dich etwas ausruhen. Bitte." Er trug sie langsam durch den engen Flur des Dachbodens und verharrte vor der Treppe, bis Grayston ihm versicherte, er könne herabkommen. Er brachte sie in ihr Zimmer und setzte sie vorsichtig auf ihrem Bett ab. Molly weinte noch immer und Everham zog sie zurück in seine Arme. Seine Hände streichelten ihren Rücken und ihr Haar und beruhigten sie damit ein wenig. Ihre Tränen versiegten, aber sie klammerte sich immer noch an ihn.

„Molly, du solltest dich nun ausruhen."

„Ich muss doch den Abend leiten“, krächzte sie verzweifelt. Sie glaubte nicht, es durchstehen zu können. Keinesfalls.

„Molly, wir finden eine Alternative“, versicherte Everham. „Es ist niemandem geholfen, wenn du unten zusammenbrichst. Lass mich mit Grayston beraten, wie wir den Abend retten können und du ruhst dich aus. Bitte.“

Er strich ihr Tränen von den Wangen und sah ihr erneut mit diesem Dackelblick in die Augen. Molly gab nach. Sie konnte einfach nicht mehr kämpfen. Sie hatte das Gefühl, seit Wochen auf hoher See zu treiben und gegen die Wellen anzugehen, die sie zu verschlingen drohten. Nun war es wohl soweit, sie ginge unter.

„Molly, bitte.“

Sie nickte schwach.

„Gut, komm, ich helfe dir aus dem Kleid.“ Everham öffnete die Schleife ihres Korsetts und befreite sie in geübten Griffen aus ihren Sachen. Dann schlug er die Decke über sie und steckte sie fest. „Ich beeile mich.“ Er gab ihr einen kleinen, sachten Kuss und zog sich dann zögerlich zurück. „Ich bin nicht lange fort, versprochen.“

Er sah an der Tür noch einmal zu ihr zurück, bevor er sie leise schloss. Molly kuschelte sich in ihr Laken.

Sie musste eine ganze Weile warten, bis er zu ihr zurückkam. Dann sicherte er das Feuer und löschte die Kerzen. Auf dem Weg zum Bett begann er, sich zu entkleiden. Er rutschte ins Bett, schlang den Arm um sie und seufzte leise.

„Gitty und Crissy werden dich vertreten. Grayston überwacht sie. Bei Problemen werden wir verständigt." Es war wohl zu ihrer Beruhigung gedacht, aber es war nicht das, was sie aus der Bahn warf. Sie vertraute Grayston, er konnte den Laden durchaus am Laufen halten. Molly war nur schmückendes Beiwerk, das wusste sie sehr wohl.

„Magst du mir nun erzählen, was los ist? Grayston wollte nicht mit der Sprache herauskommen." Sein Daumen glitt über ihre Wirbelsäule. „Er ist wahrlich verschlossen."

„Misty", flüsterte Molly. „Sie stirbt."

„Hast du Doktor Norris verständigt?"

Sie nickte an seine Brust. „Er kann nichts tun."

Seine Hand rutschte höher und legte sich auf ihre Wange. „Das ist schrecklich."

„Sie leidet."

„Was hat sie?", fragte er seufzend. „Woran leidet sie?"

„Sie war guter Hoffnung", murmelte Molly und lehnte sich wieder an ihn. Sie wollte ihn spüren, so zweifelhaft das Gefühl der Sicherheit auch sein mochte. „Es ist weg."

„Weg?", griff er auf. „Sie hatte einen Abort? Mir war nicht bewusst, dass man daran verstirbt." Er kuschelte sich an sie. „Es tut mir leid, mein Schatz."

Molly korrigierte ihn nicht, sie schloss die Augen. Ihre Hand schob sich über seine Brust und hielt auf seinem Herzen inne. Es pochte beruhigend gleichmäßig.

„Mach dir keine Sorgen über alles Weitere. Ich trage die Kosten, damit du deine Verbindlichkeiten abtragen kannst." Er küsste ihren Schopf. „Ich wünschte, du ließest mich die Einlagen übernehmen."

„Nein", murmelte Molly an seiner Brust. Jedes Wort war eine Qual, aber ein Schweigen mochte er als Zustimmung aufnehmen. „Ich möchte nicht von dir abhängig sein."

„Du wärest nicht abhängig." Er hob ihr Kinn an, um ihr einen Kuss auf die Lippen zu hauchen. „Du wärest frei."

Molly schüttelte den Kopf.

„Du könntest deine Verbindlichkeit reduzieren. Unvorhergesehenes risse keine Löcher mehr in dein Budget. Du kannst dir etwas Hübsches leisten: vernünftige Mahlzeiten und vielleicht ein Kindermädchen."

„Ich kann Aubrey nicht bei mir haben." So weh es auch tat, den Traum musste sie in dem Moment begraben, als sie sich zu seiner Geliebten hatte machen lassen. „Ich kann sie nicht mit meinem Tun beflecken."

„Dann musst du aufhören."

Aufhören! Als wäre es das Simpelste der Welt, einfach aufzuhören. Der Club war ihr Lebensunterhalt, das einzige, womit sie Aubrey eine Aussteuer ermöglichen konnte und das andere ließ sich nicht rückgängig machen. Sie war eine gefallene Frau, allein ihr familiäres Verhältnis war Aubreys Ruf bereits abträglich.

„Denk darüber nach. Verkaufe den Club und nimm dein wahres Leben wieder auf."

Molly kuschelte sich an ihn. Er verstand nicht, dass ihr wahres Leben nun dieses war. Vielleicht hatte es mal einen Weg zurück gegeben, aber der war verschwunden, als sie ihn bei sich sein ließ.

„Es bereitet dir doch keine Freude, deine Nächte hier zu verbringen."

„Nein", wisperte sie. Freude hatte sie nie verspürt. „Es ist mein Auskommen."

„Das habe ich schon befürchtet." Er seufzte wieder. „Gibt es kein Gut? Keine andere Möglichkeit?"

„Nein. Das Gut ging an einen entfernten Cousin meines Gatten."

„Er müsste dir eine Apanage ausstellen."

Wenn es nicht so traurig wäre, hätte sie gelacht. „Das Gut wirft kaum genug ab, um einen Menschen gut zu versorgen. Drei Menschen waren bereits eine Herausforderung, vier unmöglich gewesen. So Batton bereit gewesen wäre, uns zu unterstützen."

„Was er nicht war", grummelte Everham.

„Nein. Er sei bereits großzügig gewesen, als er uns das Haus ließ, meinte er." Molly kuschelte sich enger in die Umarmung. „Ich habe nur den Club."

„Könntest du nicht bei Pemberly unterkommen?" Seine Hand rieb über ihren Oberarm. „Für eine Weile?"

„Aubrey benötigt eine Mitgift. Für ihr Auskommen muss ich sorgen, niemand sonst."

„Hm", brummte Everham. „Dann werde stille Teilhaberin."

Molly seufzte schwer. „Everham, ich bin nicht in der Verfassung, über Geschäftliches zu sprechen."

„Fürwahr. Was hältst du davon, dir ein paar Tage Ruhe zu gönnen?" Seine Hand stoppte an ihrer Schulter und drückte sie zurück auf die Matratze. Er beugte sich über sie, streichelte ihre Wange und drückte ihr einen sanften Kuss auf die Lippen. „Ein paar Tage?"

„Ich kann Grayston und die Mädchen nun nicht allein lassen“, schlug sie gedrückt aus.

Ein paar Tage Unbeschwertheit wären herrlich. Aubrey zu sehen und sich nur um sie zu kümmern, klang wie das Paradies.

„Du lässt sie nicht allein, Molly, ich kann aushelfen. Es sind hauptsächlich organisatorische Dinge, die nun vor uns liegen. Lass mich dir helfen“, bat er eindringlich. „Nimm dir ein paar Tage, um dich zu erholen. Du wirst sehen, dass der Club problemlos läuft, auch ohne dich.“

Molly atmete tief durch. Sie wollte es so sehr, traute sich aber nicht, einfach fortzugehen. „Ich muss mich um Misty kümmern.“

„Nein, musst du nicht.“

„Sie wird hier sterben“, begehrte sie auf, was ihr einmal mehr die Tränen in die Augen schießen ließ.

„Ja. Jeden Tag sterben Mädchen wie sie.“

Es klang kalt und abgebrüht. Molly versuchte, ihn von sich zu schieben, aber er behauptete seinen Platz.

„Molly, es ist eine Tatsache. Es ist traurig, aber nicht zu ändern. Alles, was wir für sie tun können, ist ihr Leiden zu lindern und ihr eine dezente Beerdigung zuteilwerden lassen.“

Ihr Widerstand erlahmte. „Es ist nicht richtig! Es ist nicht richtig, dass sie sterben muss!“

„Nein“, stimmte Everham sanft ein. „Das ist es nicht. Aber es ist auch nicht richtig, dass du hier bist. Dass du dieses Haus führst und dich mit solchen Dingen auseinandersetzt. Dinge laufen nicht immer so, wie sie laufen sollten. So ist es leider. Wir müssen das Beste daraus machen.“ Er küsste ihre Nase. „Und das Beste ist, wenn du dir ein paar Tage zur Erholung nimmst und mich derweilen hier die Dinge richten lässt. Niemand wird es dir übel nehmen, Molly. Sie wissen, wie wichtig sie dir sind."

Molly rollten neuerliche Tränen über die Wangen. Sie wollte so dringlich fort und fühlte sich deswegen doch so fürchterlich.

„Molly, sprechen wir doch morgen mit den Mädchen darüber, warum du ein paar Tage fortgehen musst. Ich bin mir sicher, sie verstehen es. Vielleicht können wir ihnen einen freien Abend geben? Nicht allen auf einmal, aber aufgeteilt über die Woche müsste es realisierbar sein."

Er war verdammt überzeugend und wusste, wie man ein unwiderstehliches Angebot unterbreitete.

London, St Paul's Cathedral, am Sonntag darauf

Trent verfolgte Molly mit den Augen. Sie verabschiedete sich von dem Pastor, bevor sie die Stufen der Kirche herabschritt, ihre Tochter an der einen Seite und Lord und Lady Pemberly auf der anderen. Wakefield umging die Menge und bedeutete seinem Cousin, ihm zu folgen. Das lag Trent allerdings fern. Er mogelte sich an der Schlange vorbei, nickte dem Pastor knapp zu und holte das Quartett auf der Straße ein.

„Pemberly, wie geht es Ihnen?" Der Earl blieb stehen und die Damen drehten sich zu ihm um.

„Gut, danke Everham, und selbst?"

Trent ergriff die Hand Lady Pemberlys und hauchte einen flüchtigen Kuss auf die Fingerspitzen. „Gut, danke, Pemberly. Lady Pemberly, meine Verehrung.“

„Lord Everham, wie nett, Sie zu sehen.“

„Lady Batton.“ Trent hielt ihr die Hand entgegen und nahm ihre Finger auf. Den Blick hielt sie gesenkt.

„Lord Everham.“

Er musste ihre Finger wieder freigeben und lenkte sich ab, indem er Aubrey begrüßte: „Miss Aubrey, guten Tag.“ Das Mädchen deutete einen Knicks an.

„Mylord.“ Sie sah mit großen Augen zu ihm auf, den hübschen blauen Augen ihrer Mutter. Er musste grinsen, er konnte gar nicht anders. Molly versteckte sich erneut hinter einem monströsen Hut, aber Aubrey anzusehen, war fast, als betrachtete er sie.

„Erneute Buße, Mylord?“, sprach Lady Pemberly ihn an. Ihre braunen Augen funkelten und sie lächelte ihn keck an.

„Nein, Mylady, familiäre Verpflichtung, fürchte ich.“

„Everham!“

Trent unterdrückte ein leidvolles Stöhnen. Er hatte gehofft, Wakefield fürs Erste los zu sein. Er wandte sich seinem Cousin zu.

„Ah, Pemberly“, grüßte der den Earl und streckte die Hand aus. Pemberly deutete zu seiner Gattin.

„Guten Tag, Euer Gnaden, darf ich Ihnen meine Gattin vorstellen?“

Wakefield führte die Hand der Countess an die Lippen. „Lady Pemberly, meine Verehrung.“

Sie machte einen Knicks. „Euer Gnaden, ich fühle mich geehrt, Sie kennenzulernen.“

„Und meine Schwägerin Lady Molly Batton.“

Molly machte ebenfalls einen Knicks, reichte Wakefield aber nicht die Hand.

„Lady Batton." Wakefield nickte ihr zu. „Everham, wenn du dich lösen kannst..." Es war keine Bitte.

„Ich glaube nicht", widersprach er daher. „Ich ziehe die Gesellschaft der Damen deiner vor, Wakefield."

Wakefield durchbohrte ihn mit seinem Blick. Sein kantiges Gesicht verzog sich verärgert. „Nachvollziehbar", stellte er fest. „Dennoch bestehe ich auf deine Begleitung."

„So leid es mir tut, ich habe heute genug von dir. Ich denke, ich begleite Pemberly und die Damen zu einer Tasse Tee."

„Everham", grollte Wakefield, am Ende seiner Geduld.

„Es ist alles gesagt, Wakefield." Er wendete dem Duke den Rücken zu und versicherte sich, dass Pemberly die Begleitung genehm war.

„Natürlich", bestätigte der zögerlich, „bist du bei uns willkommen."

Molly hielt sich im Hintergrund, war sogar zurückgetreten, um keinerlei Aufmerksamkeit auf sich zu lenken.

„Everham!"

„Ich bin dir keine Rechenschaft schuldig, Wakefield."

Das gefiel seinem Cousin nicht sonderlich. Sein brennender Blick sprang von ihm auf die Damen über und ein Runzeln formte sich auf seiner Stirn. „Fein. Ich nehme an, Ihre Gastfreundlichkeit umfasst mich ebenfalls?"

Trent knirschte mit den Zähnen. Das hatte ihm gerade noch gefehlt! Wie nahm Molly es auf?

Sie hielt die Hand ihrer Tochter, noch immer im Abseits stehend. Das Gesicht war abgewendet und nichts an ihrer Haltung beantwortete seine Frage.

„Es wäre uns eine Freude“, flötete Lady Pemberly. Pemberly räusperte sich, bevor er seiner Gattin zustimmte.

„Everham, du fährst mit mir.“

Trent ballte die Fäuste. Er hatte absolut kein Interesse daran, das Gespräch mit Wakefield fortzuführen.

„Dann freuen wir uns auf Ihre Ankunft, Euer Gnaden, Lord Everham.“ Lady Pemberly knickste, Molly tat es ihr nach, jedoch ohne ein Wort zu verlieren. Pemberly und Wakefield nickten sich zu.

Trent blieb kaum eine Wahl, wenn er nicht alles noch schlimmer machen wollte. Vielleicht brachte er Wakefield dazu, seinen Besuch zu überdenken, wenn er die Gelegenheit bekam, seine Forderung zuvor anzubringen.

„Ladies, Pemberly.“

Trent folgte Wakefield zu seiner Kutsche.

„Muss ich dich an deine Verpflichtungen erinnern?“

Trent mahnte sich, Ruhe zu bewahren. „Verpflichtungen? Hast du nicht ebenfalls Verpflichtungen, die du ignorierst?“

Wakefield grollte. „Was ich tue, ist schwerlich von Belang!“

„Ach nein? Aber mein Verhalten ist für dich von Belang? Verzeih, wenn ich das anders sehe.“ Trent drehte seinen Hut in der Hand, um ihn nicht zu zerdrücken.

„Du vergisst, dass ich erwachsen bin, Wakefield, mündig und Herr über meine eigenen Interessen.“

„Verdammt noch mal, Everham, sei kein Trottel!“, spie Wakefield und maß ihn erneut mit hartem Blick. „Ich weiß, wie du deine Zeit verbringst.“

Das bedurfte wohl kaum eines Kommentars.

„Mann! Nimm sie dir und lass es gut sein“, fuhr er wütend fort.

Everham zerknitterte den Hutrand in der Faust. „Nehmen?“

„Ja! Du wirst sie nicht durch Liebäugeln ins Bett bekommen. Verdammt, du musst sie aus dem Kopf bekommen.“

Trent starrte den Cousin an. Ärger flutete seinem Magen. „Du schlägst vor, ich soll sie mit Gewalt gefügig machen?“

„Der einzige Weg, zu bekommen, was du willst, Everham, ohne einen unmöglichen Preis zu zahlen.“ Auch Wakefield bemühte sich, seinen Ärger zu bezähmen. „Nimm Vernunft an. Heirate ein nettes Mädchen aus gutem Haus und schlag dir Madame Noir aus dem Kopf.“

Trent kaute auf seiner Zunge herum und hielt Wakefields Blick stand. „Du solltest besser nicht auf die Idee kommen, dich ihrer zu bemächtigen“, warnte er dunkel. Er musste sicherstellen, dass man Molly nicht mehr aus den Augen ließ. Sie musste rund um die Uhr beschützt sein.

„Everham, sie ist eine Buhle.“

„Und deswegen kann man sie gegen ihren Willen nehmen?“ Bisher hatte er die Hausregeln für überflüssig erachtet, nun bekamen sie tatsächlich einen neuen Stellenwert.

„Eine Frau wie sie muss sich nicht wundern, wenn so etwas passiert." Wakefield zuckte die Achseln. „Aber darum geht es hier nicht."

„Sie ist keine Buhle." Die Diskussion darüber war letztlich müßig. „Fass sie nicht an", warnte er erneut. „Fass sie ja nicht an!"

Wakefield presste die Lippen aufeinander. „Ich habe nicht vor, mich ihrer zu bemächtigen. Verdammt, Everham! Bitte nimm Vernunft an. Du kannst diese Frau nicht ehelichen."

Trent schluckte den Widerspruch herunter.

„Das muss dir doch klar sein. Trotz ihres Auftretens bleibt sie eine Lebedame."

Die Kutsche stoppte und der Schlag wurde geöffnet. Trent konnte es kaum erwarten, Wakefields Gesellschaft endlich zu entrinnen. Sein Spazierstock versperrte ihm jedoch den Ausgang.

„Everham, zwing mich nicht, mich durchzusetzen."

Trent stieß den Stock weg und stieg aus der Kutsche. Wakefield folgte ihm bedauerlicherweise. Allerdings war ihm dies auch gleich, sobald er Molly endlich gegenübersaß. Ihr blondes Haar türmte sich elegant auf ihrem Kopf und sie sah über den Rand ihrer Tasse zu ihm herüber.

„Lady Batton, leistet uns Ihre Tochter heute keine Gesellschaft?"

„Das wäre nicht probat, Mylord."

Er nahm seinen Tee von Lady Pemberly entgegen.

„Batton, nicht wahr?", mischte sich Wakefield in das Gespräch. „Ich muss gestehen, das sagt mir nichts."

„Mein Bruder war ein simpler Baronet, Euer Gnaden, und führte ein sehr zurückgezogenes Leben“, übernahm Lady Pemberly die Erklärung. Sie lächelte freundlich. „Wir sind aus Essex. Darf ich mich erkundigen, wo Sie aufgewachsen sind?“

„Norfolk, Mylady. Aber ich ziehe London vor.“

„Hm. Ich kann es nicht nachvollziehen.“ Lady Pemberly sah zu ihrem Gatten. „Ich bin gerne auf dem Land.“

Trent verfolgte das Gespräch nur am Rande. Er nutzte die Gelegenheit, stumm mit Molly zu kommunizieren. Sie schlug die Lider nieder und lächelte leicht.

„Nicht wahr, Molly?“

Sie schreckte auf und ihr Tee schwappte über. „Entschuldige Enola, ich fürchte, ich war in Gedanken versunken.“

Lady Pemberly lächelte sanft und versicherte: „Natürlich, meine Liebe. Ich stellte seiner Gnaden gegenüber fest, dass wir beide das Landleben äußerst genießen.“

„Ja.“ Sie hob die Mundwinkel zu einem angedeuteten Lächeln und sah auch kurz zu Wakefield herüber.

„Aus welchem Landstrich kommen Sie, wenn ich fragen darf?“

Molly senkte die Lider. „Essex, Euer Gnaden.“

„Ah.“ Wakefield verengte die Augen. „Wissen Sie, Lady Batton, Sie haben ungeheure Ähnlichkeit mit jemandem, den ich recht gut kenne.“

Trent sackte der Magen ab. Wie konnte er den Verdacht unauffällig zerstreuen?

„Lady Hampton womöglich?“

Wakefield brummte. „Ich nehme an, es besteht eine Verwandtschaft?“

Molly seufzte. „Lady Hampton ist meine Schwester.“

„Dann sind Sie Mary. Eine der Hastings-Zwillinge“, stellte Wakefield leise fest. Seine scharfen Augen musterten sie intensiv. „Herrje, dabei hieß es, Sie seien vor Jahren verstorben.“ Wakefield durchbohrte sie fast mit Blicken und sie wusste genau, was er dachte.

„Für meine Familie bin ich tatsächlich gestorben.“ Molly lächelte bitter. „Deswegen muss ich Sie bitten, meinen Familienangehörigen unser Aufeinandertreffen zu verschweigen.“ Sie starrte in ihren Tee. „Es käme zu unangenehmen Momenten, die ich beiden Seiten gerne ersparte.“

Trent starrte sie an. „Hastings Schwester?“

„So ist es“, bestätigte Wakefield, wobei er sie mit einem mokanten Grinsen anstarrte. „Mein Beileid zu Ihrem Verlust, Mylady.“

Molly sah zu ihm. Es war deutlich, dass sie den springenden Punkt nicht erfasste.

„Der alte Duke verstarb vor gut einem Jahr.“

Sie riss die Augen auf, ihre plötzlich bleichen Lippen formten tonlose Worte, dann verloren auch ihre Wangen an Farbe.

„Mein Vater …“ Sie stoppte, schluckte und senkte den Blick. Sie zupfte ihr Taschentuch hervor und hielt es sich an die Augen. Ihre Tasse klirrte leise.

„Mein Beileid, Lady Batton.“ Trent wünschte, er könnte sie in den Arm nehmen, aber in Gesellschaft verbat es sich leider.

Sie nickte. „Danke, Lord Everham.“

Lady Pemberly wechselte ihren Platz und nahm Molly in den Arm. Sie flüsterte ihr etwas zu und Molly nickte. Ihre Lippen bewegten sich und Trent meinte ein *Ich weiß* ablesen zu können. Lady Pemberly zog sie an die Brust und Pemberly räusperte sich.

„Euer Gnaden, Lord Everham, ich denke, wir benötigen nun etwas Privatsphäre."

Trent versuchte, Mollys Blick einzufangen, hatte aber keinen Erfolg.

„Selbstverständlich." Wakefield erhob sich. „Everham?"

Trent erhob sich zögerlich. Er wollte Molly nicht allein lassen. Er wollte bei ihr sein und ihren Kummer lindern. „Myladies. Pemberly."

Molly trat in den Salon. Everham erhob sich von seinem Sessel. Sie schloss eilig die Tür und lehnte sich dagegen. „Everham?"

Er kam auf sie zu und zog sie in die Arme. Sie erwartete einen Kuss, schließlich war sie seit drei Tagen bei Pemberly, aber er hielt sie schlicht fest. „Es tut mir leid."

Molly legte den Arm um seinen Hals, verwirrt über seine Worte. „Ist etwas passiert?"

Der Club? Ihr stockte das Herz. Wie schlimm war es? Bedrohte es ihre Lebensgrundlage?

Mollys Knie wurden weich und sie klammerte sich an ihn.

„Dein Verlust, Molly. Trotz der Entfremdung muss es ein Schock für dich gewesen sein." Seine Hand legte sich in ihren Nacken und sein Daumen rieb kleine Kreise in ihre Haut. „Gerade nun davon zu erfahren."

„Es war ein Schock, ja", gab sie zu. Alles andere wäre zu offensichtlich eine Lüge. „Aber ich habe nicht damit gerechnet, dass er mir je verzeiht." Sie sah zu ihm auf. Seine Gefühle, sein Mitgefühl, waren ihm deutlich ins Gesicht geschrieben.

„Was war der Grund? Warum erklärte Hastings dich für tot?"

Molly senkte die Augen auf sein Krawattentuch. Eine schlichte Ziernadel steckte darin. „Ich heiratete einen mittellosen Mann." Und hatte dabei einen äußert betitelten zurückgewiesen.

„Das kann nicht der Grund sein." Everham hob ihr Kinn. „Molly? Man verstößt sein Kind doch nicht, weil es eine Wahl trifft."

Ihre Augen brannten. „Doch. Ich war verlobt. Es war ein Skandal."

„Der schlimmste Skandal rechtfertigt nicht ..." Everham brach ab und drückte ihr einen Kuss auf die Stirn. „Wie auch immer, das ist lange her."

„Ja." Sie legte den Kopf in den Nacken, schloss die Lider und öffnete leicht die Lippen. Seine verschmolzen mit ihren. Molly seufzte und drängte sich an ihn. Es machte es etwas leichter. Das Leben, den Kampf, selbst den Verlust, wenn jemand da war, der einen hielt.

„Molly", stöhnte er und stoppte ihren heißen Kuss außer Atem. „Schatz, hier ist es zu gefährlich."

Molly löste sich von ihm, ernüchtert. Sie drehte sich von ihm fort, um sich zu fassen.

„Molly." Er fing sie ein, umarmte sie von hinten und presste seine Lippen an ihren Hals. „Ich mag deinen Ruf nicht unnötig gefährden. Es ist schon schlimm genug, dass ich um eine Audienz bat.“ Er versteckte sein Gesicht in ihrem Haar. „Ich kann nicht bleiben, so sehr ich es mir auch wünsche.“

„Meinen Ruf ...“ Sie schüttelte den Kopf. „Also gut. Ich werde ohnehin morgen zurück sein.“

„Molly.“ Seine Umarmung wurde fester. „Meinst du wirklich, du solltest bereits zurückkehren?“ Wieder küsste er ihren Nacken. „Versteh mich nicht falsch, ich will dich zurückhaben, lieber heute als morgen. Aber ich möchte auch, dass es dir gutgeht.“

„Es geht mir gut“, versicherte sie leise. „Und ich möchte für die Mädchen da sein.“

„Sie nehmen es besser auf als du, Molly. Sie kennen das Risiko. Sie wissen, dass es Bestandteil ihres Lebens ist.“ Er seufzte schwer. „Mein Gott Molly, du solltest damit nichts zu tun haben.“

„Weil mein Vater ein Duke war?“ Sie hätte lachen mögen.

„Ja Molly, das ist sicherlich einer der Gründe! Verdammt!“ Er ließ sie los. „Verdammt noch mal!“

„Ich bin die Witwe eines Baronets, Everham. Die Leiterin eines Clubs fraglichen Rufes. Nichts weiter.“ Molly atmete tief ein. „Nichts weiter.“

Everham sah sie an. „Denkst du das?“

„So ist es, Everham. Meine Familie verleugnet mich und dies wird sich durch den Tod meines Vaters nicht ändern. Ich bin eine Schande. Es wäre besser für alle, wäre ich tot.“ Selbst für Aubrey wäre es besser, konnte sie ihrem Ansehen dann wenigstens nicht mehr schaden. Sie legte die Hände vor das Gesicht und rieb ihre Stirn.

„So ein Unsinn! Hast du je versucht, wieder in Kontakt zu treten? Mit deiner Mutter? Mit deinem Bruder oder deiner Schwester? Ich bin mir sicher …“

„Du kennst sie nicht, oder?“ Sie lachte bitter auf. „Everham, Lady Mary of Hastings ist tot.“

Er stand ihr gegenüber und glaubte ihr einfach nicht. Er musste eine sehr hohe Meinung von Familie haben, wenn er sich so daran klammerte, dass man ein Kind nicht verleugnete, eine Schwester. Er senkte den Blick und nickte.

„Gut.“ Er kaute auf seiner Zunge herum, verkniff sich deutlich seine Argumente. „Du bist die Witwe eines Baronets.“ Er hob die Hände. „Molly Batton.“

„Ja. Nichts weiter.“

„Gut.“ Sie sahen sich an. „Molly, ich will dich.“

Sie atmete tief ein. Alles, was sie an Familie hatte, befand sich in diesem Haus. Obwohl Pemberly selbst nicht auf das Eheversprechen gewartet hatte, um Enola nahe zu sein, hieß dies nicht, dass er Mollys Affäre billigte.

Everham hielt ihr die Hand entgegen.

„Wir müssen die Tür verschließen und du kannst dir nicht viel Zeit lassen.“

Ein Grinsen flackerte über seine Lippen. „Danke.“

Molly nickte und verschloss schnell die Salontür. Everham legte sein Justaucorps ab und öffnete sein Krawattentuch. Molly führte ihn zur Chaiselongue und ließ sich darauf nieder. Sie raffte ihr Kleid.

„Komm.“

„Ein wenig mehr Zeit lässt du mir doch, oder?“, murmelte er, als er sich auf sie legte. Seine Hand umfasste ihr Kinn. Sein Daumen fuhr federleicht über ihre Lippen. „Ja? Ein wenig mehr Zeit?"

„Everham, du solltest anfangen. Dir sollte bewusst sein, wie wenig Pemberly hiervon erfreut wäre", tadelte sie und legte die Schenkel um seine Mitte. Er brummte eine Zustimmung: „Wie wahr. Die Liste lässt sich wohl erweitern. Wakefield und Hastings wären auch nicht erfreut."

„Wakefield und Hastings sind mir gleich, Everham. Pemberly nicht. Also bitte. Bitte, wir dürfen nicht erwischt werden." Sie hob die Hand und strich mit den Fingerspitzen über seine Schläfe. „Magst du nun beginnen?"

„Molly, du bist eine Herausforderung, weißt du das?", murmelte er, erwartete aber keine Antwort. Er küsste sie und schob eine Hand zwischen ihre Beine, um sie zu reizen.

„Dafür ist keine Zeit, Everham", flüsterte sie und schob die Finger in sein Haar. „Komm."

„Noch einen Moment, einen kleinen Moment, mein Schatz", wisperte er. Molly fehlte der Atem zu einem Widerspruch. Sie seufzte an seinen Lippen, küsste ihn verzehrend.

„Everham."

Er erfüllte ihren stillen Wunsch. Er vereinige ihre Leiber und verharrte tief in ihr. Er küsste sie zart. „Ich habe dich vermisst."

„Everham, du musst ..."

„Scht!" Er küsste sie. „Ich weiß. Ich muss mich beeilen." Trotzdem bewegte er sich sanft in ihr. Nicht schnell, eher gemütlich.

„Everham", stöhnte sie mahnend.

„Scht!" Er küsste sie, damit sie ihn nicht weiter antreiben konnte. Nicht mit Worten. Molly ließ ihre Hände abwandern und vergrub ihre Nägel in seinem Hinterteil.

„Verflucht", grollte er und stemmte sich auf. „Au!" Er sah vorwurfsvoll auf sie herab. „Molly!"

„Everham!"

„Verdammt!" Er küsste sie. „Schön."

Er zog das Bein an, legte die Hand unter ihren Po und beschleunigte sein Tempo. Molly ließ ihre Finger, wo sie waren, änderte lediglich den Druck. Sie hob sich ihm entgegen, empfing ihn atemlos und schloss die Augen. Süße Hitze durchfloss sie. „Mh."

Er stöhnte in ihren Mund und stockte. „Oh Molly."

„Halte nun nicht inne", bat sie keuchend. Er drückte ihr kleine Küsse in das Gesicht.

„Du ahnst nicht, was es mir bedeutet, bei dir zu sein", murmelte er. „Oh Molly."

„Zögere es nicht hinaus, Everham", bat sie erneut. Ihre Hände glitten über die heiße Haut seiner Pobacken. „Erleichtere dich."

„Oh Molly!" Er schüttelte den Kopf, küsste sie zart und schloss sie in die Arme. Sie spürte seine Anspannung, aber auch, wie sie brach. Er stöhnte unterdrückt, umklammerte sie fest und murmelte unverständliche Dinge. Ein Lächeln schlich sich auf ihre Lippen.

„Oh Molly, ich bin froh, dass du morgen zurück bist."

Sie lachte auf. „Das verstehe, wer will."

Er streichelte ihre Wange. „Ich möchte mir Zeit lassen, Molly. Und ich mag nicht, gehen zu müssen, nachdem wir zusammen waren." Er gab ihr einen schnellen Kuss. „Ich mag bei dir bleiben und dich schnarchen hören, wenn du schläfst."

„Bitte?" Unglaublich! „Also hör mal!"

Noch ein kleiner Kuss und er schob sich von ihr herunter.

„Du bist dir sicher, dass du morgen bereits zurückkommen möchtest?" Er stand auf und knotete sich die Breeches zu. Molly setzte sich auch auf, bemühte sich aber nicht darum, die Knicke aus ihrem Kleid zu streichen. Es war zwecklos und sie begäbe sich ohnehin direkt auf ihr Zimmer. Sie stand auf und trat auf ihn zu.

„Ja. Die Tatenlosigkeit hier macht mich verrückt. Aubrey verbringt den Großteil des Tages mit ihrer Gouvernante und die wenigen Augenblicke, die ich mit ihr habe, rechtfertigen nicht die Zeit, die ich hier vergeude." Sie seufzte und strich sein Hemd glatt.

„Du langweilst dich?", fragte er überrascht. Molly reichte ihm sein Justaucorps.

„In den letzten vier Jahren war ich rund um die Uhr beschäftigt." Sie zuckte die Achseln. „Und nun ... Enola verbringt den Vormittag im Bett, Pemberly in seinem Studio. Ich bin hier völlig überflüssig."

„Du brauchst eine Aufgabe." Er nickte. „Das bekommen wir hin." Er zog sie in die Arme. „Ich finde etwas, Molly." Er verschmolz ihre Lippen miteinander. „Ich sollte jetzt gehen." Noch ein Kuss, dann ließ er sie frei und bückte sich nach seinem Krawattentuch.

„Soll ich es dir binden?"

Er sah sie irritiert an. Molly nahm ihm die Enden seines Tuches ab und schlang es zu einem recht mondänen Knoten. „So. Damit kannst du dich vor die Tür wagen."

„In dir stecken unerwartete Fertigkeiten."

„Gene konnte sich keinen Kammerdiener leisten." Sie zuckte die Achseln.

Seine Augen huschten über ihr Antlitz. „Eine Zofe?"

Ein bitteres Grinsen legte sich auf ihre Lippen. „Nein."

„Was konnte Batton sich leisten?"

Sie senkte die Lider und tippte ihm auf die Brust. „Eine alte Haushälterin. Jetzt geh. Du bist schon viel zu lange hier."

„Warte." Everham holte sie zurück. Seine Augen huschten erneut über ihre Züge und er zog die Brauen zusammen. „Das ist alles? Eine Haushälterin?"

„Ja." Sie zuckte die Achseln. „Du musst gehen."

„Molly." Er holte sie erneut zurück und hob ihr Gesicht an, um in ihre Augen sehen zu können. „Warum?" Zwei steile Falten gruben sich über seine Nase zwischen seine Brauen. „Warum hast du einen Mann geheiratet, der dir nicht einmal den mindesten ..." Er brach ab. Seine Züge entgleisten. „Liebe. Du hast ihn geliebt." Er wendete sich ab und fuhr sich durchs Haar. „Mein Gott!"

„Everham, du musst gehen."

„Ja", murmelte er. „Ja."

Der Blick, den er ihr noch zuwarf, war zu tiefst schockiert.

Kapitel 7
Unerwartete Probleme

London, Club Noir, am Abend darauf

Molly bereitete sich für die Nacht vor. Everham war noch nicht im Haus, was durchaus ungewöhnlich war. Sie richtete sich die Perücke und band sich die Maske vor das Gesicht. Tumult auf dem Flur ließ sie aufhorchen. Ihre Tür knallte gegen die Wand.

„Euer Gnaden, Sie können nicht unbefugt bei Madame eindringen!"

Molly stand auf und kam schnell um den Paravent herum. „Euer Gnaden, was zum Teufel hat dieser Überfall zu bedeuten?"

Wakefields klare Augen richteten sich durchdringend auf sie. „Madame, ich denke, wir haben ein Gespräch zu führen."

„Und ich denke, ich habe mich klar ausgedrückt, dass Sie mich nicht mehr in meinen Räumlichkeiten zu belästigen haben!“ Molly verengte die Augen und presste grimmig die Lippen aufeinander.

„So nicht, Madame“, knurrte der Duke und trat auf sie zu.

„Grayston, holen Sie Jarred und Stephan. Seine Gnaden werden wohl den Weg gezeigt bekommen müssen.“ Sie hob ihr Kinn und bemühte sich um Sicherheit. Er war nicht gefährlich. Er war lediglich ein verwöhnter Adliger, der nicht bekam, was er wollte. Ein trotziges Kind, wenn man so wollte.

„Sie lehnen sich zu weit aus dem Fenster, Madame“, drohte er und streckte ihr den Zeigefinger entgegen.

„Raus, Euer Gnaden! Sie haben Ihre Zahlung bereits erhalten und daher gibt es nichts, was wir zu besprechen hätten.“ Sie stemmte die Hände in die Hüften. Er griff nach ihr und zog sie an sich.

„Das sehe ich anders. Es ist meine letzte Warnung, Madame! Halten Sie sich fern von Everham, sonst werden Sie es bereuen!“ Seine Augen sprühten brennendes Eis. Ein Schauer ließ sie erbeben, aber sie wollte sich nicht einschüchtern lassen.

„Gehen Sie, Wakefield, ich bin es leid, mich vor Ihnen zu rechtfertigen.“

„Ich werde ihm sagen, dass ich Sie hatte und dass ich nicht der Einzige war. Er wird sich nehmen, wonach es ihm gelüstet, Belle, und dann wird er Sie vergessen!“ Er schüttelte sie. „Wenn er erst einmal hatte, was Sie ihm verwehren, lässt er Sie fallen.“

Jarred und Stephan rissen den Duke von ihr los und Molly ging zu Boden. Sie stöhnte und rollte sich zur Seite.

„Ich lasse nicht zu, dass Sie ihn ruinieren, *Madame Noir*!“

Grayston kniete bei ihr. „Madame?“

„Es geht schon“, murmelte Molly und richtete sich auf. Ihr Ellenbogen schickte sengende Pein durch ihren Arm. Grayston half ihr auf die Füße.

„Das ist meine letzte Warnung“, wiederholte Wakefield grollend und schüttelte die Hände der Lakaien ab. Molly gab ihnen ein Zeichen, innezuhalten.

„Ich sagte Ihnen bereits, dass Ihre Vermutungen nicht zutreffen. Sagen Sie, was immer Sie sagen wollen. Es ist mir gleich, welche widerlichen Gerüchte Sie über mich in Umlauf bringen.“ Molly atmete tief ein, obwohl die Schmerzen in ihrem Arm dazu angeraten waren, ihr selbigen zu nehmen. „Verschwinden Sie! Ich will Sie in diesem Haus nicht mehr sehen!“

Wakefields Augen glitten verächtlich über sie hinweg. „Sie sollten ihn ausschließen.“ Er hob die Hände, als die Lakaien nach ihm greifen wollten. „Ich gehe.“

Molly folgte ihm und den Lakaien in den Flur. Die Tür zum römischen Raum wurde geöffnet. Molly sah auf und begegnete Everhams Augen. Seine Brauen zogen sich zusammen und seine Lippen formten ihren Namen. Gitty trat hinter ihm aus dem Zimmer und legte ihm die Hand auf den Arm. Sie schmiegte sich an ihn. Molly senkte den Blick. Sie konnte nicht schlucken, nicht atmen. Sie schloss die Lider. Ihre Finger krampften sich in die Seide vor ihrem Bauch, als könne sie damit die Schmerzen in ihrem Inneren lindern.

„Madame“, raunte Everham und schlang den Arm um ihre Mitte. „Ist Ihnen nicht wohl?“ Er schob sie zurück in ihr Zimmer und schlug die Tür hinter ihnen zu.

„Molly? Was wollte Wakefield?"

„Mich warnen", keuchte Molly, unfähig, mit dem Schmerz in ihrem Inneren umzugehen. Everham führte sie zum Bett und drückte sie darauf nieder. Er kniete sich vor sie und strich ihr zärtlich durch das Haar.

„Warnen?"

„Mich von dir fernzuhalten." Sie schloss die Augen. Sie brannten und hinter ihnen baute sich ein unheimlicher Druck auf.

„Er ist gefährlich, Molly. Ich wollte es dir nicht sagen, weil ich dir nicht unnötig Angst einjagen wollte, aber er hat mich aufgefordert ..." Er brach ab und drückte ihre Hände. „Dich zu nehmen, ob du willst oder nicht."

„Ich kann nicht hinuntergehen", krächzte sie und schluckte. „Mir ist unwohl." Sie befreite ihre Finger und legte sie an die Stellen, die Wakefield zuvor umklammert hatte. Ihr Ellenbogen sendete wütende Flammen durch ihren Arm und ihr Magen verknotete sich noch fester.

„Leg dich hin, Schatz." Er drängte sie sacht zurück, nahm ihre Pantoffel ab und schlug die Decke über sie. „Ruh dich aus." Er beugte sich über sie und drückte ihr einen Kuss auf die Stirn. „Ich kümmere mich um alles Weitere."

Die Tür fiel sacht ins Schloss und Molly drehte sich, versteckte dabei ihr Gesicht im Kissen. Sie schluchzte, krümmte sich und brach in haltlose Tränen aus.

Sie hatte es ja gewusst. Sie sollte froh sein. Sie rollte sich zusammen. Sie sollte froh sein, dass er das Interesse an ihr verlor. Damit wurde ihr Leben sehr bald wieder überschaubar. Einfach. Das war gut. Das war sehr gut. Zumal die ständigen Übergriffe damit endlich ein Ende haben würden.

Molly drehte sich seufzend. Everham schloss sie fester in die Arme. Er murmelte etwas und sie kuschelte sich an ihn, um ihn zu spüren. Um noch einige innige Minuten zu genießen, bevor der Tag begann. Leider holte die Erinnerung sie ein. Sie versteifte sich, Everham und Gitty vor Augen.

„Schatz?", murmelte er und zog sie an sich. „Ist etwas?" Seine Lippen drückten sich in ihr Haar.

Molly schüttelte den Kopf. Sie wollte es nicht ansprechen. Es stand ihr nicht zu und letztlich musste sie sich vor Augen halten, dass es besser so war.

„Bleib ruhig liegen", murmelte er verschlafen. „Es sollte ein durchschnittlicher Abend gewesen sein. Die Abrechnung kann doch warten."

„Gut", wisperte sie und drehte sich in seiner Umarmung. Everham schmiegte sich direkt in ihren Rücken und küsste ihren Hals.

„Wakefield hat Hausverbot", fuhr er fort und schien munter zu werden, denn seine Stimme wurde fester und seine Worte klarer. „Ich will nicht, dass er dir etwas antut, um mich zur Räson zu bringen."

„Gib ihm, was er will", schlug Molly leise vor. „Er ist im Recht."

„Im Recht?" Er knurrte, was eine Vibration in ihrem Nacken mit sich führte. „Molly, er ist mein Cousin und nicht mein Vater! Er hat kein Recht, mich zu maßregeln. Mir Dinge vorzuschreiben und sei es den Zeitpunkt, wann ich mich für ein Weib entscheide“, echauffierte er sich. „Und ich werde ihm sicherlich nicht entgegenkommen. Ich entscheide, wann ich einer Dame einen Antrag mache.“

Molly sah über das zerknitterte Laken. „Selbstredend“, wisperte sie. „Aber es hülfe, wenn er den Eindruck bekäme, dein Interesse läge nicht einzig bei mir.“

„Molly“, murmelte er, ihren Hals liebkosend. „Mein Interesse liegt aber bei dir.“

Sie versteifte sich bei der Lüge. Warum spielte er ihr Treue vor? Es war absolut unnötig. Sie wünschte doch, er möge sich anders orientieren. Dennoch drängten sich Tränen in ihre Augen.

„Molly, es wird hier zu gefährlich.“ Er verschränkte seine Finger mit ihren.

„Du machst es gefährlich“, stellte sie krächzend fest. „In den ganzen Jahren war ich nie so häufig Ziel von Übergriffen gewesen, wie in den Wochen, in denen du …“

„Schatz, ich möchte mich jetzt nicht streiten. Nicht über Wakefields Forderungen. Bitte.“ Er zog ihre Finger an ihre Brust und drängte sich an sie. „Lass uns über schöne Dinge nachdenken. Was hältst du von einem Picknick?“

Molly starrte noch immer über das Laken. „Wakefields berechtigte Forderungen, Everham. Du solltest dich nicht ausschließlich in Nachtclubs aufhalten. Zerstreue seine Befürchtungen, indem du etwas gesellig bist.“

„Ich bin gesellig", murrte er und versuchte sie abzulenken, indem er ihren Busen massierte. „Ich bin überaus gesellig."

Molly befreite sich von ihm und rutschte aus seiner Umarmung.

„Gesellschaftlich gesellig, Everham! Seit Monaten warst du auf keinem Ball, keiner Soiree oder ... verflixt!" Molly setzte die Füße auf dem bloßen Holzboden. „Ich kann mir Wakefields Rache schlicht nicht leisten. Für mich steht zu viel auf dem Spiel!" Sie stand auf und schlang die Arme um sich. „Ich denke, es ist Zeit, das zu beenden."

„Wie bitte?" Die Aufhängung des Bettes quietschte. „Molly ..."

„Es ist besser so." Sie ging zu ihrem Waschtisch und befeuchtete sich das Gesicht. Sie fühlte sich immer noch unwohl. Diesig. Ihr Magen war in Aufruhr und ihre Nerven schlicht zerrüttet.

„Molly, das ist Unsinn." Die Dielen knarzten unter seinen Schritten. „Es gibt keinen Grund, irgendetwas zu beenden. Molly ..." Er berührte ihre Schulter.

„Du kannst dich genauso gut mit den Mädchen amüsieren."

„Bitte?" Die Berührung schwand.

„Wir treffen eine Regelung." Sie tupfte ihr Gesicht ab. „Aber du musst auch deine gesellschaftlichen Verpflichtungen erfüllen."

„Schön, treffen wir eine Regelung", lenkte er ein.

Molly legte das Handtuch mit zittrigen Fingern zur Seite. „Gut."

„Du willst, dass ich gesellschaftlich verkehre." Er klang angespannt und das machte sie recht nervös.

Dennoch drehte sie sich zu ihm um. Er starrte sie dunkel an.

„Ja.“

„Also gut.“

Molly senkte den Blick. „Gut.“ Sie schaffte es kaum, die Worte zu formulieren.

„Ich werde einen Weg finden, Wakefield zu beruhigen. Du solltest ihn trotzdem schnellstmöglich auszahlen.“

„Das wird im nächsten Jahr nicht möglich sein.“ Ein eisiger Hauch ließ sie frösteln und sie schloss erneut die Arme um sich. „Und es ändert auch nichts an seiner Drohung.“

„Es gibt noch einen Weg, wie seine Drohung gegenstandslos wird.“

„So?“

„Du verkaufst den Club.“

Molly hob erschrocken den Blick. Seiner lag fest auf ihr.

„An mich.“

Ihr klappte der Mund auf. War das der Grund für alles? Er wollte ihren Club?

„Wakefield wird einsehen, wie falsch er mit seiner Vermutung lag, ich hätte es auf dich abgesehen und wird dich in Ruhe lassen.“

„Mein Club sorgt für mein Auskommen, ich kann ihn nicht verkaufen!“ Ihre Stimme schwankte und sie mit. Sie streckte die Hand nach ihrem Waschtisch aus und stützte sich ab. Ihr wurde langsam übel.

„Wir finden ein anderes Auskommen für dich.“

Sie drehte sich und schloss die Lider. Everhams Berührung ließ sie aufschrecken und sie wich ihm aus. Er fing sie ein und zog sie fest an sich.

„Everham! Bitte!"

„Molly, warum willst du mich nicht mehr?" Er murmelte es in ihr Ohr. „Warum willst du unsere Beziehung beenden?"

Mollys Hände lagen auf seiner bloßen Brust und lockten sie mit ihrer Wärme. Sie war es so leid, zu kämpfen, sich zu sorgen und alles im Blick zu behalten. Sie gab auf, sackte gegen ihn.

„Ich will dich, Molly." Seine Hand legte sich in ihren Nacken und er küsste ihr Haar. „Was kann ich tun, damit du mich auch willst?"

Sie hatte keine Antwort darauf.

„Damit du mich nicht fortschickst?"

Tränen brannten in ihren Augen.

„Und mich akzeptierst." Er atmete tief ein. „Ich kann nicht erwarten, dass du für mich ähnlich empfindest wie für deinen Gatten. Das ist mir bewusst."

Molly erstarrte in seiner Umarmung.

„Das ist mir bewusst", wiederholte er angespannt. „Das verlange ich nicht. Ich will nur von dir akzeptiert werden."

Sie spürte seine Anspannung unter ihren Fingern, aber auch in dem leichten Zittern seiner Hand in ihrem Nacken.

„Ich bin gerne mit dir zusammen. Ich möchte das nicht verlieren. Ich möchte dich nicht verlieren."

„Warum bist du dann zu Gitty gegangen?" Molly biss sich auf die Lippe. Sie hatte ihn doch nicht damit konfrontieren wollen.

Everham räusperte sich. „Das tut mir leid, Molly. Ich hätte ihre Dienste nicht in Anspruch nehmen dürfen."

Tränen rollten über ihre Wangen. Sie hatte selbstverständlich keine einleuchtende Erklärung erwartet, die alles ganz harmlos darstellte.

„Verzeih mir."

Das sagte sich so leicht.

„Es kommt nicht wieder vor, ich verspreche es", murmelte er eindringlich. Seine Hände fielen an ihr herab und er nahm ihre auf. Er löste sich dadurch von ihr und sah sie mit seinem Hundeblick an. Er küsste ihre Finger. „Es kommt nicht wieder vor."

Molly nickte. „Mach mich nicht vor den Mädchen zur Närrin."

Everham zog sie wieder in die Arme. „Gott sei Dank", murmelte er. „Ich verspreche es, Molly, die Mädchen interessieren mich nicht."

Molly wollte nicht weiter darüber sprechen. Nicht einmal darüber nachdenken.

Trent betrachtete Molly. Sie schlief. Sie sah blass und übernächtigt aus, obwohl sie die ganze Nacht geschlafen hatte. Etwas machte ihr deutlich zu schaffen und hätte beinahe für einen Eklat gesorgt. Er wollte nicht ausschließen, dass Wakefields Drohung Teil des Problems war. Und Eifersucht?

Molly hatte bisher nie den Eindruck gemacht, ihn zu schätzen. In keinster Weise. Sie war nicht abgeneigt, aber jede Annäherung ging von ihm aus.

Trent streckte die Hand nach ihr aus. Seine Fingerspitzen fuhren sacht über den Schatten unter ihrem Auge, dann über ihren Wangenknochen zu ihrem

Kinn. So blass und angespannt. Er beugte sich vor und drückte ihr einen Kuss auf die geöffneten Lippen. Es gab ein paar Dinge, die er erledigen musste, weswegen er nicht darauf warten konnte, dass sie erwachte. Es wurde Zeit, dass er die Geschäfte in die Hand nahm und den Ungereimtheiten auf die Spur kam.

Trotz ihrer akribischen Aufzeichnungen stimmte die Kasse nicht. Womöglich gab es eine hinreichende Erklärung dafür. Vermutlich schummelte sie absichtlich, um etwas mehr in der Kasse zu haben und ihre Verbindlichkeiten schneller abzahlen zu können. Das konnte er nicht ausschließen. Und er wollte sie schon gar nicht auffliegen lassen. Darum ging es ihm nun wirklich nicht. Er wollte nur sicherstellen, dass es nicht sie war, die betrogen wurde. Nichts weiter.

Einen Moment hielt er sie noch, genoss ihre Nähe, ihren Duft, dann trennte er sich. Er stieg schnell in seine Breeches und schlüpfte in sein Hemd. Molly drehte sich mit einem Seufzen und er stockte, um sie anzusehen. Sie war stets bedrückt und zurückgezogen. Er schlang sein Krawattentuch um seinen Hals. Was musste es sie kosten, so im Mittelpunkt zu stehen, wie sie es als Madame Noir tat?

Er griff nach seinem Justaucorps und warf noch einen Blick zurück. Es war das falsche Bild, nie war es ihm deutlicher erschienen. Das Bett war schlicht, ohne Himmel, ohne erhöhte Kopf oder Fußenden. Die Matratze klumpig. Der Raum zugig und klamm. Schmucklos. Lediglich ihre Kleider waren von angemessener Qualität, wenn schon nicht ihrer Stellung entsprechend. Er wollte sie nicht hier haben. Ihr Stelldichein in Pemberlys Salon kam ihm in den Sinn. Ihr einfaches Kleid, ihr barer Hals und ihre simple Eleganz. Lady Mary of Hastings, ohne Frage. Mittellos ja, aber von unvergleichlicher Würde. Eine mittellose Witwe eines Baronets, da konnte Wakefield kaum etwas auszusetzen haben, zumal bei ihrem Stammbaum.

Beschwingt verließ er Mollys Zimmer und schloss vorsichtig die Tür, um sie nicht zu wecken. Grayston und die Mädchen, die in der vorherigen Nacht im Einsatz gewesen waren, ruhten in ihren Betten und lediglich die beiden Mägde gingen ihren Aufgaben nach.

Trent sah sich um, bevor er die Ältere ansprach. „Mistress, wenn Madame erwacht, benötigt sie ein gutes Frühstück."

„Aye, Monsieur." Sie knickste. „Ei mit Speck, wie jeden Morgen."

„Ja. Und hilf ihr doch beim Ankleiden."

Die Magd bekam große Augen.

„Madame ist angegriffen. Etwas Hilfe täte ihr gut." Eine Idee huschte durch seinen Kopf. „Und vielleicht ein paar aufbauende Worte? Wie damenhaft sie ist. Wie wenig sie hierher passt und dass sie viel hübscher ist als die anderen Mädchen." Er grinste zufrieden. Die Magd gaffte ihn an. „Madame ist angegriffen."

„Aye, Monsieur."

„Ich bin nun außer Haus. Bei Problemen verständigst du Grayston und nicht Madame. Ich werde zum Abend zurück sein."

Die Magd knickste fahrig. „Aye."

Everham fuhr sich durchs Haar. „Schön. Gib meinem Kutscher Bescheid, dass er mich an der Ecke aufnehmen kann, wie üblich."

Er betrat den Salon und überflog die Getränkeliste. Seine Vermutung bestätigte sich, als er auch die Belegungsliste prüfte. Ein normaler Abend.

Er hängte sie zurück, begab sich an die Garderobe und nahm sich seinen Mantel. Er musste nicht lange auf seine Kutsche warten und gab die Order, ihn erst einmal heimzubringen. Er musste sich umkleiden, dann standen einige Besuche an.

Sein erster Weg führte ihn zu seinem Cousin. Wakefield begrüßte ihn verhalten.

„Schon so früh auf?" Wakefield sah prüfend an ihm herab. „Und Zeit für eine ordentliche Toilette hattest du auch."

„Ich habe generell Zeit für eine ordentliche Toilette, Wakefield, unterlass deine unangebrachten Anspielungen", knirschte Trent und nahm unaufgefordert am Kamin Platz. „Hast du einen Moment?"

„Verdanke ich deiner Madame diesen Besuch?", fragte Wakefield lakonisch, erhob sich aber von seinem Platz an seinem Schreibtisch. „Ich nehme an, du hast dir auch ein Frühstück gegönnt, oder?"

„Selbstredend, Wakefield! Ich bin sogar ausgeschlafen! Verdammt noch mal, was dir so im Kopf herumspinnt, hat nichts mit der Realität zu tun." Trent verfolgte, wie sein Cousin durch den Raum schritt, eine der tiefschwarzen Brauen spöttisch gehoben.

„So? Vielleicht kenne ich dich einfach besser als du dich selbst?"

„Nein, du bist lediglich voller Vorurteile", korrigierte Trent giftig. „Nur weil sich mein Vater in ein Showgirl verguckte und es ehelichen musste, bedeutet es nicht, dass ich es auch tun werde!"

Wakefield ließ sich auf dem Sessel ihm gegenüber nieder. Seine Miene bezeugte nur zu deutlich, dass er ihm kein Wort abnahm. Trent fluchte.

„Vielleicht magst du daran denken, dass unsere Mütter Schwestern sind. Hältst du es für möglich, dass sich deine Mutter in einen mittellosen, titellosen Mann vergucken könnte?"

Wakefield lachte auf. „Nein! Genauso wenig wie ich."

„Schön. Ich versichere dir, dass du völlig falsch liegst."

Wakefield musterte ihn. „Ich glaube nicht, dass ich falsch liege, Everham."

Trent atmete tief durch und beugte sich vor. Er spielte mit seinem Ring. „Wie hoch ist deine verbleibende Einlage?"

„Wie meinen?" Die Belustigung schwang in seiner Stimme mit.

„Deine Einlage im Club Noir."

Wakefield verengte die Augen.

„Wie hoch ist sie? Und erzähl mir nicht, es gäbe keine Einlage, Wakefield."

Einen Moment hielt Wakefield Trents Blick ungerührt stand, dann lehnte er sich mit einem Grinsen zurück. „Es sind noch fünfhundert Pfund offen."

„Bist du bereit, dich frühzeitig auszahlen zu lassen?"

„Dann geht Madame dir bereits an die Börse? Gewöhnlich schenkt man seiner Mätresse Schmuck und nicht Anteile an einem Bordell." Seine scharfen Augen bohrten sich in ihn. „Und fünfhundert Pfund sind auch etwas happig, meinst du nicht? Ich kann mir nicht einmal in meinen wildesten Träumen vorstellen, wie die Gegenleistung aussähe."

„Wieder irrst du.“

Wakefield schüttelte den Kopf. „Everham ...“

„Ich will den Club übernehmen“, unterbrach Trent ihn schnell. „Und damit er Erträge erzielt, will ich ihn ohne Einlagen.“ Er grinste knapp. „Sonst schöpft ihr den Rahm ab, während ich die Arbeit und die Kosten habe.“

„Ihr?“

„Du bist nicht der Einzige Investor, Wakefield.“ Er zuckte die Achseln. „Nur der mit der höchsten Einlage.“

„Ein Bordell, Everham? Bist du von Sinnen?“ Allerdings grinste der Cousin immer noch, womit seine Aussage revidiert wurde. Er hielt ihn sicherlich nicht für verrückt.

„Eine Investition, Wakefield, und eine, die sich lohnt. Oder?“

Der Duke nickte. „Ja, sie lohnt sich. Aber bedenke, Besitzer eines Bordells zu sein, macht dich in der feinen Gesellschaft nicht gerade begehrter.“

„Ah“, machte Trent bewusst abwertend. „Ich muss nicht begehrt sein.“ Er hob die Hand, um Wakefields Kommentar abzuwürgen. „Ich muss lediglich eine Dame von mir überzeugen. Und ich habe bereits eine im Auge.“

„Everham, ich lasse nicht zu ...“

„Lady Batton“, unterbrach Trent ihn erneut. „Hastings Schwester. Respektabel genug, oder?“

Wakefield hob beide Brauen. „Lady Batton!“

„Pemberlys Schwägerin.“

„Tatsächlich?“ Wakefield starrte ihn in seiner Verblüffung an. „Eine Blondine, die kaum den Mund aufbekommt und kaum in der Verfassung ist, am gesellschaftlichen Leben teilzunehmen?“

„Du übertreibst.“

„Sie lebt bei ihnen, aber sie war in dieser Saison noch auf keiner Veranstaltung.“ Wakefield hob bedeutend die Hände. „Sie ist seit fast fünf Jahren Witwe und hast du sie dir genau angesehen?“

„Angesehen? Wakefield, was soll das nun?“

„Sie ist nicht gerade fashionable.“ Er verdrehte die Augen. „Und was in dem Alter nicht ist, wird auch nichts mehr.“

„Ich habe wohl andere Ansprüche an eine Gattin als du, Wakefield.“ Er setzte sich auf und rutschte tiefer in den Sessel, um es sich bequem zu machen.

„Na, ganz sicher. Sie ist mittellos, alt und hausbacken!“ Er hob die Hände. „Verzeih, dass ich es ausspreche, aber sie wäre nicht meine Wahl.“

„Ein Grund mehr, sie zu nehmen, nicht wahr?“

Trent ließ das Thema erst einmal ruhen. Wichtiger wäre es nun ohnehin, die Übernahme des Clubs zu regeln.

„Also, wärst du bereit, dich vorzeitig auszahlen zu lassen?“

„Hm, ich weiß nicht. Mir entginge ein nettes Sümmchen.“

„Was du durchaus verschmerzen kannst.“ Mit Sicherheit. „Und ich bin nicht bereit, deinen Wohlstand zu mehren. Du schröpfst sie und das weißt du.“

Wakefield lachte auf. „Machst du mir einen Vorwurf, dass ich versuchte, mein Geld zurückzuerhalten?“

„Zehn Prozent der Einnahmen plus zehn Pfund im Monat Abtragung? Das ist arg."

Er zuckte die Schultern. „Belle machte nicht den Eindruck, mit Zahlen umgehen zu können. Ich wollte lediglich so viel von meinem Geld zurückbekommen wie irgend möglich." Er schlug sich auf die Schenkel. „Also, wenn dich tatsächlich nur der Club interessiert, bin ich bereit, mich auszahlen zu lassen."

Seine Augen verengten sich und ein süffisantes Grinsen legte sich auf seine Lippen. „Am Tage deiner Hochzeit mit Lady Batton."

Trent verkniff sich seines. „Sehr schön. Ach, Wakefield, du musst Madame Noir in Frieden lassen. Sie wird nicht verkaufen, wenn der Druck von der falschen Seite kommt."

Wakefield winkte ab. „Wie lange wirst du benötigen, um Lady Batton ihr Jawort abzuschwatzen?"

„Ich bin mir nicht sicher", gab er zu. Er richtete seinen Blick auf die aufgereihten Scheite im Kamin. „Es hängt davon ab, wie sehr sie Batton geliebt hat."

„Bitte?", prustete Wakefield. „Oh bitte! Sie ist mittellos. Sie wird sich sicherlich nicht zweimal bitten lassen."

Er stand auf und schlug ihm auf die Schulter. „Aber natürlich solltest du sie nicht aus heiterem Himmel überfallen. Sprich mit Pemberly. Wenn du Unterstützung benötigst, stehe ich zu deiner Verfügung."

Trent sah auf. „Danke."

„Madame Noir ..."

„Ist eingeschüchtert genug, um den Club abzutreten." Trent grinste zufrieden. „Danke dafür, aber es genügt nun. Ich mag nicht, wenn Frauen drangsaliert werden.“

Wakefield zuckte die Schultern. „Ich wollte nur sicherstellen, dass sie sich keine Hoffnungen macht.“

„Hoffnungen“, murrte Trent, sich erhebend.

Es war Zeit zu gehen.

„Auf einen Ring am Finger, Everham. Ihr läuft die Zeit davon und sich unerreichbar zu machen, ist ein Trick, um einen der wohlgeborenen Gäste einzufangen.“

Trent sparte sich den Widerspruch. „Tja, ich erkläre mich Lady Mary Batton.“ In der Hoffnung, dass zu dem Zeitpunkt Madame Noir bereits Geschichte war.

Kapitel 8

Der lange Weg

London, Pemberly House, wenig später

Trent sah aus dem Fenster. Er sortierte seine Gedanken. Er wollte nicht mit der Tür ins Haus fallen. Und er wollte auch die Pferde nicht scheu machen. Wie viel wollte er offenbaren?

„Everham? Nanu."

Trent drehte sich um. Pemberly stand in der Tür und sah ihn perplex an.

„Ich frage mich, warum mich niemand am Tage zu sehen erwartet."

Pemberly schloss die Tür. „Na ja. Du bist nicht oft zu sehen." Er deutete zu den Sitzgelegenheiten. „Wollen wir uns setzen? Tee oder lieber etwas Alkoholisches?"

„Danke, aber den Tee nehme ich lieber in Gesellschaft der Damen." Er hob die Mundwinkel. „Gerne später."

Pemberly verlor einen Augenblick die Contenance. „Natürlich. Wir werden sehen, ob Enola und Molly uns später bei einer Tasse Tee Gesellschaft leisten wollen." Er räusperte sich. „Aber es wird dich nicht die Aussicht auf Tee zu mir gebracht haben."

„Nein." Trent nahm auf der Chaiselongue am Fenster Platz und sah wieder aus dem Fenster. Aus dieser Position konnte er den Garten nicht sehen, aber er hatte Aubrey bereits lange genug beobachtet. „Hast du je über Kinder nachgedacht?"

Pemberly antwortete nicht und Trent fasste ihn ins Auge. Vermutlich war er kein bisschen subtil.

„Nun, immerhin bist du verheiratet. Da sollten sich beizeiten Kinder einstellen."

Pemberly fasste sich mit einem Schnauben. „Wohl wahr." Er setzte sich zu ihm. „Ich nehme an, du denkst über Kinder nach?"

Trent grinste. „Manchmal."

„Everham, du überraschst mich immer wieder." Pemberly schlug die Beine übereinander und lehnte sich zurück.

„Nun, fraglos benötige ich einen Erben." Trent zuckte die Achseln. „Ich bin allerdings nicht hier, um über Nachkommen zu sprechen."

Er räusperte sich und beugte sich vor. Das Gespräch war ebenso kompliziert wie jenes mit Wakefield. „Eigentlich habe ich eine delikate Frage."

„Eine delikate Frage?", griff Pemberly auf, sichtlich irritiert.

„Madame Rouge betreffend."

Pemberlys freundliche Miene gefror. „Bitte?"

„Ist sie Miteignerin des Clubs?"

Die Stille war schneidend. „Du solltest gehen, Everham." Pemberly stand auf.

„Ich formuliere meine Frage anders, Pemberly: Bist du noch am Club beteiligt?" Trent behielt den Earl im Auge. Dessen Gesicht rötete sich.

„Ich weiß nicht, wovon du sprichst." Er deutete zur Tür. „Wenn du mich nun entschuldigst."

„Wie hoch ist deine Einlage?"

Pemberly presste die Lippen zusammen.

„Ich spiele mit dem Gedanken, mich ebenfalls einzubringen. Madame ist noch nicht überzeugt." Trent erhob sich. „Aber vielleicht kann ich mich hineinmogeln."

„Und wie kommst du auf die Idee, ich sei beteiligt?"

„Wakefield."

Pemberlys Wange zuckte. „So?", knurrte er und Trent zuckte die Achseln.

„Wie hoch?"

„Wakefield ist falsch informiert. Ich bin nicht am Club beteiligt."

Trent runzelte die Stirn. „Pemberly ..."

„Nicht mehr." Er räusperte sich. „Ich habe alle Anteile zu meiner Hochzeit abgegeben."

„An wen?" Trent wusste, dass es nur noch einen weiteren Eigner gab, aber nicht, in welcher Höhe. Pemberly zögerte. „Wer hat neben Wakefield noch Einlagen?"

„Kilbridge."

Damit hatte Trent nicht gerechnet. „Kilbridge?"

„Ja. Und ich glaube nicht, dass er ausgezahlt werden möchte." Pemberly seufzte. „Und wenn auch Madame kein Interesse an deiner Einlage hat, ist es wohl aussichtslos." Er wechselte nervös das Standbein. „Es ist auch nicht gerade eine übliche Investition."

Trent lachte auf. „Da hast du recht. Nun, dann suche ich mir wohl besser eine andere Geldanlage." Er zwinkerte. „Ich wäre jetzt bereit für den Tee mit den Damen."

„Damen?", murmelte Pemberly erschreckt. Trents Grinsen wurde breiter, schließlich wusste er, dass der Freund Probleme haben würde, Molly zum Tee heranzuschaffen. „Deine Gattin und Lady Batton, Pemberly. Du wirst doch nicht vergessen haben, dass dein Haus vor Weibsbildern platzt?"

„Die schlafen noch."

„Ah."

„Du weißt ja", fuhr Pemberly schnell fort und machte einen lässigen Wink, „wie die Damen so sind. Die Nacht durchtanzen und den Tag verschlafen."

„Wie bedauerlich." Trent riss sich am Riemen, um nicht loszuprusten. „Dann werde ich meinen Besuch zukünftig später setzen. Wann sind die Damen gewöhnlich auf den Füßen?"

„Das ... ist schwierig." Er räusperte sich. „Molly, Lady Batton, verlässt ihr Zimmer nur selten."

„Tatsächlich? Wie bedauerlich. Hm." Trent runzelte die Stirn und musterte den Earl. Sollte er fragen?

„Ist sie leidend?"

„Äh nun, ich nehme an, sie trauert um ihren Gatten." Er wendete sich ab. „Aber sicherlich wird sie sich auch mal zeigen."

„Zum Dinner wird sie doch sicherlich ihr Zimmer verlassen." Trent verkniff sich ein Lachen. Pemberly war stehen geblieben, als wäre er gegen eine Wand gelaufen. „Heute Abend?"

„Oh, wie unglücklich", murmelte Pemberly und drehte sich gefasst zu ihm um. „Wir sind leider für den Abend verabredet. Was hältst du denn von Sonntag? Souper?"

„Sonntag? Sehr schön. Richte doch bitte den Damen meine Grüße aus." Trent verließ das Stadthaus blendend gelaunt.

London, Club Noir, etwa zur gleichen Zeit

Molly starrte auf die Liste. Die Striche verschwammen vor ihren Augen. Sie war nicht ein Stück weiter als noch vor einer Stunde, das wusste sie sehr wohl, aber sie konnte sich schlicht nicht konzentrieren. Sie schob die Papiere von sich und rieb sich über das Gesicht. Was konnte sie tun?

Ein Bad. Sie hob den Kopf aus den Handflächen. Ein hervorragender Einfall! Es war Mittag. Der Club war noch mehrere Stunden frei von Herren. Lediglich zwei Lakaien kümmerten sich um die Sicherheit des Hauses und die kämen nicht in das Bad. Zumindest nicht ohne triftigen Grund. Molly schob den Stuhl zurück, sammelte ihren Morgenmantel und ihre Unterwäsche ein und rief im Flur nach der Magd.

„Aye, Madame?"

„Ich werde das Bad benutzen. Bitte trage Sorge, dass ich nicht gestört werde."

„Madame, soll ich Ihnen nicht Ihren Lunch servieren?“

Molly stockte. Sie hatte ein ausreichendes Frühstück genossen.

„Danke, aber ich werde den Lunch ausfallen lassen.“ Molly umrundete die Treppe und drehte das Schild herum, das auf die Nutzung des Raumes hinweisen sollte. Sie steckte den Stopfen in die Wanne und legte Holz in den Kachelofen, der das Wasser anheizen sollte. Dann entwirrte sie den Knoten ihrer Maske, setzte die Perücke ab und entledigte sich ihres Tageskleides. Sie hüllte sich in den Morgenmantel und öffnete den Hahn. Das Wasser wurde täglich aufgefüllt und befand sich in einem großen Bottich über dem Kachelkamin. Es lief angenehm heiß an ihrer Hand herab und füllte die Wanne. Molly streckte sich nach den Badezusätzen und entschied sich für Lavendel.

Sie ließ den Mantel von den Schultern rutschen und stieg in die Wanne, wo sie mit einem Seufzen die Augen schloss und sich behaglich zurücklehnte. Das heiße Wasser plätscherte weiter und die Hitze ließ auch den feinen Duft des Lavendels aufsteigen. Ruhe senkte sich über sie, als Dampf sie einhüllte. Es war, als wüsche das heiße Wasser ihre Sorgen ab. Wieder seufzte sie und streckte sich dabei.

Ein Klacken alarmierte Molly. Mit einem Schrei zog sie die Beine an und umklammerte sie mit den Armen.

„Raus!“, keifte sie entsetzt. Sie war nackt, trug nicht einmal ihre Maske. Wie entsetzlich! Schnell versteckte sie das Gesicht in ihren Knien.

„Wasserspiele, Schatz?“

Molly spähte noch immer angespannt über die Schulter zurück. Everham lehnte an der Tür und grinste von einem Ohr zum anderen.

„Raus!“

„Kann man hier etwa keine Tür versperren?“

Molly verkniff die Lippen, aber auch ihr messerscharfer Blick hinderte ihn nicht daran, auf sie zuzukommen.

„Selbstverständlich nicht. Wie sollte Hilfe geleistet werden, wenn eine verschlossene Tür dazwischen liegt?“

Everham setzte sich auf den Rand der Wanne. „Natürlich.“ Er sah an ihr herab. „Brauchst du Hilfe?“

„Ich bitte dich, Everham, ich schaffe es durchaus, mich selbst zu baden.“ Sie verdrehte die Augen und bemerkte dadurch nicht, dass er ihr entgegenkam. Er umfasste ihr Gesicht und küsste sie zärtlich.

„Darf ich zu dir in die Wanne?“, wisperte er. „Bitte.“

Molly stöhnte verzweifelt. „Kannst du nie an etwas anderes denken?“

„Als an dich?“, griff er auf. „Nein.“ Er lockerte sein Krawattentuch. „Darf ich?“

„Also schön“, murrte Molly. Er gäbe ohnehin nicht auf. Everham zog sich aus. Molly drehte den Wasserhahn zu. Mit zwei Personen musste die Wanne nicht weiter befüllt werden. Sie setzte sich wieder, zog die Beine an und bemühte sich redlich, nicht in Everhams Richtung zu sehen. Zumindest, bis er zu ihr stieg.

„Heiß!“ Er grinste sie an und beugte sich über sie, um sie wieder zu küssen. „Also, erkläre mir doch noch einmal den Nutzen dieses Raumes“, murmelte er. Seine Hand liebkoste ihren Nacken, seine Lippen ihr

Gesicht. „Was hat es mit diesen Wasserspielen auf sich?"

„Ich denke, sie tun es in der Wanne", murrte Molly, ihn von sich schiebend.

„Du *denkst*?" Er fing ihr Gesicht ein und sah sie an. „Schatz, für die Besitzerin eines Nachtclubs bist du verdammt unwissend."

Molly presste die Lippen aufeinander. „Ich muss nur wissen, dass der Raum genutzt wird. Wozu, ist mir gleich."

„Ah", machte er leise. „Das erklärt einiges."

Er hob seine kryptischen Worte auf, indem er grinste und ihre Lippen erneut einforderte. Er sackte leicht auf sie herab, so dass sie seinen Körper an ihrem spürte. Seine Hand wanderte über ihren Leib, sein Mund folgte. Er hinterließ eine feuchte Spur auf ihrem Hals und lehnte die Stirn an ihr Brustbein.

„Schatz, was weißt du über das, was im französischen Salon passiert?"

Mollys Nägel gruben sich in seine Schultern. „Bitte?"

„Weißt du, was dort genau angeboten wird?"

Hitze schoss ihr in die Wangen und sie brach den Blickkontakt. Sie befeuchtete sich die Lippen.

„Ich weiß nicht, wie man das macht." Und er sollte solche Dinge auch nicht von ihr fordern. Sie stöhnte innerlich. Er konnte solche Dinge fordern, sie war schließlich seine Buhle und nicht seine Gattin. Sie schloss die Lider und presste auch die Lippen aufeinander. Trotzdem drückte sich sein Mund zu einem sachten Kuss auf ihren.

„Ich möchte es machen."

Molly schluckte. „Ich weiß nicht wie“, hauchte sie. Und sie fühlte sich auch nicht wohl bei der Aussicht, sich so zu erniedrigen.

„Ich zeige es dir“, murmelte Everham, ihre Schenkel spreizend. Wieder wanderten seine Lippen über ihren Hals, dann schob er sie höher, so dass die Wasserlinie ihren Busen nicht mehr versteckte. Sein Mund schloss sich heiß um ihre Brustwarze und er sog vorsichtig an ihr. Molly biss sich auf die Lippe, mit ihrer Aufregung kämpfend. Sie wusste nicht genau, was von ihr verlangt wurde. Everham schob sie noch höher und sah dann zu ihr auf. „Setz dich auf den Rand. Kannst du dich irgendwo abstützen?“

Molly sah sich überrascht um und schloss die Finger um die Kante der Wanne.

„Halt dich fest“, bat Everham eindringlich, dann fuhr er fort, ihre Brust zu liebkosen. Molly beobachtete ihn dabei. Seine Augen waren geschlossen und er schien zu genießen, was er tat. Seine Hände glitten über ihren Rücken zu ihrem Po. Strichen über ihre Schenkel und spreizten sie noch weiter. Seine Lippen verließen ihre Brust, wanderten tiefer. Seine Zunge tupfte über ihre feuchte Haut und stahl sich in ihren Bauchnabel. Ein eigentümliches Gefühl durchdrang sie. Eine angenehme Wärme, die seine zarte Berührung nur entflammte. Sein Daumen fuhr über ihren Schoß. Molly biss sich auf die Lippe. Wie es sich anfühlte! So verboten angenehm. So heiß und sicher. Sie schloss die Augen, als sich sein Daumen tiefer grub. Er rieb über ihre Scham. Molly seufzte unterdrückt. Sein Mund folgte, rutschte tiefer und tiefer und legte sich auf die Stelle, an der zuvor sein Daumen Kreise zog. Molly schloss erschrocken die Beine und quiekte. Sie löste die Finger von der Badewannenumrandung und versuchte, ihn von sich zu schieben. Everham gab seinen Platz zwischen ihren Schenkeln aber nicht auf, sondern ließ seine Zunge kreisen.

„Everham!", keuchte Molly entsetzt. „Was tust du?"

Sie bekam keine Antwort. Zumindest keine verbale. Er saugte sacht an ihr, ließ seine Zunge tänzeln und erweckte eine süße Schwere.

Nach kurzem Hadern hob sie ihm ihren Schoß entgegen. Es mochte unanständig sein, aber gleichsam hatte sie nie ein ähnlich starkes Verlangen empfunden wie in diesem Moment. Molly fuhr ihm durchs Haar, bevor sie die Finger wieder um die Umrandung schlossen. Ihr Kopf fiel in den Nacken und sie verkniff sich ein weiteres Seufzen. Obwohl das Wasser an ihr kondensierte und so in kühlen Tropfen herablief, fror sie nicht, wünschte sich nicht zurück ins heiße Wasser. Sie keuchte beständig, weil es anstrengend war, sich ihm entgegenzubäumen. Everham knetete ihren Po und gab ihr damit ein wenig zusätzlichen Halt. Mollys Arme begannen zu zittern und es durchströmte sie. Stöhnend öffnete sie die Augen, als er den Kopf hob.

„Schatz?"

Molly streckte die Hand nach ihm aus. Sie wollte ihn spüren, wollte ihm nah sein. Everham umschlang ihre Mitte und zog sie zu sich herunter. Sie kam auf ihm zum Sitzen, sah ihm tief in die Augen, als er in sie drang. Sie klammerte sich an seine Schultern, berauscht von dem Gefühl, ihn zu brauchen. Molly presste ihre Lippen auf seine, versuchte ihn so zu küssen, wie er es sonst tat. Sie bebte am ganzen Leib.

„Everham."

Er griff ihr ins Haar, lehnte sie zurück, so dass Wasser über ihren Körper floss und trieb sich in sie. Molly schloss die Beine um ihn, drängte sich an ihn, um ihn tiefer in sich zu spüren. Ihr Leib spannte sich an, süße Flammen loderten auf und verschlangen sie. Und Molly schrie auf.

Everham hielt sie fest, gab ihr einen Moment, den sie auch dringend benötigte. Sie schnappte nach Atem. Noch immer bebte sie. Noch immer klammerte sie sich an ihn.

„Molly?", wisperte er. „Darf ich?"

Sie lockerte ihre Umarmung, um ihn ansehen zu können. Seine Augen fuhren suchend über ihr Antlitz. Sein Mundwinkel hob sich und er streichelte ihre Wange.

„Ich brauche noch einen Moment, mein Schatz."

Molly nickte, sprechen konnte sie nicht.

Everham küsste sie einen Moment schlicht, dann begann er erneut, sich in sie zu stoßen. Molly seufzte und genoss den Nachhall der eigentümlichen Hitze, die sie völlig verzehrte. Sie schloss halb die Lider, ließ die Finger über seine Schultern streichen und lauschte dem Plätschern des Wassers. Everham fing ihre Lippen ein, küsste sie hart und stöhnte dann an ihrem Mund. Sie spürte seinen Herzschlag an ihrer Brust. Sein Atem huschte in schnellen Abständen über ihr Ohr. Sie grinste zufrieden. Es fühlte sich so verrückt gut an, in seinen Armen zu liegen, ihn zu spüren. Allerdings ...

„Verflixt", brummelte Everham. „Bequem ist das nicht." Er rappelte sich auf und zog sie mit hoch. „Ich hoffe, ich war nicht zu stürmisch."

Molly schüttelte den Kopf. Merkwürdigerweise konnte sie die Augen nicht von ihm nehmen. Es war seltsam, denn plötzlich fielen ihr Dinge an ihm auf, die sie zuvor nie bemerkt hatte. Seine Augen waren gar nicht bloß braun. Sie waren tiefbraun mit einem hellen Kranz, der um die Pupille verlief. Wenn er lächelte, gruben sich kleine Fältchen um seine Augen ein. Seine Nase war schief und seine Lippen verzogen sich ungleichmäßig, wenn er sprach oder lachte. Und was seine Stimme mit ihr anstellte!

Erschauernd lehnte sie sich gegen ihn.

„Molly, Schatz?"

„Hm?"

„Ist dir wohl?"

„Mhm." Sie atmete tief die von Lavendel geschwängerte Luft ein. Sie wollte ihn nie wieder loslassen. Molly kuschelte sich eng an ihn.

„Molly, du verlierst doch nicht die Besinnung?" Er klang ernsthaft besorgt. Everham hob sanft ihr Gesicht und musterte sie. Ihr Herzschlag setzte aus und einen irrwitzigen Moment lang wollte sie bloß lachen und ihm Dinge sagen, die absolut verrückt waren. Ihr Magen sackte ab und sie stieß sich erschrocken von ihm ab.

„Molly?"

Sie schlug seine Hand fort. Die wohlige Wärme schlug in haltloses Entsetzen um. Wie konnte sie so dumm sein?

Sie purzelte aus der Wanne. Der Aufschlag auf den kalten Kacheln nahm ihr den Atem und sorgte für einen Moment Klarheit.

Es brachte nichts, panisch fortzulaufen. Also blieb sie liegen, lauschte abwesend, wie Everham ebenfalls aus der Wanne stieg und sich zu ihr kniete.

„Schatz, ist dir wohl? Mein Gott, warte, ich helfe dir." Er drehte sie herum und strich ihr das Haar aus dem Gesicht. „Was hast du denn?"

Seine Besorgnis wirkte so aufrichtig. Molly schluckte und schalt sich eine Närrin. Gene hatte stets aufrichtig gewirkt, wenn es ihm nutzte.

„Nichts", murmelte sie krächzend. Sie setzte sich mit seiner Hilfe auf. „Kannst du mir ein Tuch geben?"

Molly schloss die Augen. Es war nicht gut und es wurde nicht besser. Aber wie sollte sie es beenden?

Sie hatte Jahre benötigt, um Gene als das zu erkennen, was er war. Everham hüllte sie in ein Badetuch und rieb über ihre Arme. Molly trocknete ihr Gesicht, um sich einen Moment länger verstecken zu können.

„Schatz?"

„Vielleicht ist mir doch nicht wohl", murmelte sie zur Rechtfertigung. „Ich habe Schwierigkeiten mit den Zahlen."

„Ich helfe dir", bot er an und zog sie auf die Füße. „Aber zuerst bringe ich dich ins Bett." Er nahm sie auf den Arm und trug sie tatsächlich ins Bett.

Es klopfte und Everham bat einzutreten. Molly lauschte, die Decke bis an die Nase gezogen.

„Mylord, ein Bote brachte dieses Schreiben für Madame." Grayston.

Molly schloss die Lider. Sie hörte, wie Grayston den Raum verließ und Papier knisterte. Dann Stille. Stuhlbeine schabten über den Boden. Schritte, und schließlich senkte sich die Matratze.

„Molly?", sprach er sie zögerlich an. Seine Hand legte sich schwer auf ihre Schulter. „Schatz, es tut mir leid, aber das musst du lesen."

Sie drehte sich. Ein Blick auf ihn und sie war sich sicher, dass sie die Nachricht nicht lesen wollte. Er schluckte.

„Molly, stoß den Club ab. Du brauchst kein Einkommen." Er nahm ihre Hand auf und presste sie an seine Lippen. „Ich bin für dich da."

Molly riss ihre Hand zurück. „Nein!"

Sie ließe sich nicht von ihm aushalten. Sie mochte seine Buhle sein, aber sie wollte lieber tot umfallen als eine Gegenleistung dafür anzunehmen. Nun, eine andere als sein Schweigen. Sie schluckte, hielt aber seinem Blick stand. Er senkte ihn auf das Billet in seinen Fingern, bevor er es anhob.

„Dir wird keine Wahl bleiben." Everham reichte ihr das Schreiben.

Molly erkannte Wakefields Siegel auf den ersten Blick. Der Hals zog sich ihr zu und die Sicht verschwamm. Der Duke forderte die vorzeitige Ablösung seiner Einlage. Molly schloss die Augen. Das war das Ende.

Everham zog sie an sich. „Ich helfe dir."

„Nein", wisperte sie. „Ich muss nach Hause." Eigentlich musste sie dringend zu Pemberly.

„Molly, du bist nicht du selbst. Was hältst du davon, wenn du dir noch ein paar Tage mit deiner Familie gönnst?" Er drückte ihr einen Kuss ins Haar. „Dann kannst du dir Gedanken machen, wie es weitergehen soll."

Sie konnte sich Gedanken machen, wie sie Wakefields Einlage aufbringen sollte.

„Ja." Und sie war fort von ihm. „Ich sollte mich anmelden", murmelte sie, ihn von sich schiebend.

„Warte." Er legte die Hand an ihre Wange. „Ich hatte gehofft, dich ein wenig für mich zu haben." Sein Grinsen war deutlich traurig. „Kann ich dich noch einen Moment halten, bevor wir uns trennen?"

„Ich muss die Nachricht schicken."

„Und dann?"

Molly seufzte schwer. „Dann kannst du mich halten." Vielleicht das letzte Mal, wenn sie tatsächlich gezwungen sein sollte, den Club zu verkaufen.

London, Pemberly House, drei Tage später

„Ah, Lady Batton."

Molly fuhr erschrecken herum. Sie hatte sich in der Bibliothek nach einem neuen Buch umgesehen und darüber die Zeit vergessen. Anders war es nicht zu erklären, dass der Duke of Wakefield in Ausgehmontur vor ihr stand. Schnell sank sie in einen Knicks.

„Euer Gnaden." Sie erhob sich und legte die Hände vor ihrem Bauch übereinander. „Sie werden Lord Pemberly suchen. Sein Studio liegt ein Stockwerk tiefer."

„In der Tat hoffte ich, auf Sie zu treffen."

Molly krallte die Finger ineinander. „Bitte?“

Er grinste kalt. Er konnte es nicht wissen, oder? Molly senkte die Augen. Wenn er es wusste? Wenn er sie nun auch bedrängen wollte, wenn sie offenkundig nicht Madame war? Molly wich zurück. Die Rechte presste sie auf ihre Brust, während der andere Arm fest um sie geschlungen war.

„Sie sind schwer anzutreffen und wann immer man eine Einladung ausspricht, sind Sie nicht mit von der Partie.“

Molly befeuchtete sich die Lippen. „Ich bewege mich nicht in Gesellschaft.“

„Hm“, machte Wakefield. „Ja, das sagte Lady Pemberly einige Male.“

„So ist es. Euer Gnaden, es ist spät, entschuldigen Sie mich bitte.“

Er vertrat ihr den Weg. „Einen Moment bitte, Lady Batton. Lady Mary.“

Molly presste die Lippen aufeinander. „Lady Batton, Euer Gnaden.“ Sie hatte nicht vor, länger als nötig in seiner Gesellschaft zu sein. „Lassen Sie mich bitte gehen.“

„Ich werde Sie zu einem Theaterbesuch einladen. Die Pemberlys und Sie. Ich erwarte, dass Sie mich begleiten.“

Molly siedete vor Ärger. Glaubte er wirklich, er könne über sie bestimmen?

Sie hob den Blick. „Euer Gnaden, ich verkehre nicht gesellschaftlich.“

Wakefields Mundwinkel hob sich spöttisch. „Das Mädchen ist Battons Tochter, nicht wahr? Was wird aus ihr, wenn Sie Ihre simple Aufgabe nicht erfüllen?

Sie haben kein Geld, nur Ihre Reputation. Wenn Sie sich verstecken, sieht es aus, als hätten Sie Grund dazu."

Molly öffnete den Mund, um zu widersprechen, aber er verbat es ihr mit einem herrischen Wink.

„Wir kennen den Grund, jeder andere rätselt. Das färbt auf den Ruf Ihrer Tochter ab."

Molly schluckte.

„Verkehren Sie. Zeigen Sie, wie verdammt hausbacken und langweilig Sie sind und keiner wird jemals glauben, Sie könnten durchgebrannt sein."

Fast klappte ihr der Mund auf. Er half ihr? Uneigennützig? Niemals!

„Was passiert ist, wissen nur noch wir beide." Er zuckte die Achseln. „Morgen. Keine Ausreden!" Er machte einen Diener. „Mylady."

„Euer Gnaden." Sie sah ihm nach. Erst als die Tür sich hinter ihm schloss, sackte sie gegen das Bücherregal. Sie verunglimpfte ihn flüsternd, besser fühlte sie sich dadurch nicht. Was sollte sie nun tun?

London, Globe Theatre, am nächsten Abend

Molly hielt den Kopf gesenkt, als sie aus der Kutsche stieg. Sie hatte bewusst auf ihren Schleier verzichtet, denn als sie ihn anlegte, war ihr aufgefallen, wie ähnlich sie damit Madame Noir sah. Und kämpfte mit dem Ergebnis, da sie sich nun recht nackt fühlte. Seine Gnaden hatte die Güte, sich Enolas Arm zu sichern und damit konnte sie in Pemberlys Gesellschaft bleiben.

„Sei unbesorgt, Molly", flüsterte er ihr zu. „Niemand wird dir Beachtung schenken."

Molly atmete tief durch. „Ich bitte dich. Man wird mich für Anne halten."

„Oh, mit Sicherheit nicht." Pemberly tätschelte ihre Hand, die auf seinem Arm ruhte. „Sie ist nie zu übersehen, Molly."

Sie musste nicht an sich herabsehen, um zu wissen, dass es nur zu leicht war, sie zu übersehen. Ihr dunkel gehaltenes Kleid war mehr als bieder. Selbst ihr Hals wurde von Spitze bedeckt. Sie trug, abgesehen von ihrem Ehering, keinen Schmuck und ihr Haar war schlicht hochgesteckt.

Pemberly führte sie durch die volle Halle, die Stufen zu Wakefields Loge hinauf. Dort half er ihr, Platz zu nehmen. Enola lächelte unbefangen zu Wakefield auf.

„Wie charmant, Euer Gnaden", säuselte sie mit einem unangebrachten Augenaufschlag.

„Enola, Liebes", murmelte Molly und streckte die Finger aus. Es war besser, wenn sie nicht vergaß, wer Wakefield war.

„Na so etwas!"

Molly schreckte auf und drehte sich herum.

„Lady Pemberly, Lady Batton!" Tatsächlich ergriff Everham zunächst Enolas Hand und wendete sich dann zu ihr. Molly hob automatisch die Hand. Er grinste sie an, als hätten sie sich zu dieser Scharade verabredet. „Und da sagte man mir, Sie verkehren nicht gesellschaftlich." Er zwinkerte und entließ ihre Hand, um auch die Herren zu begrüßen.

„Euer Gnaden. Pemberly, wie haben Sie die Dame aus dem Haus gelockt?“

„Tja, wenn ich das wüsste ...“ Pemberly war sichtlich irritiert.

„Nun, Everham, wenn du so begeistert bist, leiste den Damen doch Gesellschaft“, lud Wakefield ein und deutete auf den Sitz hinter Molly. Sie folgte der Geste mit den Augen.

„Danke, Wakefield. Mylady, darf ich mich nach Ihrem Befinden erkundigen?“

Molly wechselte einen Blick mit Enola, die ärgerlicherweise breit grinste und sich abwendete, um mit Wakefield zu flirten. Molly war gezwungen zu antworten.

„Danke, Mylord, ich fühle mich wohl.“ Sie versuchte, Pemberlys Aufmerksamkeit auf sich zu ziehen, aber ihm war ebenfalls aufgefallen, dass Enola zu begeistert auf den Duke einging.

„Das freut mich zu hören.“ Belustigung schwang in seinen Worten mit. „Zumal Pemberly durchklingen ließ, Sie seien kaum in der Lage, ihre Räumlichkeiten zu verlassen.“

Molly verbiss sich eine Erwiderung.

„Umso erfreuter bin ich, Sie heute zu sehen.“ Seine Finger streiften ihren Ellenbogen und sie zog ihn schnell fort. „Mögen Sie das Theater?“

Sie schüttelte den Kopf.

„Nicht? Nanu. Ich kenne keine Dame, die kein Vergnügen darin findet, ins Theater zu gehen.“ Immer noch klang er belustigt. „Was empfinden Sie als vergnüglich?“

Molly drehte den Kopf. „Wie meinen?“, knirschte sie.

Er spielte doch nicht auf ihre intimen Momente an, während sie in offenbarender Gesellschaft waren?

„Sind Sie gerne an der frischen Luft? Reiten Sie? Bevorzugen Sie Lektüre oder Gespräch?"

Molly zögerte.

„Everham, du bedrängst die Dame." Wakefield nahm zwischen Pemberly und Everham Platz. „Lady Batton ist nicht sonderlich gesprächig."

Sie biss sich auf die Zunge und senkte den Blick. Ihre Finger lagen in ihrem Schoß und sie konzentrierte sich auf ihren Ehering. Es war kein Fehler gewesen, sondern ihre einzige Wahl. Es hatte Zeiten gegeben, da hatte sie daran gezweifelt.

„Ich liebe das Landleben, Lord Everham." Molly ignorierte Wakefield, so unhöflich es auch war. „Ich gehe ausgesprochen gerne spazieren, auch im Regen. Ich bin früher auch ausgesprochen gerne ausgeritten. Zu Hause in Essex kannte ich jeden Grashalm. Tatsächlich ziehe ich die Lektüre eines Buches einem Gespräch vor." Sie lächelte. „Haben Sie noch weitere Fragen, Lord Everham?"

„Aber ja", griff Everham auf. „Aber vielleicht wäre es Ihnen angenehmer, ich schriebe Ihnen?"

„Mylord, ich sehe keinen Grund, eine Korrespondenz mit Ihnen aufzunehmen." Sie hob eine Braue, was ihn auflachen ließ. Dann drehte sie sich fort.

„Vielleicht finden wir einen Grund, Lady Batton."

„Das halte ich für ausgeschlossen."

„Lady Batton ist recht eigen, Everham", höhnte Wakefield. „Aber du hast ihr bereits mehr Worte an diesem Abend entlocken können als ich während unserer gesamten Bekanntschaft."

„Das dürfen Sie nicht persönlich nehmen“, stellte Enola nun lieblich fest, was Molly die Augen verdrehen ließ. „Sie liebt mich von Herzen, aber auch mit mir spricht sie nicht viel.“

„Da kann ich nicht zustimmen, Enola“, murrte Molly, doch verärgert über das Statement der Schwägerin.

„Dann ist es doch persönlich?“

Molly war stark geneigt, zuzustimmen. „Ich kenne Sie kaum, Euer Gnaden, wie sollte ich da eine persönliche Abneigung entwickelt haben?“ Sie legte ein Lächeln auf die Lippen, sah sich aber nicht zu den Herren um.

„Wie wahr.“

„Nun, ich bin sicher, manchmal genügt es, wenn du den Mund aufmachst, Wakefield“, stellte Everham fest. „Besonders bei Damen. Lady Batton hat sich da nichts vorzuwerfen.“

„Charmant, Everham. Dir ist bewusst, dass ich mir dergleichen sonst nicht gefallen lasse?“

Molly streckte die verspannten Schultern.

„Selbstredend.“ Everham klang kein bisschen besorgt, eher belustigt. „Lady Pemberly, war Lady Batton stets eine Dame weniger Worte?“

„Oh nein. Als ich sie kennenlernte, plauderte sie recht gern.“ Sie zwinkerte Molly zu. „Ich denke, die Einsamkeit hat sie etwas verschroben gemacht.“

„Verschroben“, murmelte Molly im Stillen entrüstet.

„Ich denke nicht, dass eine Lady, die ihre Gedanken für sich behält, verschroben genannt werden muss“, kam Pemberly ihr zu Hilfe. Sie lächelte ihn dankbar an.

„Sicherlich nicht. Eine Lady, die ihre Gedanken für sich behält, hat etwas zu verbergen. Meinen Sie nicht, Lady Batton?“, wandte sich Wakefield an sie.

Molly gefror das Lächeln auf den Lippen.

„Und ich dachte, du fändest eine Dame mit dem Hang zu wenigen Worten erfrischend“, mischte sich Everham wieder ein. „Beschwerst du dich nicht gerne über den unendlichen Wortfluss unserer Schwestern?“

„Sie haben Schwestern?“ Molly klappte den Mund wieder zu, aber die Frage war natürlich bereits gestellt. Everham fing ihren Blick auf.

„Seine Gnaden hat eine Schwester, ich nenne mich Bruder von gleich vieren.“ Everham grinste breit und zuckte die Achseln. „Sie sind in der Tat recht verschwenderisch mit Worten. Und wenn sie aufeinandertreffen, hoffe ich immer, einen Grund zu finden, mich schnell zu verabschieden.“

Pemberly seufzte tief. „Ja, deine Schwestern sind tatsächlich eine Herausforderung, Everham. Da habe ich es gut getroffen.“

„Du hast gar keine Schwestern“, hob Enola verdrossen hervor.

„Ich spreche auch von euch, meine Liebe.“ Pemberly streckte die Finger nach seiner Gattin aus und berührte flüchtig ihre Wange. Enola legte den Kopf schräg. „Kein Geschnatter, keine ellenlangen Beschwerden und kaum mal ein böses Wort.“

„Klingt tatsächlich himmlisch.“ Wakefield musterte Enola unverschämt eindringlich. „Sie sind also sehr verträglich, Lady Batton?“

Molly seufzte. „Was wird gespielt werden? Gibt es ein Programm?“

„Romeo und Julia“, gab Wakefield belustigt die Antwort.

„Oh.“ Enola sah zu ihr, als befürchte sie ein Unglück. Molly atmete tief ein.

„Ich hätte früher fragen sollen.“ Molly sah zur Bühne. „Pemberly, wäre es möglich, dass ich mir eure Kutsche leihe?“

„Wozu?“, fragte der Earl überrascht.

Der Vorhang der Bühne lüftete sich langsam.

„Molly, es geht schon los“, flüsterte Enola, ihre Hand drückend. „Es geht doch schon los.“

„Es ist ein sehr beliebtes Stück, Lady Batton“, stellte Wakefield fest, wobei sie meinte, eine Spur Arglist in seinem Ton ausmachen zu können. „Ich bin mir sicher, Sie werden Freude daran haben.“

Das wussten sie beide besser. Hatte er sie deswegen her beordert? Zu gerne wäre sie einfach hinausgestürmt, hielt sich nur mühsam zurück. „Ja, sicherlich.“

„Lady Batton, fühlen Sie sich wohl?“ Everham musterte sie besorgt.

„Selbstverständlich“, murmelte sie und sah abwesend auf die Bühne.

Das Schauspiel nahm seinen Lauf, Degen schlugen aufeinander, Worte flogen in den Saal. Molly hielt es nicht mehr aus. Sie sprang auf und zwängte sich zwischen Everham und Wakefield hindurch.

„Mylady!“

„Sieh nach ihr“, schlug Wakefield vor, wohl unnötigerweise, denn Everham fing sie bereits ab.

„Mylady!“ Er zog sie an sich. „Was haben Sie denn?“

Molly sackte gegen ihn. Für einen Moment, um sich zu sammeln.

„Mylord, bitte entschuldigen Sie mich bei seiner Gnaden und Lord und Lady Pemberly. Ich werde in der Kutsche auf sie warten.“

„Wenn Sie erlauben, bringe ich Sie nach Pemberly House“, bot Everham an. Seine Hand lag fest in ihrem Rücken.

„Nein, das …“

„Es ist statthaft, Lady Batton, und niemand wird uns sehen.“

Er ließ sie los und kehrte in die Loge zurück. Sie hörte ihn flüstern, konnte seine Worte aber nicht ausmachen. Als er zurückkam, nahm er ihr Cape auf und legte es ihr um die Schultern.

„Ich bringe Sie heim, Lady Batton.“

Everham führte sie den Flur entlang und die Stufen hinunter.

„Du wirst nicht ohnmächtig nicht wahr?“, raunte er ihr zu. „Ich muss nicht befürchten …“

„Nein“, murmelte Molly. „Ich hielt es nur nicht mehr dort aus. In seiner Gesellschaft.“

Er warf ihr einen irritierten Blick zu, hob sich die Nachfrage aber auf, bis sie allein waren. In seiner Kutsche zog er sie an sich und küsste sie.

„Macht er dir Angst? Ich glaube, dass du als Lady Batton sehr sicher vor ihm bist.“

„So er nicht weiß …“

„Weiß er nicht“, beruhigte er sie. „Glaube mir, er hat keine Ahnung.“

Sie war sich da nicht so sicher.

„Schatz, sei unbesorgt. Lady Batton hat vor ihm nichts zu befürchten."

Molly kuschelte sich in seine Umarmung, obwohl sie sich doch vorgenommen hatte, Abstand zu ihm zu wahren.

„Ich fahre gleich noch in den Club. Meine gesellschaftliche Verpflichtung habe ich für heute abgegolten." Er lachte leise. „Ich nähme dich zu gerne mit, um etwas mehr Zeit mit dir zu haben."

„Fahr nicht in den Club." Es war widersinnig, aber sie wollte nicht, dass er dort war. Mit all den Mädchen, die sich ihm sicher unentwegt anboten. Gitty. Fi. Er wäre sicherlich versucht.

„Ich sollte nach dem Rechten sehen, meinst du nicht?", murmelte er mit einem Seufzen.

„Grayston sieht nach dem Rechten." Molly schob sich etwas von seiner Brust fort, um zu ihm aufsehen zu können. „Bleib bei mir."

Ein Lächeln schlich sich auf seine schmalen Lippen.

„Was für ein Angebot!"

Sein Daumen rieb über ihre Wange und er küsste sie verzehrend. „Aber es geht nicht."

Sie zuckte zusammen und befreite sich von ihm.

„Molly, ich werde deinen Ruf nicht aufs Spiel setzen, indem ich die Nacht bei dir verbringe. Das wäre leichtsinnig." Er rutschte näher.

Molly ließ sich wieder in den Arm nehmen. Ein Fluchtversuch in einer engen Kutsche wäre dumm. Sie hasste es, dass er sie hielt. Sie schloss die Lider. Sie hasste es, überwältigt zu werden, ein Spielball zu sein, benutzt zu werden.

„Es wäre verdammt leichtsinnig.“ Seine Hand stahl sich unter ihr Cape, legte sich an ihre Brust und rieb sacht über die Spitze, die ihr Dekolleté versteckte.

„Ich mag dein Kleid“, lachte er an ihren Lippen. „Bieder und langweilig.“

Molly drehte den Kopf. Bieder und langweilig!

„Wakefields Worte, Schatz. Ich bin begeistert.“ Seine Nase strich über ihre Wange. „Molly, Wakefield hat nicht einen Blick auf dich verschwendet und wird es auch nicht.“ Er liebkoste ihren Hals. „Schatz, das bedeutet, dass er nie dahinterkommen wird.“

Molly schloss die Augen. Als wäre es tatsächlich von Bedeutung!

„Molly“, wisperte er in ihr Ohr. „Verstehst du nicht? Du bist sicher. Solange niemand einen Bezug zwischen dir und Madame ziehen kann, bist du sicher.“

Kapitel 9

Noch mehr Probleme

London, Pemberly House, am nächsten Morgen

Molly drehte sich in ihrem Bett. Ihr Magen verknotete sich und sie stöhnte. Übelkeit wallte in ihr auf. Sie vergrub ihr Gesicht in der Decke.

„Molly?" Everham schloss sie in die Arme. „Ist schon morgen, hm", murmelte er verschlafen und drückte seine Lippen in ihren Nacken. Molly befreite sich schnell aus seinen Armen. Sie würgte, rutschte aus dem Bett und zog den Nachttopf hervor.

„Molly?" Everhams Hand legte sich in ihren Rücken, die andere raffte ihre losen Strähnen. „Mein Gott, dir ist unwohl! Ich rufe ..." Er kam auf die Füße, stoppte aber nach wenigen Schritten. „Verflixt!"

Molly wischte mit dem Handrücken über den Mund. Sie fühlte sich noch immer elendig. Everham kniete sich wieder zu ihr.

„Schatz, ich kann nicht nach dem Doktor schicken lassen."

Selbstverständlich nicht.

„Du musst gehen."

Er hätte gar nicht erst bleiben dürfen. Aber daran musste sie sich ganz allein die Schuld geben. Sie wusste selbst nicht, was mit ihr los war. In einem Moment war sie vernünftig und wollte ihn weit von sich wissen, dann jedoch brauchte sie plötzlich seine Umarmung. Alles wurde so schwer und belastend, dass sie es ohne ihn einfach nicht mehr aushielt.

„Wie könnte ich gehen?", fuhr er auf und strich ihr über das Haar. „Mein Gott, was tue ich nur?"

„Gehen", wiederholte Molly fester. „Ich schicke nach dem Mädchen und die nach dem Doktor." Sie schluckte gequält. „Geh!"

„Molly", flüsterte er. „Du darfst nicht krank sein."

„Mir ist nur etwas unwohl." Sie schluckte erneut und hob das Kinn. „Es geht schon wieder."

Everham starrte sie an.

„Mir ist schon wohler", versicherte sie erneut und schob den Topf unter das Bett. Das Lächeln gelang nur zittrig, war aber nötig, um ihn zu narren. „Vermutlich bekam mir der Fisch nicht."

„Du bist bereits seit einigen Tagen ..."

„Nein nein, das ..." Molly brach ab. Zwar hatte sie sich bisher nicht am Morgen erbrechen müssen, wohl war ihr aber in der Tat bereits eine Weile nicht mehr. „Die Anspannung. Der Ärger."

Suchte sie Ausflüchte, obwohl ihr eine andere Erklärung in den Sinn kam? Eine, die ihr das Blut in den Adern gefrieren ließ.

„Oder ...", murmelte er und legte die Hand auf ihren Bauch. Molly schlug sie weg. Seine Berührung hatte einen kleinen Schlag durch sie geschickt. Die Übelkeit war zurück und sie presste die eigene Hand auf den Bauch, als sie sich krümmte.

„Molly", wisperte Everham, sie vorsichtig umschließend. „Mein Schatz."

Molly weigerte sich, es in Betracht zu ziehen. Everham drückte seine Lippen an ihre Schläfe. Er musste verschwinden. Und er musste überzeugt werden, dass sie keinesfalls ein Kind erwartete. Allein die Vorstellung ließ ihr die Sinne schwinden. Sie lehnte sich gegen ihn. Everham nahm sie auf und legte sie sacht auf der Matratze ab. Er setzte sich zu ihr, beugte sich über sie. Ein leichtes Lächeln lag auf seinen Lippen und seine Augen glühten. Er streichelte ihre Wange.

„Du musst gehen", beharrte Molly.

Er beugte sich vor, um sie zu küssen. „Ja." Noch ein Kuss. „Ich komme zurück."

„Nein." Sie ergriff seine Hand. „Everham, du kannst nicht herkommen."

„Ich finde einen guten Grund." Ein Kuss auf ihre Stirn. „Ich muss dich sehen."

„Everham, du kannst dich nicht nach meinem Befinden erkundigen."

„Doch", widersprach er zufrieden. „Schließlich habe ich dich heimbringen müssen. Da ist es völlig legitim, mich nach dir zu erkundigen."

Molly stöhnte verzweifelt.

„Glaube mir, Schatz, es wird keine Fragen aufwerfen."

London, Pemberly House, einige Stunden später

Trent wanderte unruhig auf und ab. Er hatte um eine Vorsprache bei Molly gebeten, erwartete aber nicht, sie gleich zu Gesicht zu bekommen. Vermutlich wurde Pemberly über seinen Besuch informiert und in dem Fall, dass Molly noch nicht wieder auf den Füßen war, stünde er dem Earl statt ihrer gegenüber. Die Tür knarrte und Trent drehte sich tief einatmend um.

„Molly!"

Sie zog schnell die Tür zu. In ihrer Miene stand der Tadel, den sie sich verkniff auszusprechen. Sie rang die Hände, als sie zwei Schritte weiter ins Zimmer trat. „Lord Everham, was verdanke ich Ihren unkonventionellen Besuch?"

Trent schüttelte den Kopf. Oh nein, nicht so! Er durchquerte den Raum und riss sie an sich, um sie zu küssen. Sie fiepte und krallte ihre Finger in seine Schultern.

„Everham!"

Trent zuckte zusammen und verlor Molly aus den Armen. Pemberly schubste ihn zurück.

„Molly?"

„Ich ..." Molly biss sich auf die Lippe. Sie war blass und suchte nach Worten. „Das ist nicht so, wie es aussieht, Pemberly."

„So? Dann wolltest du, dass er dich küsst?", grollte Pemberly.

„Nein“, mischte Trent sich schnell ein. „Das heißt …
verdammt, Pemberly, es ist tatsächlich anders.“ Er hob
die Hände. „Klären wir das.“

„Verdammt noch mal“, fluchte Pemberly und fuhr
sich durchs Haar. „Molly, verzeih dass ich frage, aber
hast du gewollt, dass Everham dich küsst?“

Molly rang die Hände.

„Ich habe nicht nach Ihrer Zustimmung gefragt,
Pemberly. Diese Frage bringt sie lediglich in Bedrängnis, muss sie doch verneinen, ganz gleich, wie sie tatsächlich zu mir steht.“ Trent räusperte sich. „Ich habe
den Moment unangebrachterweise genutzt, um meinen Gefühlen Ausdruck zu verleihen.“ Er versuchte
Mollys Blick einzufangen, was sie ihm verwehrte.
„Mylady …“

„Molly, damit habe ich nicht gerechnet“, unterbrach
Pemberly ihn. „Verzeih bitte. Du kannst gerne gehen.“

Molly nickte schnell und wendete sich ab.

„Molly!“ Trent wollte ihr nach, aber Pemberly versperrte ihm den Weg.

„Everham, ich dulde nicht, dass du meiner Schwägerin zu nahe kommst. Verstanden?“ In seiner Miene
stürmten seine Empfindungen. „Sie ist eine tugend-
hafte Dame. Ich lasse nicht zu, dass sie ins Gerede
kommt.“

„Du verstehst meine Intention falsch.“

Pemberly fluchte. „An deiner Intention war absolut
nichts misszuverstehen. Verdammt noch mal, Everham, ich warne dich!“

Trent hob die Hände noch ein Stück höher. „Nein! Ja,
ich will sie, das war wohl deutlich.“

Pemberly schnaubte: „Oh ja! Und es fehlte auch nicht viel und du hättest dir geholt, wonach es dich dürstet, nicht wahr?“

„Ich habe vor, sie um ihre Hand zu bitten.“

„Bitte?“ Pemberly starrte ihn perplex an.

„Ich weiß es.“ Er spreizte die Finger ab. „Sie muss da raus. Ich will sie da raus haben. Ich will sie für mich haben.“

„Oh verdammt!“ Pemberly wendete sich ab und ließ sich schwer auf einem Sessel nieder. „Sie wird nicht wieder heiraten.“

Trent grinste. „Oh doch.“

Pemberly schüttelte den Kopf. „Sie hätte bei uns leben können. Ich hätte sie sicherlich nicht kurzgehalten.“

„Aber sie zog es vor, eigenständig zu sein.“ Trent winkte ab. „Sie wird mich heiraten.“

„Herrje!“

„Sie wird mich heiraten.“ Und da hatte er keine Zweifel. „Wir verstehen uns gut. Ich möchte nur erst die Sache mit dem Club geklärt haben. Molly wünscht sich Unabhängigkeit, aber diese Art ist, mit Verlaub, indiskutabel. Ich muss sie überzeugen, einen anderen Weg zu wählen. Sie muss etwas anderes finden, das sie beschäftigt und eine Grundlage für Aubrey bildet.“

„Es wäre deine Aufgabe“, grummelte Pemberly angefressen. Trent setzte sich ihm gegenüber.

„Die ich mit Freuden übernähme, nur, ließe sie mich?“

Pemberly stöhnte. „Nein, wohl nicht.“

„Wakefield hat seine Einlage zurückgefordert. Molly hat das Geld nicht. Sie wird verkaufen müssen. Ich dachte, ich biete ihr ein Gut an, von dessen Ertrag es sich leben lässt. Was meinst du?“

„Der Club ist bei weitem nicht so viel wert“, wandte Pemberly ein. „Und sie weiß das.“ Er schüttelte den Kopf. „Ich weiß nicht. Vielleicht etwas Kleineres?“

Trent lehnte sich zufrieden zurück. „Eine Mühle? Eine Mine? Kalkstein ist sehr gefragt.“

„Kalkstein? Everham, wie lange denkst du bereits darüber nach?“

„Eine ziemliche Weile“, gab er zu. „Ich wusste nicht, wie ich an sie herantreten sollte. Jeder Hinweis, sie solle sich nicht im Club aufhalten, lässt sie ausbrechen.“

Pemberly seufzte. „Ja. Du willst ihr also eine Mine anbieten?“

„Ja.“ Trent zuckte die Achseln. „Ich habe schon eine im Auge. Wenn Aubrey versorgt ist, braucht Molly sich keine Sorgen mehr zu machen.“ Was ohnehin unnötig war, denn Trent war mehr als bereit, für das Mädchen einzustehen. „Sie kann mich, ohne sich gezwungen zu sehen, ehelichen.“ Obwohl ein gewisser Zwang wohl bestand, nun da sie offenbar ein Kind erwartete. Er räusperte sich und senkte den Blick. Dessen wollte er sich noch versichern, denn dann spielte der Zeitfaktor eine größere Rolle. „Kann ich mit ihr sprechen?“

„Selbstverständlich.“ Pemberly stand auf. „Bleib doch zum Lunch.“

Trent nickte.

„Komm, wir können die Zeit unten überbrücken. Molly wird sich bereits umziehen.“

Trent folgte Pemberly durch den Flur. Molly stand an der Treppe, die Hand auf den Bauch gepresst und die Lider geschlossen. Er schubste Pemberly aus dem Weg und hechtete vor. Sie schwankte und Trent riss sie gerade noch im richtigen Moment an sich.

„Vorsicht." Sie sackte mit einem kleinen Keuchen zusammen. „Molly?"

„Molly?" Pemberly kniete sich zu ihnen. „Molly?"

„Besinnungslos", murmelte Trent. Er strich ihr eine Strähne aus dem Antlitz. „Ich bring sie auf ihr Zimmer." Er hob sie auf und presste sie an sich.

Molly stöhnte leise, als er sie in ihrem Bett ablegte. „Schatz?" Ihre Lider hoben sich und ein Runzeln flog über ihre Stirn.

„Was ist passiert?"

„Du bist ohnmächtig geworden." Er streichelte ihre Wange. „Bleib im Bett, ja? Ich möchte nicht, dass du dich verletzt."

Molly wollte sich aufsetzen. „Nein, ich muss mit Pemberly sprechen."

„Das hat Zeit. Du hättest dich ernsthaft verletzen können, wärst du gefallen." Er drückte sie zurück auf die Matratze. „Bleib im Bett. Bitte, Schatz."

„Ich habe keine Zeit mehr, Everham. Ich muss Wakefield zum Ende der nächsten Woche auszahlen." Sie schob seine Hand fort. „Verschwinde!"

Trent schüttelte den Kopf. „Hör zu Schatz, ich kümmere mich darum."

„Nein", fuhr sie auf und rutschte zur Lehne hoch. „Ich will dein Geld nicht!"

„Molly, du musst den Club aufgeben."

Sie presste die Lippen aufeinander. „Ich brauche das Einkommen.“

„Darüber habe ich bereits nachgedacht.“ Er grinste sie an und ergriff ihre Hand. Mollys Lippen öffneten sich überrascht. Er beugte sich vor, um sie zu küssen.

„Nein!“ Sie schob ihn von sich. „Das kommt nicht infrage!“

„Vielleicht solltest du mich ausreden lassen.“ Trent schüttelte den Kopf. „Was hältst du davon, eine Kalksteinmine zu besitzen?“

Sie stockte. „Bitte?“

„Ich habe mir überlegt, dass die Erträge ausreichen müssten, um in einigen Jahren eine Mitgift für Aubrey anzusparen. Wenn du dein Geld in eine Kalksteinmine investierst, wird deine Tochter in zehn Jahren gut bestellt sein.“ Er war zufrieden. Molly biss sich auf die Lippe.

„Ich kann den Club nicht verkaufen, Everham. Die Mädchen ...“ Sie brach ab und wendete den Kopf ab. Ihre Lider senkten sich. Sie zog die Beine an.

„Molly, du musst an dich denken. An dich und Aubrey.“ Er rutschte zu ihr hoch, um sie leichter küssen zu können. „Dein Ruf ist wichtig. Aubreys Renommee. Eine Kalkmine zu besitzen, ist absolut respektabel. Eine sehr gute Aussteuer.“

Sie hob den Blick.

„Für Miss Aubrey Batton. Was meinst du?“

„Ich muss darüber nachdenken.“

Trent lächelte sie an. „Natürlich, mein Schatz.“ Er sah an ihr herab. „Die andere Sache?“ Er drückte ihre Finger. „Steht es fest?“

„Bitte?“, flüsterte sie verstört.

„Hast du einen Doktor konsultiert?"

Sie schüttelte den Kopf. „Ich bin nur überspannt, Everham."

„Hm."

Sie versuchte, ihre Finger zurückzuziehen.

„Molly, du rufst einen Doktor. Sollte sich mein Verdacht bestätigen, will ich nicht, dass du noch einen Fuß in den Club setzt." Er fing ihren Blick ein. „Verstanden?"

Molly schluckte sichtlich.

„Schatz?"

„Hör bitte auf damit", murrte sie. „Und geh! Du darfst nicht in meinem Zimmer sein."

Trent lachte auf. „Molly, der Doktor ... oder möchtest du, dass ich nach ihm schicke?"

Molly presste die Lippen aufeinander.

„Also, lass dich untersuchen. Ich werde Angebote einholen und mit Wakefield und Kilbridge sprechen." Beschwingt stand er auf. „Magst du mir eine Nachricht zukommen lassen?"

London, Pemberly House, zwei Tage später

Molly stockte und blieb in der Tür stehen. Die Herren drehten sich zu ihr um. Everham schien erleichtert, Wakefield amüsiert.

„Lady Batton! Man stellte in Aussicht, Sie seien wohl nicht in der Lage, am Dinner teilzunehmen." Wakefield sah an ihr herab. Seine Meinung über ihr Kleid war offenkundig.

„Lady Batton", murmelte Everham und ergriff ihre Hand, um sie an die Lippen zu ziehen. „Sie sehen bezaubernd aus."

Wakefield widersprach dem mit einem Lachen. Everham ignorierte es, Molly fiel es schon wesentlich schwerer. Aber sie hatte jahrelange Übung darin, ihre Gefühle vor ihm zu verbergen.

„Vielen Dank, Lord Everham." Sie knickste und zwang sich dazu, auch seine Gnaden zu begrüßen.

„Enola, du sagtest gar nicht, dass Gäste zu erwarten seien." In dem Fall wäre sie auf ihrem Zimmer geblieben.

„Verzeih, aber du machst dich immer rar, wenn Besuch ansteht." Enola zog sie zum Kanapee. „Und da seine Gnaden sich besorgt zeigte, wollte ich ihm vor Augen führen, wie wohl du bist."

„Ich wünschte, du ließest mir die Entscheidung, auf wen ich treffe und auf wen nicht." Enola verstand die Rüge sehr wohl.

„Nun, ich bin sehr froh, Mylady, mich von Ihrem Wohlergehen überzeugen zu können", griff Everham schnell auf und setzte sich zu ihr. Er strahlte sie an, was Molly einigermaßen irritierte.

„Ich befinde mich in der Tat in einem annehmbaren Zustand, um am familiären Dinner teilzunehmen." Sie wendete sich demonstrativ von Everham ab. „Neu wäre mir, dass seine Gnaden und Lord Everham zu meiner Familie gehörten."

Wakefield griff die Rüge direkt auf. „Gott möge dies verhüten, nicht wahr, Mylady?"

„In der Tat!“ Sie hielt seinem Blick stand, auch wenn es sie nervös machte. Er wusste es sehr wohl und wollte sie tatsächlich weiterhin damit quälen. Sie hob das Kinn. „Ich täte einiges, um dem zu entrinnen.“

Wakefield lachte auf. „Gott sei Dank!“

„Wakefield“, knurrte Everham mit brennenden Augen. Eine Frage stellte sich allerdings. Inwieweit war sein Cousin wohl im Bilde? Molly verkrampfte innerlich. Oder nutzte der Duke sein Wissen, um etwas anderes zu erreichen? Womöglich irritierte ihn Everhams plötzliches Interesse an einer unscheinbaren Witwe. Ahnte er womöglich, dass sie hinter Madame Noir steckte?

„Man kann sich Verwandtschaft nicht immer aussuchen“, murrte Everham, sich der Spannung zwischen ihr und Wakefield offenkundig bewusst. „Aber man kann ihr sicherlich ausweichen.“

„Lady Batton kann“, widersprach Wakefield süffisant. „Nicht wahr?“

„Wakefield“, spie Everham und ergriff ihre Hand. „Mylady ...“

Sie zog die Finger zurück. „Seine Gnaden ist im Recht, Lord Everham. Ich suche mir meine Familie tatsächlich aus.“

„Und treffen dabei recht sonderbare Entscheidungen.“

„Sonderbar, Euer Gnaden?“, knirschte Molly, die Fäuste ballend.

„Sie sind mittellos, nicht wahr?“ Wakefield grinste diabolisch. „Sie haben eine Wahl getroffen und wo hat Sie diese hingeführt?“

Wie gern schlüge sie ihm seine Überheblichkeit aus dem Gesicht!

„Es ist nur Pemberly zu verdanken, dass Sie nicht von der Hand in den Mund leben müssen."

„Wakefield, das genügt nun", zürnte Everham, wobei er ihre Finger in seiner Faust fast zermalmte. Sie hatte gar nicht mitbekommen, dass er sie wieder aufgenommen hatte. Sie schüttelte ihn ab und erhob sich.

„Und doch stürbe ich lieber, als dies zu ändern." Sie schwang mit fliegenden Röcken herum.

„Weil Sie verdammt dumm sind", rief Wakefield ihr nach. „Und da bin ich verdammt dankbar drum!"

Molly schrie auf. Sie hatte genug von ihm, von seiner Dreistigkeit, seiner Überheblichkeit, von seinem Spott und seinem Drangsal! Zorn ließ sie beben. „Sie verfluchter …"

Und besann sich. Auch Enola wusste nicht alles und sie wollte nicht, dass es sich änderte.

Sie klappte mühsam den Mund zu, presste die Lippen so fest aufeinander, dass es schmerzte. Sie zitterte am ganzen Leib und war so verzweifelt bemüht, sich zu fassen, dass sie es nicht schaffte, sich loszureißen.

„Nanu, Mylady, blitzt da unerwartet Temperament auf?", höhnte Wakefield unbeeindruckt weiter. „Und ich dachte, Sie seien langweiliger als Shortbread."

„Sie wissen gar nichts über mich!"

„Ach nein? Ich fürchte, Sie irren. Ihre Schwester Anne spricht sehr gerne über Sie."

Everham sah zwischen ihnen hin und her. „Ich glaube, das reicht jetzt!" Er hatte sich mit ihr erhoben, war aber bei der Sitzgelegenheit stehen geblieben, als die Schmähung aus ihr herausbrach. Er war irritiert und angespannt, das bezeugten sein Blick und seine Haltung. Die Faust drückte sich in das Polster des Sessels und seine Brauen zogen sich tief über der Nasenwurzel zusammen.

Molly erschauerte unter seinem Blick. Er erwartete etwas, ahnte etwas. Etwas, was ihm nicht zusagte. Wie sein Verdacht, sie wäre mit seinem Cousin intim. Wenn er wüsste!

Molly schluckte, denn obwohl ein kleiner Teil von ihr die Vergangenheit für immer begraben wollte, war die Eröffnung vermutlich der beste Weg, Everham zu besänftigen. Sie musste diese Auseinandersetzung vorantreiben, so weh es ihr tat.

„Bettgeflüster, Wakefield? Ich bin entsetzt, dass Sie nach zehn Jahren immer noch Interesse für Anne aufbringen.“

Ihre Nägel gruben sich in ihre Handballen und Scham brannte in ihrem Magen. Aber ihre Wut war einfach übermächtig und es musste sein Ende finden.

„Warum konnten Sie nicht einfach sie nehmen? Sie mochten mich genauso wenig wie ich Sie! Auf Sie hätte man gehört.“

Sie spürte den Umschwung der Stimmung augenblicklich. Zwar war es zuvor nicht sonderlich angenehm gewesen, aber nun verdichteten sich die Wolken und nicht nur Wakefield, Everham und sie wurden von Augenblick zu Augenblick geladener.

Wakefield lachte auf. Er hatte tatsächlich die Frechheit, es einfach wegzulachen. Als bedeute es nichts. Als hätte es nicht ihr Leben zerstört.

Enola hatte nach der Hand ihres ebenfalls verblüfften Gatten gegriffen und verlor an Farbe. Sie kannte nun mal nur einen kleinen Teil der Wahrheit.

„Ich hasse Sie!“

„Ich weiß.“ Wakefield zuckte die Achseln. „Und Anne ist nicht meine Geliebte. Ungehörig, es auch nur zu denken, Mary.“ Er war kein bisschen glaubwürdig, Mistkerl, der er war.

„Was zum Teufel soll das bedeuten?“ Everham starrte sie an. Molly wusste genau, was er dachte. Aber es musste sein.

„Mary, hast du den guten Everham im Dunkeln gelassen? Was ist mit deiner reizenden Schwägerin? Glaubt sie tatsächlich, du hättest Batton genommen, weil du über beide Ohren verliebt gewesen wärst?“

Enolas überraschte Augen legten sich auf sie.

„Wakefield, ich muss Sie bitten, zu gehen.“ Pemberly erhob sich und zog sein Justaucorps glatt. „Auf der Stelle!“

Molly machte einen Schritt in den Raum hinein. Wakefield durfte nicht des Hauses verwiesen werden, noch nicht.

„Ich war verlobt, Enola. Ich wusste, dass mein Vater vermutlich die Mitgift verweigern würde und habe es verschwiegen. Das ist alles, was ich mir zu Schulden kommen ließ.“

Molly behielt Wakefield im Auge. Der Hundsfott grinste immer noch zufrieden.

„Es war falsch, aber es war mein einziger Ausweg.“ Und sie hatte für ihre Lüge bezahlt.

„Ich verstehe kein Wort, Molly.“

Wakefield starrte sie immer noch an, grinste dabei verächtlich. Er wollte sie leiden sehen. Genau wie Gene wollte er, dass sie bereute. Molly ballte die Fäuste. Niemals gäbe sie ihm diese Genugtuung.

„Ich bereue es nicht", spie sie ihm entgegen. „Ich hätte jeden geheiratet, um Ihnen zu entkommen!"

Wakefield relaxte sichtlich. Er lehnte sich zurück und nahm auch endlich den Blick von ihr. „So viel zur Liebe."

„Liebe!", zischte Molly. „Was ist das schon? Lediglich ein Mittel zum Zweck."

Sie fuhr herum, nicht gewillt, eine Sekunde länger in seiner Gesellschaft auszuhalten. Schließlich war gesagt, was gesagt werden musste, um die Details konnte Wakefield sich gerne kümmern. Es war gleich, wie unvorteilhaft er sie darstellte, es beeinflusste ihre Zukunft ohnehin nicht mehr.

„Was zum Teufel bedeutet das?", donnerte Everham und riss sie am Ellenbogen zurück, als sie aus dem Raum fliehen wollte. Sie torkelte gegen ihn. Es war vorbei und am besten sorgte sie dafür, dass keine Fragen offen blieben. Dann brauchte sie ihm nicht wieder gegenübertreten. Ihr Herz zog sich zusammen und ihr fehlte einen Moment lang die Kraft.

„Lady Mary ist ebenso wie jede andere Dame berechnend und kalt", stellte Wakefield fest. „Sie spielt lediglich mit den Gefühlen der Herren."

„So ein Unsinn", ging Pemberly dazwischen. „Everham, ich versichere Ihnen, dass Molly eine überaus herzensgute Dame ist!"

„Die sich lediglich um ihr Auskommen sorgt", höhnte der Duke. Er wollte sie nicht vom Haken lassen, bevor nicht jedes Detail ihrer schmählichen Vergangenheit ans grelle Tageslicht gezerrt worden war.

„Wäre es so, Euer Gnaden“, knirschte Molly zittrig, an Everham gewandt, „hätte ich keinen Grund gehabt, fortzulaufen!“

Sie schob sich von Everhams Brust fort. „Dann wäre mir sicherlich egal gewesen, dass mein Verlobter meine Schwester küsst und über meine fehlende Eleganz herzieht.“

„Was?!“ Molly sah zu Everham auf, der sie kalkweiß anstarrte.

Obwohl es nicht von Belang war, brachte sie es nicht über sich, die Verteidigung sein zu lassen. „Es bestand eine Übereinkunft. Ich sollte ihn heiraten.“ Sie schüttelte den Kopf, weil sie sich immer noch schuldig fühlte. „Ich wurde nicht einmal gefragt.“

„Wakefield?“

Molly zuckte die Achseln. Es war gleich, was er dachte, denn noch immer waren sie nicht an der Spitze des Eisberges angelangt. Sie konnte es nicht ändern und einzig Enola tat ihr leid. Die Schwägerin hatte verdient, dass sie die ganze Wahrheit kannte. Vielleicht vergab sie ihr eines Tages und konnte für Aubrey ein gutes Haar an Molly lassen.

„Es wurde alles über meinen Kopf hinweg entschieden und es ging so wahnsinnig schnell. Gene war so anders als er.“ Molly deutete zu Wakefield. „Gene war freundlich. Zuvorkommend. Er sagte, ich sei alles, was er sich wünschen könne.“ Sie wich zurück. „Wakefield nannte mich ein hässliches Entlein. Hausbacken. Gewöhnlich.“ Sie lachte bitter auf und schlang die Arme um die Mitte. „Er könne sich nicht vorstellen, Kinder mit mir zu zeugen.“

„Na na, hat da jemand ein privates Gespräch belauscht?“, höhnte Wakefield zufrieden. „Hat da jemand seinen Verlobten ausgespäht?“

„Ich stolperte über Sie“, korrigiere Molly zornig. „Das wissen Sie genau! Sie sollten mir meinen Mantel holen, weil ich fror, aber Sie kamen einfach nicht zurück. Mir blieb nichts anderes übrig, als ihn mir selbst zu holen, wollte ich mich nicht erkälten! Sie haben sich nicht einmal um Geheimhaltung ihrer Schmähungen bemüht!“

Wakefield lachte auf. „Ach ja, der Theaterbesuch auf der Wiese.“

Molly starrte ihn an. Er machte sich über sie lustig. Wie verflucht kaltherzig musste man sein, sich über die beklagenswerte Lage einer Frau lustig zu machen?

Wie erbaulich ihr erneutes Aufeinandertreffen für ihn gewesen sein musste, schließlich hatte er sich erneut an ihrer Ohnmacht und Angst weiden können. Er wusste nicht, dass ihr Schicksal ohnehin entschieden war und war daher bemüht, es nach seinem Gutdünken zu lenken, anders war seine Bloßstellung nicht aufzufassen. Er wollte sie zerstören – damals wie heute. Er war schlicht und ergreifend ein Mistkerl.

„Oje“, flüsterte Enola entsetzt. „Romeo und Julia. Deswegen …“

„Nein.“ Molly verlor ihre brennende Wut und mit ihr floss auch der Rest ihrer Kraft aus ihr. Er bekam, was er wollte, so sehr es sie aufbrachte, es gab keinen anderen Weg, als ihn am Ende doch triumphieren zu lassen. So bitter es war. Allerdings wollte sie eines klarstellen: Sie hatte sich trotz seiner beständigen Demütigungen nichts zu Schulden kommen lassen, bis sie es nicht mehr ertragen hatte.

„Weil er bei mir war und ich die Vorstellung nicht ertrug, er könne mich erneut berühren."

Zumindest verlor Wakefields Antlitz seine Zufriedenheit und er setzte sich auf. Mit so viel Offenheit hatte er offensichtlich nicht gerechnet, aber sie wollte ihn an seinen Anteil des Geschehenen erinnern.

„Was?", brüllte Everham.

Molly hob den Blick, musste ihn dabei von dem endlich sprachlosen Duke fortreißen.

Everham griff nach ihrem Arm, um sie erneut daran zu hindern, den Raum zu verlassen und zog sie zurück.

„Sie sollten die Geschichte zu Ende erzählen, Mary", knirschte Wakefield, wobei er sich erhob und unangenehm berührt die Weste gerade zog.

Pemberly schickte Enola aus dem Zimmer, die dem Drama mit weit aufgerissenen Augen gefolgt war, ohne tatsächlich zu verstehen, was gerade geschah. Sie wurde an Molly vorbeigeschoben, wobei sie den Kopf schüttelte und mit den Lippen Worte formte, die unausgesprochen blieben.

„Sie stellen mich ...", fuhr der Duke grimmig fort, wobei er auf sie zukam.

Molly gedachte nicht, ihm zu Diensten zu sein.

„Ich hasse Sie!" Sie riss sich los und stürmte mit wehenden Röcken aus dem Raum. Sie hörte noch, wie hinter ihr die Hölle ausbrach, auch wenn sie die Worte nicht klar verstehen konnte. Die Männer schrien sich an.

Molly scherte es nicht. Sie hastete die Stufen hinauf, holte ihren wendbaren Mantel aus dem Schrank, den Hut mit seinem dunklen Spitzenschleier aus seiner Schachtel, und die Handschuhe aus der leeren Kommode. Sonst gab es nichts, was sie mitnehmen müsste. Lediglich etwas Geld, um sich eine Droschke zum Milburn Cresscent leisten zu können.

Nicht einmal von Aubrey verabschiedete sie sich, als sie sich über den unauffälligen Weg, die Dienstbotentreppe und den Hinterausgang, stahl und damit völlig ungesehen aus dem Haus gelangte.

London, Milburn Cresscent, am nächsten Abend

Molly verschloss den Brief mit ihrem Haussiegel. Ihre wenigen Besitztümer waren bereits verstaut und das Haus, in dem sie sich soeben befand, verkauft. Nun musste sie sich nur noch um den Club kümmern. Sie hatte Wakefield einbestellt, um ihm seine Einlage auszahlen zu können. Kilbridge käme ohnehin in den Club Noir, dort konnte sie dann mit ihm sprechen. Molly steckte die Briefe ein und sah sich in dem trostlosen Raum um. Bis auf das Pult und den altersschwachen Stuhl gab es nicht einmal mehr Möbel in ihm. Die meisten waren in den Jahren in den Club gewandert, andere hatten als Brennholz herhalten müssen, ebenso die Bücher. Alles, was nicht zu verkaufen gewesen war, war verbrannt worden.

Molly atmete tief durch. Es waren keine schönen Jahre gewesen, weder jene als Ehefrau, noch die als

Witwe und doch war es merkwürdig, alles aufzugeben.

Molly nahm ihren Umhang auf, legte ihn um und verharrte erneut. Sie war fest entschlossen.

Sie musste zwei Straßen weiter laufen, bevor sie eine Droschke anhalten konnte. Die Kutsche ratterte durch die vollen Straßen und setzte Molly viel zu schnell vor dem Club ab. Sie hielt den Kopf geneigt, obwohl der feste Schleier ihres Hutes ihr Gesicht ohnehin verdeckte. Sie umrundete das Haus und betrat es durch die Küche.

„Madame", fuhr die Magd auf, die die Mahlzeiten für die Hausbewohner bereitete. Sie presste die Hand auf die mehlverschmierte Brust und sah ihr nach.

Molly verschwendete kein Wort. Weder an die Magd, noch an Gitty und Fi, die ihr auf der Treppe in den ersten Stock entgegenkamen.

Grayston stand umgehend bei ihr im Zimmer. „Madame."

Molly legte Hut und Mantel ab, ohne den Butler gesondert zur Kenntnis zu nehmen.

„Wakefield wird vorsprechen. Bitten Sie ihn umgehend in den Salon." Sie verschwand hinter der Wand. „Informieren Sie mich überdies bitte, sobald Lord Kilbridge eintrifft. Auch mit ihm habe ich über wichtige Geschäfte zu sprechen."

Grayston räusperte sich vernehmlich.

„Lord Everham und Lord Pemberly sprachen bereits vor. Sie sind auf der Suche nach Ihnen." Er klang ungewöhnlich angespannt. „Beide Herren schienen besorgt."

„Beide Herren haben Hausverbot." Molly stieg aus ihrem Kleid. „Sie sind unter allen Umständen aus dem Haus zu halten, Grayston." Sie schlüpfte in die Abendrobe und schloss sie geschwind. „Ich möchte, dass jede Tür, bis auf die Eingangstür, verschlossen wird, ebenso die Läden im unteren Stockwerk. Niemand hat das Haus zu betreten, ohne dass ich es weiß." Sie zupfte an ihrer Perücke. „Lassen Sie mich nun allein."

Grayston räusperte sich erneut. „Madame, Monsieur …"

„Es gibt keinen Monsieur", unterbrach sie ihn hart. „Lord Everham hat Hausverbot. Dies ist mein Club, Grayston."

„Jawohl, Madame."

Sie wartete angespannt, bis die schlurfenden Schritte bezeugten, dass der alte Butler ihr Zimmer verließ. Dann schloss sie kurz die Augen. Es lag noch ein langer Weg vor ihr, aber den musste sie auch beschreiten.

Molly nahm die falschen Haare auf und bürstete die Perücke unnötig rüde. Die ausgerissenen Strähnen konnten ihr nun absolut gleichgültig sein, schließlich benötigte sie zukünftig keine Verkleidung mehr. Sie setzte die Haarpracht auf und steckte sie fest. Noch mit den Pinnen beschäftigt, die alles an Ort und Stelle halten sollten, wurde sie durch ein Klopfen unterbrochen. Es war soweit. Eine letzte Begegnung noch.

„Madame, der Duke of Wakefield wünscht vorzusprechen."

„Ich bin in zwei Minuten unten, Grayston."

Molly band ihre Maske mit zittrigen Fingern vor das Gesicht und starrte einen Moment länger in den Spiegel. Ihre blauen Augen waren glanzlos und ihre Hoffnungslosigkeit sprang ihr deutlich entgegen. Es gab keinen anderen Weg, dessen war sie sich schmerzlich bewusst. Allein Aubrey war die Leidtragende und dies machte es unabdingbar, bei ihrem Vorhaben zu bleiben.

Sie erhob sich sicherer als zuvor und griff auf dem Weg hinaus nach dem Umschlag mit dem Geld.

Im großen Salon saß Wakefield entspannt auf einem Sessel am entzündeten Kamin. Er machte sich nicht die Mühe, aufzustehen und sie zu begrüßen, weswegen Molly sich ebenfalls jegliche Höflichkeit sparte. Sie ließ den Umschlag in seinen Schoß fallen. „Ihre Einlage, Euer Gnaden. Verschwinden Sie."

Wakefield lachte auf. „So nicht, Belle."

Molly ließ ihn sitzen, schließlich war diese Zusammenkunft nicht dazu gedacht, freundlichen Umgang zu pflegen. Sie kam nicht bis zur Tür. Er riss sie herum.

„Ich will Everhams Geld nicht, Madame", zischte er. Seine Finger bohrten sich schmerzlich in ihren Arm und sie stöhnte unterdrückt. „Verdammt, Sie wollen es ja nicht anders!" Er zerrte sie zum Sofa.

Molly schrie erschrocken auf, schwante ihr doch, was er im Sinn haben konnte. Eben jener Stoff, aus dem ihre schlimmsten Albträume waren und das sollte schon etwas heißen, wenn man bedachte, dass ihr Ehemann stets gut darin gewesen war, ihr solche zu bereiten.

„Fassen Sie mich nicht an!"

„Sie lassen mir keine Wahl", zischte er, als er sie niederdrückte. „Ich habe Sie gewarnt!" Er riss an ihrem

Fichu, um ihr Dekolleté freizulegen. „Warum können Sie auch nicht hören?“

„Grayston“, kreischte Molly. Wakefield drückte die Hand auf ihren Mund, aber es war zu spät. Mit Erleichterung erhaschte Molly einen Blick auf den alten Butler des Club Noir.

„Madame! Jarred!“, rief Grayston nach ihrem kräftigsten Lakai, wartete aber nicht auf dessen Erscheinen. „Euer Gnaden, lassen Sie augenblicklich ab!“

Wakefield stieß Grayston von sich. Molly keuchte. Es war schlicht horrend, einen alten Mann so grob zu behandeln und sie ließe keine Misshandlung unter ihrem Dach zu. Sie biss dem unleidlichen Duke in die Hand und schlug ihm, so fest sie nur konnte, mit dem Handballen ins Gesicht. Im nächsten Moment zog Jarred den Duke von ihr herunter.

„Verflucht“, schimpfte der, sich die Nase haltend.

Molly rollte vom Sofa und rutschte zu ihrem Butler.

„Grayston?“ Brennend sah sie auf. „Sie Hundsfott!“, spie sie. „Einen alten Mann zu verletzen!“

„Ich bin nicht verletzt, Madame“, versicherte Grayston und rappelte sich auf. Seine steifen Bewegungen verrieten ihn jedoch. Molly stützte ihn.

„Ich werde Sie ruinieren, Madame“, warnte Wakefield, sich aus Jarreds Griff befreiend. „Sie können sicher sein, niemand wird sich hier mehr sehen lassen.“

Molly hob den Umschlag auf und drückte sie ihm gegen die Brust. „Sechshundert Pfund, mehr, als ich Ihnen schulde. Und noch etwas, *Euer Gnaden*: Everham hat mir weder dieses Geld gegeben, noch ist er hier weiterhin erwünscht. Sie haben gewonnen, Euer Gnaden, und nun leben Sie wohl!"

Molly gab Jarred einen Wink, damit er seine Gnaden hinausschaffte.

„Machen Sie das Haus bereit, Grayston." Nach einer schnellen Musterung, mit der sie sich versichern wollte, dass er dazu auch in der Lage war, ließ sie ihn stehen und zog sich in ihr Zimmer zurück. Es machte sie wahnsinnig, tatenlos herumsitzen zu müssen.

Molly schloss die Augen und lauschte. Das Haus erwachte. Sie hörte die Mädchen im Flur kichern, die schweren Schritte, der sie begleitenden Herren.

Molly wartete angespannt. Endlich klopfte es und Grayston meldete Kilbridges Ankunft.

„Schicken Sie ihn bitte hoch."

Molly stand auf und trat dem Lord gegenüber, als er nach wenigen Minuten in das Zimmer geleitet wurde. „Lord Kilbridge, vielen Dank, dass Sie sich zu mir bemühen."

Er nahm ihre Hand auf und hob sie an seine Lippen.

„Wie könnte ich dieser Einladung widerstehen?"

Molly zog die Hand zurück und versteckte sich hinter ihrem Schreibtisch.

„Lord Kilbridge, ich sehe mich gezwungen, meine Geschäfte niederzulegen."

„Ach herrje, Madame, nicht Sie auch noch." Seine Betrübnis zeigte sich recht deutlich auf seinem Antlitz. „Nach Madame Rouges Ausscheiden war es bereits sehr ruhig hier, wenn Sie nun auch noch gehen ..." Er seufzte schwer.

Molly senkte den Blick auf den Umschlag mit den hundert Pfund, die sie ihm noch schuldete.

„Ich möchte Ihnen noch einmal danken, Lord Kilbridge. Sie haben an mich geglaubt und ohne Sie wäre dieses Haus lange schon geschlossen." Sie räusperte sich leise. Vielleicht hatte er das Unvermeidbare auch nur hinausgezögert.

„Ach Kindchen! Benötigen Sie mehr Geld? Mehr Kundschaft? Ich bin mir sicher ..."

Sie schüttelte den Kopf. Ihre Finger berührten das Pergament, auf dem sein Name stand.

„Nein, Mylord. Das Geschäft läuft, ich bin es, die nicht weitermachen kann. Der Club geht in neue Hände über und ich hoffe, dass Sie ihm treu bleiben. Die Mädchen ... sie haben nichts anderes."

Molly schluckte ihr schlechtes Gewissen herunter. Sie konnte nicht mehr, es war vorbei. Sie hob den Umschlag. „Dennoch möchte ich Ihnen Ihre Einlage selbst erstatten."

„Oh nein, nein!" Kilbridge hob die Hände. „Behalten Sie es, Madame. Sie werden es benötigen."

Molly beugte sich über den Tisch, hielt ihm den Umschlag entgegen und schüttelte den Kopf.

„Ich brauche kein Geld, Lord Kilbridge, nur die Gewissheit, keine offenen Verpflichtungen zurückzulassen." Sie atmete tief ein und streckte den Arm noch etwas weiter vor. „Bitte."

Kilbridge nahm den Umschlag zögerlich entgegen.

„Also gut, Madame. Gibt es etwas, was ich für Sie tun kann?"

Molly senkte den Blick. „Nein."

Es gab nichts, was für sie noch getan werden konnte. Wie Misty atmete sie zwar noch und war dennoch schon tot. „Trotzdem, vielen Dank für das Angebot."

Kilbridge seufzte, streckte die Hand aus und tätschelte ihre. „Kindchen.“

„Leben Sie wohl, Lord Kilbridge.“ Molly deutete einen Knicks an.

Der Lord seufzte erneut und verabschiedete sich dann. Molly sank wieder auf ihren Stuhl nieder, die Hände legte sie vor das Gesicht, um den schweren Kopf abzustützen, der augenblicklich zurück in die Gedankenmühle glitt.

All die falschen Entscheidungen, all ihre Fehler tanzten einen Ringelreihen und verhöhnten sie wie Wakefield es tat. Sie hatte Fehler begangen, ohne Frage, aber die Verlobung mit Wakefield platzen zu lassen, gehörte keineswegs dazu. Er hätte sie schon viel früher zu diesem Schritt getrieben, da hatte Molly keinen Zweifel. Sie hätte es nicht lange als seine Gattin aushalten können. Wenn schon die wenigen Minuten in ihrem Bett für tiefe Abscheu gesorgt hatten, hätte der Vollzug der Ehe sie vermutlich noch im Akt vor unbändigem Ekel sterben lassen.

Molly entließ die Reue, die Trauer und die Schuld aus ihrem Herzen. Jeder Schritt, seit sie Wakefield zum ersten Mal begegnet war, war unvermeidlich gewesen. Fortzulaufen, den einzigen Mann zu ehelichen, der sie hatte haben wollen ...

Es wurde eine lange Nacht, mit unendlichen Schleifen der Reminiszenzen, die auch nicht ohne Unterbrechungen blieb.

Kapitel 10

Der letzte Ausweg

London, Club Noir, zur selben Zeit

Trent hielt sich nur mühsam zurück. Jarred verwehrte ihm den Eintritt, ein deutliches Zeichen, dass Molly im Club war.

„Jarred, ich verlange, mit Madame zu sprechen, verstanden?"

„Es tut mir leid, Mylord, Sie haben keinen Zutritt." Der Lakai spannte die Muskeln. „Madame war unmissverständlich."

„Ich will mich lediglich ihrer Unversehrtheit versichern", knurrte Trent und trat vor.

Jarred blockierte die Tür.

„Fünf Minuten. Ich gehe. Ich will nur einen Blick auf sie werfen."

Mindestens. Sie mussten reden. Es gab einiges, was zwischen ihnen stand, aber er war nach einer Nacht immenser Zweifel nicht bereit, sie so einfach aufzugeben. Es war gleich, was gewesen war. Davon musste er sie nur noch überzeugen und dies schien schwieriger zu werden als bisher erwartet.

„Verdammt noch mal, lass mich rein!"

Jarred blieb hart. Trent verlangte, mit Grayston zu sprechen und wanderte unruhig vor dem Haus auf und ab, bis der Butler endlich aus dem Haus trat.

„Mylord." Er nickte ihm zu.

„Ist Madame wohlauf?" Das war bei weitem die wichtigste Frage, die er hatte.

Grayston räusperte sich und suchte seine Worte deutlich mit Bedacht aus.

„Madame tritt sicher und bestimmend auf, Mylord."

Trent runzelte die Stirn. Sicher und bestimmend?

„Begrüßt sie die Gäste?"

„Nein, Mylord."

Demnach hielt sie sich in ihrem Zimmer auf. „Hat Madame weitere ungewöhnliche Order gegeben?"

„Sie bat Wakefield um Vorsprache." Grayston warf einen Blick zurück zum Haus. „Und Lord Kilbridge. Mylord, ich mache mir Sorgen um Madame, aber es ist nicht der richtige Zeitpunkt, Madames Wunsch um Abgeschiedenheit zu ignorieren."

„Sie war fast zwei Tage verschwunden, Grayston. Ich denke, es ist genau der richtige Zeitpunkt, sich ihrer Verfassung zu versichern." Zumal sie Wakefield zu sehen wünschte. Da stimmte doch etwas nicht. „Warum war der Duke hier?"

Grayston streckte die Schultern. „Darüber kann ich nicht sprechen."

Trent knirschte mit den Zähnen. „Ist er noch im Haus?"

„Seine Gnaden musste vor die Tür gesetzt werden." Grayston stockte. „Aber Lord Kilbridge ist noch im Haus."

Trent zögerte, aber letztlich bekam er aus Mollys Butler kein Wort hervor. „Bitten Sie Lord Kilbridge, mich hier zu treffen."

Grayston verbeugte sich vor ihm und verschwand im Haus. Kilbridge ließ ihn lange warten, was ihn schier wahnsinnig machte.

„Everham, warum kommen Sie denn nicht rein?"

Trent überging die genuschelte Frage. „Madame bat Sie zu sich? Warum?"

„Oh." Kilbridge winkte ab. Sein knochiger Leib krümmte sich, als er die Arme um sich legte. Die Nacht war frisch und der alte Lord hatte seinen Umhang nicht übergezogen. „Madame geht wohl in den Ruhestand."

Trent brauchte einen Moment, um die Worte richtig einzuordnen, dann schloss er erleichtert die Augen. Er hatte, was er wollte.

„So eine traurige Sache", meinte Kilbridge mit einem langen Seufzen. „Erst Madame Rouge und nun auch noch Madame Noir."

Trents Erleichterung schwand. Molly hatte stets darauf bestanden, die Einnahmen zu benötigen. Bedeutete es, sie hatte eine andere Einnahmequelle gefunden? Sie hatte mit Wakefield gesprochen und Trent hatte nun Hausverbot. Er erstarrte geschockt, das Angebot seines Cousins im Ohr. Sie könne besser leben als so manche adlige Dame, wenn sie Wakefields Mätresse wäre.

Trent ließ Kilbridge stehen und hämmerte gegen die Tür. Er würde nicht tatenlos danebenstehen, ganz gleich, ob er zu spät kam oder nicht. Molly durfte sich nicht so erniedrigen, ganz gleich, was sie bisher hatte durchleben müssen.

Jarred öffnete und Trent überrumpelte ihn. Trotzdem bekam er Molly nicht zu Gesicht.

Molly schlüpfte aus dem Haus, als die Sonne ihre ersten Strahlen auf die Erde schickte. Sie hatte Grayston angewiesen, ihre Briefe durch Stephan übergeben zu lassen, sobald der letzte Gast den Club verlassen hatte. Es gab ihr einen kleinen Vorsprung.

Molly wickelte sich eng in ihren dunklen Mantel und hielt den Kopf gesenkt, bis sie die Hauptstraße erreichte. Sie musste eine recht weite Strecke durch nicht gerade sichere Gegenden zurücklegen. Zu anderen Zeitpunkten in ihrem Leben hätte es sie vermutlich zu Tode geängstigt, an diesem Morgen nicht.

Die Straßen wurden sauberer und voller, je näher sie der Innenstadt kam, und als sie auf die Bond Street abbog, reflektierten die Schaufenster munter den Sonnenschein. Molly überquerte die Straße und bog ab. Sie hatte ihr Ziel erreicht, den Hyde Park, und stoppte am eisernen Tor, um sich den Hut abzunehmen. Sie warf ihn achtlos zur Seite. Als sie den Weg entlangschritt, spürte sie die warmen Strahlen auf ihrem Gesicht und hob es der Sonne entgegen.

Was für ein wundervoller Morgen. Die Serpentine tauchte vor ihr auf und setzte ihrer Wanderung ein

Ende. Einige lange Augenblicke starrte sie schlicht auf die reflektierende Oberfläche.

Letztlich hatte sie keine Wahl.

In ihrem Zustand hatte sie keine Wahl.

In ihrer finanziellen Situation hatte sie keine Wahl. Mit Wakefield, der sie immer mehr bedrängte und verhöhnte, hatte sie keine Wahl.

Und letztlich war es der einzige akzeptable Weg, der einer adligen Dame in Bedrängnis offenstand.

Molly atmete tief durch. Sie tat es für Aubrey. Enola und Pemberly nähmen es dem Mädchen nicht übel, dass ihre Mutter nicht immer den richtigen Weg genommen hatte. Sicherlich nicht. Pemberly konnte den Club verkaufen und den Erlös anlegen. Aubrey hätte zumindest eine kleine Aussteuer, eine kleine Chance auf ein glückliches Leben. Molly durfte ihr nicht im Wege stehen.

Sie trat näher an den Steg, streckte die Hand nach einem Poller aus und bemerkte da erst, wie stark sie zitterte. Ein Schluchzen entrang sich ihrer Kehle. Eine leichte Brise verdunstete die Tränen, die über ihre Wangen rollten, als sie sich zwang, weiterzugehen.

Die Holzbalken unter ihren Stiefeln knarzten, Vögel zwitscherten und das Laub der Uferbepflanzung rauschte. Sie sah hoch in den strahlend blauen Himmel. Kleine weiße Wölkchen schwebten über ihr. Sie schloss die Lider. Noch ein Schritt. Und noch einer.

Der Steg war nicht endlos und so war es nur eine Frage von Schritten, bis sie ins Leere trat. Sie schrie auf, obwohl sie es ja erwartet hatte. Schwenkte die Arme und suchte nach Halt, obwohl sie keinen finden durfte, und klatschte hart auf die Oberfläche. Sie ging unter wie ein Stein, völlig überrascht über die eisige Kälte, die sie umfing.

Trent stürmte in die Halle von Pemberlys Stadthaus. Er hatte eine beängstigende Nachricht erhalten. Er solle sich mit Pemberly auseinandersetzen, so er den Club Noir erwerben wolle. Sie hatte nicht unterzeichnet, sie hatte keine begleitenden Worte hinzugefügt. Er war sich sicher, dass da etwas absolut nicht stimmte. Erst verschwand sie nach einer horrenden Eröffnung, war nicht mehr für ihn zu sprechen, wollte den Club aufgeben, der ihr als Lebensunterhalt diente und dann dies.

Er wollte wissen, was das zu bedeuten hatte und es war ihm völlig gleich, dass es noch verdammt früh am Morgen war.

Trent nahm die Treppe und steuerte sofort den Flügel an, in dem die Herrschaftsschlafzimmer zu finden waren. Er riss die Tür auf und rief nach dem Hauseigentümer, den Butler desselben strikt ignorierend. Das Bett war leer. Trent fluchte und schubste den Butler zur Seite, um ins Nachbarzimmer zu stürmen. Lady Pemberly war vermutlich eine ebenso gute Informationsquelle, was ihre Schwägerin betraf.

Er riss die Tür auf. Ein Kichern fachte seine Wut an. Wann hatte Molly zum letzten Mal so befreit kichern können?

Er riss an der Gardine, die das Bett umgab und legte ein turtelndes Ehepaar frei. Lady Pemberly schrie auf, die großen braunen Augen aufgerissen und sich an ihren Gemahl klammernd.

„Was zum …?"

„Wo ist sie?“

„Everham“, brüllte Pemberly, schnell die Laken raffend, um die Lady zu bedecken. „Raus hier, verdammt!“

„Wo ist Molly?“ Er hatte nicht vor, auch nur einen Zentimeter zu weichen. „Warum soll ich mich mit dir auseinandersetzen, um den Club zu kaufen?“

„Was?“, wisperte Lady Pemberly, wobei sie sich hinter ihrem Gatten versteckt hielt.

„Raus hier! Gott, ich reiß dir den Kopf ab, einfach in mein Schlafzimmer zu platzen!“, donnerte Pemberly und drückte der Gattin dabei ein Kissen in die Arme.

„Ich will Molly!“

„Sie ist nicht hier, verdammt nochmal! Sie ist nirgends aufzufinden. Verdammt, sie will nicht gefunden werden.“ Pemberly stieg aus dem Bett und riss die Gardine wieder vor. Er schubste Trent Richtung Tür. „Raus hier!“

„Sie war im Club. Sie sprach mit Wakefield, lässt mich aber nicht zu sich und dann dieses Billet?“ Trent befreite sich von Pemberlys Griff. „Sie wird eine Dummheit begehen!“

„Everham! Raus!“

„Ich will Molly!“, wiederholte Trent energisch und wich Pemberly aus. „Ich gehe nirgendwo hin, bevor du mir nicht glaubhaft erklärst, warum sie plötzlich nicht mehr für mich zu sprechen ist und den Club verkaufen will, aber nicht persönlich mit mir verhandelt.“

Lady Pemberly rutschte aus dem Bett. „Molly verkauft den Club?“

„Das wolltet du doch", knirschte Pemberly Richtung Everham und bat die Gattin gleichsam, wieder ins Bett zu gehen.

„Ich wollte, dass sie mich heiratet", korrigierte Trent giftig. „Nicht, dass sie nicht mehr für mich zu sprechen ist!"

„Ach herrje", wisperte Lady Pemberly. „Ich muss in den Club." Sie raffte die Laken und huschte auf nackten Sohlen in den Nachbarraum.

„Enola!" Pemberly fluchte und sah zwischen der Tür, hinter der die Gattin verschwunden war und Trent hin und her. „Du fährst nicht in den Club!"

„Mit mir wird sie sprechen", versicherte die Countess. „Ich hätte dich gleich begleiten sollen."

„Enola!" Pemberly ließ ihn stehen. „Liebling, ich will dich dort nicht haben."

„Richard, ich fahre in den Club!"

Trent fuhr sich durchs Haar. Lady Pemberlys Engagement beruhigte ihn. Sie kam sicherlich zu Molly durch. Grayston ließe sie bestimmt ein und Molly hörte auf ihre Schwägerin. Da war er sich sicher. Nur der Gatte stand einer sicheren Auflösung im Wege.

„Lass sie fahren", bat er. „Molly kann Wakefield nicht auszahlen, dafür fehlen ihr die Mittel. Es gibt nur einen Weg, an seine Einlage zu kommen. Sie müsste sein Angebot annehmen."

Lady Pemberly schob ihren Gatten zur Seite. „Angebot?" Ihre braunen Augen waren weit aufgerissen. „Was für ein Angebot?"

Trent befeuchtete sich die Lippen. „Ihm zu Willen zu sein."

Lady Pemberly lachte auf. „Oh, keine Sorge, das passiert niemals.“

Trent verschluckte seinen Widerspruch. Sie trippelte durch den Raum und setzte vor dem Spiegel ihren Hut auf, klappte den Schleier herab und prüfte den Sitz.

„Richard, du wirst uns doch nicht nackt begleiten wollen?“

„Enola, du bleibst im Haus!“

Sie sah zu ihm. „Sie ist ohne ein Wort verschwunden, Richard. Sie versteckt sich vor dir und Lord Everham.“ Sie zuckte die Achseln. „Ich hätte mich gleich durchsetzen müssen und mich nicht von dir in Sicherheit wiegen lassen sollen.“

Pemberly fing sie ab. „Enola ...“

„Hat sie mit dir über den möglichen Verkauf des Clubs gesprochen?“

Der Earl stockte verräterisch.

„Hat sie nicht. Ich stimme ihm zu, Richard. Etwas stimmt da nicht und das bereitet mir Sorge.“

Pemberly stöhnte entsetzt. „Also schön! Ich ziehe mich an, aber du bleibst in der Kutsche.“

Enola bestätigte die Forderung nicht, aber ihr Gatte nahm es trotzdem als Zustimmung und widmete sich dem anderen Störfaktor: Trent.

„Raus aus dem Schlafzimmer meiner Gattin!“

Trent wartete ungeduldig auf dem Flur. Lady Pemberly kam zuerst aus ihrem Zimmer. Sie seufzte, als sie seiner gewahr wurde.

„Sie dürfen Molly nicht verurteilen, Lord Everham. Nach dem Tod meines Bruders wollte sie uns doch nur über Wasser halten und der Club war der einzige Weg dazu.“ Sie schüttelte bedauernd den Kopf. „Aber ich schwöre Ihnen, dass Molly niemals ...“ Ihr fehlten sichtlich die Worte. „Niemals.“

Trent kaute auf seiner Zunge herum.

„Sie verabscheut Wakefield. Sie warnte mich beständig, nicht auf seinen Charme hereinzufallen, es sei nur Fassade.“ Lady Pemberly schüttelte wieder den Kopf. „Sie durchschaute ihn von Anfang an. Sie gäbe sich ihm niemals hin. Glauben Sie mir. Das ist völlig ausgeschlossen.“

Trent senkte den Blick. „Sie ist in einer Zwangslage, Lady Pemberly, ich befürchte lediglich, dass sie ...“ Er seufzte. „Ich will sie nur zurück, egal, was sie tat. Oder tut.“

Pemberly knallte seine Tür zu und maß ihn dräuend. „Also gut. Bringen wir Molly zur Vernunft.“

London, Hyde Park, zur selben Zeit

„Verflucht“, grollte es an ihrem Ohr, dann ging erneut ein Ruck durch ihren Körper und Molly keuchte, spuckte Wasser. Sie hustete und schnappte verzweifelt nach Luft. Sie wurde vorgebeugt. „Atme, Mary!“

Sie öffnete die Lider. Gänseblümchen vor Augen. Tropfen fielen ins Gras. Eine Hand rieb kräftig über ihren Rücken.

„Was haben Sie sich nur gedacht, verdammt?“

Molly blinzelte. Sie erkannte die Stimme. Obwohl sie sich schwerfällig und zerschlagen fühlte, sprangen ihre Reflexe an und sie wollte fortrutschen, aber ihr fehlte die Kraft.

„So eine Dummheit hätte ich Ihnen nicht zugetraut.“

Molly hob den Ellenbogen, um Abstand zu schaffen. Sie zitterte am ganzen Leib, völlig kraftlos. Ihr Verstand kam in die Gänge und der Schock lähmte sie.

Er hatte sie gerettet!

Wakefield hob sie auf.

„Nicht“, wisperte sie, konnte es aber nicht verhindern.

„Mary, ich setze Sie nun auf mein Pferd. Versuchen Sie sich festzuhalten“, befahl Wakefield knapp.

Tropfen eisigen Seewassers rannen aus seinem Haar und er stöhnte, als er sie in den Sattel hob.

Molly sackte augenblicklich zusammen. Die Lider fielen ihr zu, obwohl ihr Verstand raste. Das durfte nicht sein! Aber es war typisch für ihn. Selbst den einzigen Ausweg musste er ihr noch versperren.

Wakefield saß hinter ihr auf und fing sie gerade noch ab, als sie abrutschte.

„Verflixt!“ Er schlang einen Arm fest um ihre Mitte und presste sie an sich. Ekel ließ sie beben, aber ihr Versuch, seine Hände abzustreifen, scheiterte kläglich. „Ich bringe Sie zu Ihrer Schwägerin.“

Das beruhigte sie nicht, schließlich wartete dort weiteres Ungemach auf sie. Es war demnach ganz im Sinne des Dukes, sie dort abzuladen und sich das Schauspiel anzusehen, das folgen musste. Er musste es wissen, beschied sie. Er musste davon wissen, dass sie Madame Noir war. Deswegen hatte er die Vergangenheit aufgewärmt und sie vor Everham und Pemberly unmöglich gemacht.

Wakefield trieb sein Pferd an. Molly fühlte sich wie ein Sack, der der Bewegung des Tieres völlig ausgeliefert war. Ihr war fürchterlich übel, als sie endlich an Geschwindigkeit verloren.

„Hey!", rief Wakefield und ließ sie zusammenzucken, da er ihr förmlich ins Ohr grölte. „Bursche! Komm her! Klopfe an der Tür. Ich brauche Hilfe mit der Lady."

Es dauerte nicht lange und sie wurde vom Pferd gehoben. Wakefield nahm sie wieder ab und orderte, dass ihm ihr Zimmer gezeigt würde. Molly schloss die Augen und ließ den Kopf zur Seite rollen. Ihre Hand wackelte bei jedem Schritt und sie konzentrierte sich auf die Bewegung, um ihrer Übelkeit Herr zu werden.

„Molly!"

Sie zuckte zusammen. Zu ihrem immensen Leidwesen waren es nicht ihre Schwägerin oder Pemberly, denen sie diese Stimme zuordnen konnte.

„Nein!"

„Sie braucht einen Doktor", stellte Wakefield fest. „Sie fiel in den See. Ich habe sie herausgefischt und sie atmet, aber sie scheint nicht bei Besinnung zu sein."

Molly wurde übernommen und fest gegen eine trockene Brust gepresst. Lippen legten sich auf ihre Stirn.

„Mein Gott!" Everhams Atem netzte ihre Haut. Sie hörte Pemberly in einiger Entfernung die Order weitergeben.

„Kommen Sie, Lord Everham, ich zeige Ihnen, wo sich Mollys Schlafzimmer befindet." Enolas zittrige Hand legte sich an Mollys Schulter. Die Treppe war fast so schlimm wie der scharfe Ritt und ließ sie stöhnen.

„Halte durch, mein Schatz", bat er. „Mein Gott, halte durch." Er legte sie ab und nestelte an dem Verschluss ihres Umhangs.

„Lord Everham, ich übernehme nun.“ Enola wurde ignoriert. Es waren Everhams Hände, die sich an ihrem Kleid zu schaffen machten.

„Lord Everham“, mahnte Enola fest. „Sie werden das Zimmer nun verlassen.“

„Nein.“ Er hob sie aus der nassen Wäsche und umrundete mit ihr das Bett. „Schlagen Sie die Decke auf. Das Feuer muss angefacht werden.“

„Lord Everham!“

„Ich bleibe bei ihr.“ Er schob sie tiefer ins Bett und rutschte hinterher. Er zog sie an sich und rieb über ihren Körper. „Sie ist eiskalt.“

„Everham!“

„Ich bleibe bei ihr“, wiederholte Everham fest. „Bis sie sich aufgewärmt hat und der Doktor eintrifft!“

Molly blinzelte an seiner Brust.

„Verschwinde“, krächzte sie schwach. „Fass mich nicht an.“ Der Versuch, ihn von sich zu schieben, scheiterte.

„Ich bin es, Schatz. Alles ist gut“, murmelte Everham und küsste ihre Stirn. „Du hattest einen Unfall.“

„Verschwinde.“

„Schatz.“ Er legte die Hand an ihre Wange, sein Daumen rieb sacht über ihre kühle Haut. „Wir sprechen über alles, wenn es dir wieder besser geht, aber eines musst du wissen: Ich mag keinen Tag ohne dich sein.“

London, Pemberly House, eine Stunde später

„Lady Pemberly, ich bestehe darauf, dass Sie mich zu ihr lassen." Trent hatte Mühe, sich zurückzuhalten. Am liebsten hätte er die Lady zur Seite gestoßen, um endlich Zugang zu Molly zu haben.

„Lord Everham!" Sie schien seine Gedanken zu erraten, denn mit einem Blick hinter ihn versicherte sie sich der Unterstützung des Gatten. Pemberly umschloss seinen Oberarm und raunte: „Obacht, ich dulde nicht, dass man meiner Gattin zu nahe kommt."

Trent sah verdrossen zu ihm zurück. „Verdamm noch mal, sie wäre um ein Haar ertrunken!"

„Was sicherlich kein Unfall war, Everham", meldete sich Wakefield zu Wort. Er hatte ein Bad erhalten und trug, für ihn ungewöhnlich, geborgte Kleidung. Er wärmte sich am Kamin in Mollys Boudoir mit einer Tasse heißem Kaffee auf, auch wenn Trent nicht wusste, warum man seinen Cousin überhaupt in Mollys Nähe duldete.

Trent ballte die Fäuste. „So ein Unsinn!"

„Sie lief schnurstracks in den See", behauptete der Duke ernst, aber Trent hatte beschlossen, dem Cousin kein Wort mehr abzukaufen.

„Bitte?", hauchte Lady Pemberly entsetzt. Ihre braunen Augen weiteten sich und sie legte die Finger an die Lippen. „Aber dafür gibt es doch gar keinen Grund!"

Allerdings warf Mollys Verhalten Fragen auf. Was suchte sie am frühen Morgen im Park? Wie war sie ins Wasser geraten?

So betrachtet war eine Absicht nicht auszuschließen und was den Grund betraf …

Nach der Eröffnung vor wenigen Tagen war sie einfach verschwunden, sie wusste nicht, dass sich seine Gefühle für sie nicht geändert hatten. Sie wusste nicht einmal, dass er seit langem plante, sie zu heiraten. Wenn sie nun froher Hoffnung war und geglaubt hatte, nur so der Schande entgehen zu können, unverheiratet ein Kind zu gebären?

„Ist sie wach?", krächzte er. Er fuhr sich zittrig durchs Haar, wobei er sich fragte, ob er ihr nicht besser längst einen Antrag gemacht hätte.

Lady Pemberly schüttelte den Kopf. „Sie hat Laudanum bekommen."

„Mylady, ich werde Molly heiraten, demnach könne Sie mich getrost zu ihr lassen."

Wakefield räusperte sich. „Everham, zu dem Punkt hätte ich auch noch etwas beizutragen."

Trent drehte sich angespannt zu seinem Cousin um. „Das glaube ich kaum!"

Wakefield musterte ihn über den Rand der Tasse hinweg, dann drifteten seine Augen zur Hausherrin. „Du erinnerst dich an unser Gespräch?"

Trent verlor beinahe seine Zurückhaltung. Er wollte ihm doch nicht erneut drohen! Er würde sich nie von seinem Vorhaben abbringen lassen.

„Über die finanzielle Regelung", fuhr Wakefield knurrig fort. „Ich habe meine Einlage zurückerstattet bekommen."

Trent runzelte die Stirn. Wakefield sprach vom Club. „Ist es dein Geld?"

Trent schüttelte den Kopf, sein Blick driftete zu Pemberly, aber er hatte zuvor schon angegeben, nichts von Mollys Plänen, den Club zu verkaufen, gewusst zu haben.

„Es bringt dir nichts, das wollte ich nur zuvor klarstellen." Wakefield stellte die Tasse ab und setzte sich auf. „Obwohl ..." Er drehte den Siegelring an seinem Finger. „Hör zu, ich wäre bereit, dir ihre Mitgift zu ersetzen."

„Bitte?", knirschte Trent ungläubig, während Lady Pemberly in seinem Rücken keuchte.

„Sie stand mir nie zu." Wakefield zuckte die Achseln. „Aber es hätte seltsam gewirkt, hätte ich auf eine Rückgabe bestanden."

„Hastings hat Ihnen Mollys Mitgift ausgezahlt?", griff Pemberly auf. „Obwohl er verlauten ließ, sie sei verstorben?"

„Wir wussten, dass sie durchgebrannt war." Er rieb an seinem Ring. „Herrje, sie ist praktisch aus dem Bett gesprungen und fortgelaufen."

„Du bist ein Schwein, Wakefield", stellte Trent fest. „Deine Verlobte zu nötigen, die du nicht einmal ehelichen wolltest!" Wut raste siedend heiß durch seine Adern und er war einmal mehr so nah davor, dem Cousin die Schmähung heimzuzahlen.

„Habe ich nicht, Everham. Aber mir blieb keine Wahl."

Trent lachte grimmig auf. „Keine Wahl! Molly blieb keine Wahl! Du hättest um den Tausch der Bräute bitten können."

Wakefield fing seinen Blick auf. „Ich bin kein Narr, Everham. Anne ist liebreizend, mondän und sicherlich anziehend, aber keine Gattin, die einen beruhigt das Leben leben ließe.“

Trent schüttelte den Kopf. „Du hast doch mit ihr getändelt!“

„Mary ist zurückhaltend, gewissenhaft und mit Sicherheit eines: treu.“

Trent konnte nicht folgen. Wakefield seufzte.

„Wenn ich eine Wahl hätte treffen müssen, hätte ich mich selbstredend für Mary entschieden. Ich dachte aber, dem Unheil entrinnen zu können. Ich fühlte mich zu jung, um mich zu binden.“

„Du wolltest nicht heiraten, ganz gleich wen?“, fasste Trent ungläubig zusammen.

Wakefield nickte. „Anne wäre ich sicherlich nicht losgeworden. Für sie waren ein Titel und die Aussicht auf ein angenehmes Leben ausreichend, um jeden Antrag anzunehmen. Mary war da anders.“

„Loswerden?“ Trent brachte es kaum über die Lippen. „Eine unerwünschte Braut loswerden.“ Er mochte sich nicht einmal vorstellen, wie man dies in Angriff nahm.

„Mary ist zurückhaltend, gottesfürchtig und folgsam. Und sie war in eine Romanze verstrickt. Sie war beeinflussbar und das nutzte ich zu meinen Gunsten.“

„Mein Gott“, wisperte Lady Pemberly. „Sie haben sie ausgespielt.“

„Ja. Man sah ihr an, was sie fühlte. Es war einfach, sie zu verletzen und doch war verdammt viel nötig, damit sie endlich durchbrannte.“

Wakefield fing Lady Pemberlys entsetzten Blick auf.

„Es tut mir leid, aber so verliebt kann sie nicht gewesen sein, wenn sie nicht nur der Verlobung mit einem anderen zustimmte, sondern auch noch daran festhielt, trotz jeder Menge Ungemach.“

„Ungemach? Mein Gott“, herrschte Trent, die Tür zu Mollys Schlafgemach verlassend, um dem verfluchten Cousin heimzuzahlen, was er verbrochen hatte. „Du hast sie in ihrem Bett überfallen und genötigt!“

Wakefield kam schnell auf die Füße und hob die Hände. „Nein. Ich habe ihr nur gezeigt, dass sie sicherlich nicht mit mir verheiratet sein möchte. Verdammt, hätte ich sie … Lady Mary!“

Trent fuhr herum. Tatsächlich stand eine bleiche, äußerst erzürnte Lady in der Tür zu ihrem Boudoir.

„Molly!“ Lady Pemberly streckte die Hand nach ihr aus. „Herrje, du solltest doch schlafen.“

„Sie haben das mit Absicht gemacht“, kreischte sie. Sie bebte am ganzen Leib. Trent riss sich sein Justaucorps vom Leib und wollte es Molly über die Schultern legen, damit sie nicht halbnackt im Raum stand. Sie schlug seine Hand fort, ohne zu ihm aufzusehen. „Gott, wie ich Sie hasse!“

„Es tut mir leid.“

Trent traute seinen Ohren kaum. Er hätte Wakefield nicht zugetraut, diese Worte zu kennen, noch sie je zu gebrauchen.

„Ich habe nicht über die Konsequenzen nachgedacht.“

Molly keuchte mit jedem Atemzug. „Sie Hundsfott!“

„Zu meiner Verteidigung: Ich ging davon aus, dass Sie schon glücklich sein würden, mit dem Mann, den Sie lieben.“

„Sie streichen doch ständig hervor, dass ich ihn schwerlich geliebt haben kann", spie sie.

Trent versuchte erneut, sie in sein Justaucorps zu hüllen. Wieder schlug sie nach ihm.

„Fass mich nicht an!" Ihre brennenden Augen legten sich mit ebensolchem Hass auf ihn wie sie zuvor auf seinem Cousin gelegen hatten.

„Molly, Schatz, wir müssen ..."

Sie knallte ihm die Hand ins Gesicht. „Finanzielle Regelung", spie sie dabei. „Du hast auch nur mit mir gespielt."

Das traf nicht zu, nicht für einen Augenblick. Trent öffnete den Mund, aber es war Wakefield, der beteuerte: „Das war anders."

Sie lachte auf und schwang herum. Trent folgte ihr ins Schlafzimmer, ebenso wie Lady Pemberly und dadurch auch deren Gatte. Molly riss die Tür zu ihrem Kleiderschrank auf. „Wo ist mein Mantel?"

Trent schnitt ihr schnell den Weg ab und versuchte sie zu umarmen. Molly schlug wieder nach ihm und bedachte ihn mit einer Verwünschung.

„Ich kann nur nicht nachvollziehen", rief Wakefield von der Tür her, „warum Sie nicht bereits vorher durchbrannten."

Molly zog sich hinter den Paravent zurück.

„Warum musste ich Sie erst bedrängen, bevor Sie endlich gingen?"

Trent folgte ihr und beobachtete, wie sie sich Tränen von den Wangen wischte, bevor sie in ihr Kleid schlüpfte. „Molly."

„Sie sind ein Narr, Euer Gnaden", beschied Lady Pemberly, wobei sie Trent den Weg verstellte und die

Hände hob, um ihn abzuwehren. „Und Sie verlassen nun das Schlafzimmer meiner Schwägerin.“

„Bin ich das, Lady Pemberly?“, argwöhnte Wakefield.

„Molly liebte ihre Familie. Sie hatte die Wahl zu treffen, wen sie aufgab: einen Mann, der ihr absolut nichts zu bieten hatte als sein Wort oder ihr ganzes bisheriges Leben.“ Lady Pemberly blitzte verärgert zu ihm auf, weil Trent versuchte, an ihr vorbeizukommen. „Everham!“

„Lady Pemberly, gewöhnen Sie sich an den Gedanken, sich nicht zwischen mich und Molly stellen zu können“, grollte er und griff zu. Er drehte sich mit der Lady und schob sie nun seinerseits hinter dem Paravent vor. Weg von Molly, die sich eilig das Kleid schloss.

„Everham“, knurrte Pemberly. „Molly, bist du bekleidet?“

So lange sie es nicht war, wäre Trent wohl sicher vor ihm, also log er: „Nein, sie ist nackt.“

„Sie hat sich entschieden“, griff Wakefield das Thema wieder auf, das wohl nur ihn interessierte. Trent war es schlicht recht, dass sie sich letztlich für Batton entschieden hatte, ganz gleich aus welchem Grund. Er legte die Arme um sie und zog sie an sich. Molly schrie auf.

„Fass mich nicht an!“

„Bitte, lass uns darüber sprechen, warum du mich nicht mehr sehen willst“, murmelte er an ihr Ohr. „Lass mich dir erklären, wie viel du ...“

„... ich dir wert bin?“, keifte sie, um sich schlagend. „Oh, ich denke, dass ...“

Trent schwang sie herum und presste seinen Mund schnell auf ihren. Der Kuss wurde unterbrochen, weil man ihn fortzerrte.

„Everham", knirschte Pemberly und schlug ihn zu Boden. Molly setzte mit einem Sprung über ihn hinweg und wich genauso schnell Lady Pemberly aus. Die Tür krachte gegen die Wand.

„Molly!" Trent rappelte sich auf und hastete hinter ihr her. Sie lief direkt in Wakefields Arme.

„Hände weg", kreischte sie.

„Verdammt, ich tue Ihnen nichts, Mary, aber ich will verdammt sein, wenn ich zulasse, dass Sie Ihr widersinniges Vorhaben umsetzen!"

Er schob sie direkt in Trents Arme, als er bei ihnen ankam.

„Sie könnten es schlimmer treffen. Everham ist ein Earl und begütert. Sie können Ihren Platz in der Gesellschaft wieder einnehmen. Verdammt, seien Sie doch dankbar, dass er Sie nehmen wird."

Molly boxte Trent ihren Ellenbogen in die Rippen und hechtete auf Wakefield zu. Der ging unter ihrem Angriff zu Boden. Molly schlug auf ihn ein.

„Sie Mistkerl! Ich bin nicht käuflich! Ich bin kein Spielzeug! Und ich bin kein Mittel zum Zweck!"

Trent riss sie von seinem Cousin, der eher überrascht als empört aussah.

„Molly, beruhige dich, mein Schatz. Bitte beruhige dich!"

„Mein Gott", murmelte Wakefield, sich aufsetzend. „Und ich dachte, sie wäre temperamentlos."

Molly heulte auf und machte es Trent verdammt schwer, sie zu bändigen. Kaum zu glauben, dass sie Laudanum genommen haben sollte!

„Liebling, bitte“, wisperte er. „Lass mich ihn verprügeln. Ich fordere ihn, wenn du es möchtest, nur bitte beruhige dich nun.“ Er umklammerte sie fest, dass sie sich kaum rühren konnte. „Mein süßer Schatz, bitte, ich fürchte, dich zu verletzen.“

Molly schrie auf und gebar sich noch wilder.

„Molly, hier, nimm das.“ Lady Pemberly hielt ihr ein Glas entgegen. „Es wird dich beruhigen. Bitte!“

Molly wendete das Gesicht ab, nicht bereit, zu kooperieren.

„Also gut. Ich bringe dich zurück ins Bett“, murmelte Trent, unsicher, wie er mit ihr verfahren sollte, solange sie so aufgebracht war.

„Lass mich los“, forderte Molly keuchend. „Fass mich nicht an!“

„Ich will deine Dankbarkeit nicht und ganz sicherlich brauche ich keinen finanziellen Anreiz, um dich zu ehelichen“, raunte Everham in ihr Ohr. Seine Berührung brannte sich in sie. „Bitte beruhige dich.“

„Lass mich los!“

„Du wirst nicht mehr um dich schlagen?“

Sie knirschte mit den Zähnen. Sie würde so lange um sich schlagen, bis sie ihre Freiheit wieder hatte.

„Ich lasse dich los, Liebling.“ Langsam lockerte er seinen Griff.

Sie entwich ihm, so schnell es möglich war. Wakefield verstellte ihr den Weg und hob die Hände.

„Nein, Mary.“

„Molly, es ist doch Unsinn, nicht wahr?“, fragte Lady Pemberly, die das Glas zur Seite stellte. Sie hob die Arme und trat auf Molly zu, die auswich.

„Lass mich!“ Sie war eingekesselt und drehte sich frustriert im Kreis. Everham hob flehentlich die Hände.

„Liebling.“

Siedend heiße Wut brodelte in ihr. Er war ebenso ein Lügner wie Gene, ein Heuchler wie Wakefield, und sie ertrug es einfach nicht mehr.

„Hör auf“, spie sie, wobei sie sich fast verschluckte. „Hör bloß auf!“

Everham warf Enola einen hilfesuchenden Blick zu.

„Molly, komm, ich bringe dich ins Bett. Die Herren lassen uns in Frieden und wir beiden unterhalten uns in Ruhe.“ Sie lächelte beruhigend und streckte die Hände nach ihr aus. „Was hältst du von Tee?“

„Ich möchte gehen“, stellte sie zittrig fest. Aber es entsprach tatsächlich ihrem sehnlichsten Wunsch. Sie wollte nicht mehr gezwungen sein, zu kämpfen.

„Und wieder in die Serpentine springen?“

Everham durchbohrte Wakefield mit seinem Blick und knurrte dabei leise. „Es war ein Unfall“, bellte er.

„Nein, war es nicht.“ Wakefield deutete auf Molly. „Sie ist direkt ins Wasser gelaufen.“

Molly presste die Lippen aufeinander. Natürlich musste er das immer wieder hervorheben, damit sie zugeben musste, in anderen Umständen zu sein.

„Oh Molly, das ist doch nicht nötig!“ Lady Pemberly wollte sie in den Arm nehmen, aber sie wich aus.

„Bitte lass das, Enola.“

„Molly, du weißt doch, dass wir dich lieben. Es ist mir völlig gleich, warum du Gene geheiratet hast." Lady Pemberly versuchte, Mollys Blick einzufangen. „Herrje, ich konnte ohnehin nie nachvollziehen, wie du ihn lieben konntest." Sie berührte ihren Ellenbogen. „Er war so fürchterlich zu dir."

Molly schlang die Arme um sich. Sie wollte kein Verständnis, sie wollte nicht gesagt bekommen, wie sehr man sie liebte und dass es nichts gäbe, was dies ändern würde. Es wäre gelogen und sie ertrug solche Lügen einfach nicht mehr.

„Der glücklichste Tag in meinem Leben war der, an dem Gene dich heimbrachte."

Molly schüttelte den Kopf. Tränen perlten über ihre Wangen.

„Molly, es war nicht sein erster Versuch, eine hohe Mitgift abzustauben. Es hat nie funktioniert." Die Hand wanderte an Mollys Arm empor. „Er hat dein Leben zerstört und nicht andersherum. Du hast meines sogar gerettet. Wo wäre ich nun ohne dich?"

Molly schloss die Augen und Lady Pemberly sie in die Arme, wobei sie inbrünstig versicherte: „Ich liebe dich!"

„Ich liebe dich auch", schluchzte Molly und ließ sich widerstandslos in die Arme nehmen. Es war nicht richtig, dass man es ihr so schwer machte.

Ihre Schwägerin seufzte zart. „Das weiß ich doch."

„Es ist in der Tat unnötig, einen solch drastischen Schritt zu begehen", schaltete sich Pemberly ein. „Du bist bei uns immer willkommen."

Schmerz verkrampfte ihr Herz und sie schluchzte auf. Sie musste es eingestehen, was blieb schon, allerdings wollte sie verdammt sein, es ausgerechnet unter den Ohren der Cousins, Wakefield und Everham, zu gestehen, die ihr schon genug ihrer Würde genommen hatten.

„Molly, wir hatten keine Gelegenheit, über einige Dinge zu sprechen ...“ Everham streckte die Hand nach ihr aus und fischte nach ihren Fingern.

Molly wich aus. „Wenn die Herren nun mein Schlafzimmer verlassen könnten.“ Ihre Augen brannten und es kostete sie einiges ihrer Kraft, sowohl Wakefields wie auch Everhams Blick zu begegnen.

„Selbstverständlich“, griff Pemberly auf und wollte Everham hinauskomplimentieren, aber wie gewohnt war er nicht kooperativ.

„Schatz, lass mich bleiben, wir haben noch so viele Dinge ...“ Ihr giftiger Blick traf ihn. Musste er nun seinem Cousin nacheifern?

„Ich frage mich, wie nah du ihr gekommen bist“, warf besagter Unhold ein. Er stand mit verschränkten Armen in der Tür und verfolgte das Schauspiel interessiert. „Es gibt nicht allzu viele Gründe für eine Dame, ins Wasser zu gehen.“

Lady Pemberly lachte auf. „So ein Unsinn!“ Sie drückte sich enger an Molly, die absolut starr wurde.

„Verflucht“, murmelte Pemberly. „Everham!“

Der Angesprochene versuchte Mollys Blick einzufangen. „Wir ...“, hob er an. „Nah genug.“ Er räusperte sich. „Allerdings besteht kein Grund für eine solche Tat.“ Er befeuchtete sich die Lippen und wandte sich an den Hausherrn.

„Ich wollte erst einige Dinge richtigstellen“, knirschte er schuldbewusst. „Außerdem hat meine Mutter den Ring verlegt. Ich wollte nicht ohne vor ihr stehen.“

„Dann kauft man einen“, murrte der Earl fluchend. „Und man kümmert sich frühzeitig um den Papierkram.“

„Man sollte schon sicher sein, ein Ja zu hören“, mischte Wakefield sich ein.

Everham räusperte sich bedächtig. „Ich habe keinen Zweifel an Mollys Zustimmung.“

Mollys schnaubte ungehalten. Nicht zu fassen, dass er tatsächlich glaubte, sie hätte ihn zu irgendeinem Zeitpunkt erhört.

Everham wendete sich zu ihr um. Seine Miene wechselte von selbstsicher zu erschrocken, noch während er sich drehte. „Molly …“

„Nein!“

Everham klappte verblüfft den Mund zu. Offenbar war ihm nie der Gedanke gekommen, sie mochte sein Ansinnen ablehnen.

„Moment“, mischte Pemberly sich ein. „Langsam.“ Er hob die Hände, um alle an ihren Platz zu beordern. Vor allem Molly und Everham, denn sie schälte sich aus Enolas Griff, während er auf sie zueilte.

„Nein“, wiederholte Molly scharf, als Everham nach ihrer Hand greifen wollte. „Und nun lasst mich in Frieden, allesamt!“

Everham klappte der Mund auf. „Molly“, murmelte er, wobei seine Stimme so tief sank, dass sie fast brach. „Schatz, du musst mich heiraten.“ Er starrte sie mit seinen Hundeaugen an, als bräche sie ihm soeben das Herz. „Molly, bitte.“

„Muss sie, ja?", murrte Pemberly in seinem Rücken.

Molly hielt Everhams Blick, so lange sie es aushielt, und ignorierte ihren Schwager, der auf eine Klärung der Lage bestand.

„Du erwartest ein Kind? Molly? Ist Everham der Vater? Verflucht, so antworte doch." Er verstellte ihr den Weg, was sie mit Erleichterung erfüllte.

Everham hatte eine schreckliche Wirkung auf sie, besonders wenn er sie so ansah. Mit Pemberly ließ sich wesentlich einfacher umgehen. Sie straffte sich und hob den Blick, nachdem sie die Lider für einen Augenblick geschlossen hatte.

„Ich werde ihn nicht heiraten, das ist alles, was ich dazu sagen kann." Sie schluckte, weil sie das Gefühl hatte, ihn zu belügen und ihn im Grunde zu sehr schätzte, um sich damit wohlzufühlen.

„Molly, du weißt genau, dass du mich heiraten musst!", beschwor Everham, wobei er Pemberly zur Seite schob, um ihre Aufmerksamkeit einzig auf sich zu ziehen. „Und ich verstehe offen gestanden deine Weigerung nicht." Er knetete die Hände, befeuchtete sich die Lippen und räusperte sich, bevor er fortfuhr. „Wir ... du und ich ..."

Nun streckte er doch die Hand nach ihr aus und strich ihr über die Wange, bevor Molly zurückweichen konnte. „Das war verpflichtend, Molly, von dem Augenblick an, an dem wir ... uns näher kamen, war es eine unausgesprochene Verpflichtung."

Ihr Schwager fluchte eindringlich. Enolas Seufzen war kaum zu vernehmen, ihre Worte jedoch waren dazu gedacht, gehört zu werden.

„Darling, Wakefield, ich denke, es ist an der Zeit, den beiden etwas Privatsphäre zu gönnen." Sie rauschte los, wobei sie nach ihrem Gatten griff, der mit dem Vorschlag alles andere als einverstanden war.

„Molly, du wirst …"

„Nein, Pemberly."

Der klappte den Mund zu, allerdings nicht, um das Thema endlich ruhen zu lassen. „Eine Liaison, Molly? Hast du einen Moment daran gedacht, wie sich das auf Aubrey auswirken könnte? Nimm Vernunft an!"

Molly wendete den Kopf ab. Ihre Zunge huschte über ihre Lippen und sie räusperte sich. „Ich werde nicht heiraten, Pemberly. Ich kann es nicht."

„Warum nicht?"

Sie ignorierte Everham und richtete ihre Worte an den Herrn des Hauses. „Du kannst mich nicht zwingen, Pemberly. Du bist weder mein Vater noch mein Bruder oder in sonst einer Position, über mich bestimmen zu können."

„Er sichert Ihnen Ihr Auskommen", mischte Wakefield sich erneut ein. „Sie haben schlicht keine Wahl."

Molly fauchte und spannte sich an. Dass er es nicht lassen konnte! „Oh, die habe ich!"

„Ins Wasser zu gehen?"

„Verflixt, Wakefield, du machst es nicht besser", herrschte Everham ihn an. „Verschwinde hier!"

„Hervorragende Idee, Everham, begleiten Sie ihn doch!" Immerhin bekam er ihre Aufmerksamkeit zurück. Der Earl schüttelte den Kopf, wobei er sichtlich nach Worten suchte.

„Ich denke, wir sollten uns alle etwas beruhigen", schlug Lady Pemberly vor. Sie mogelte sich an allen vorbei und schirmte Molly ab. „Sie ist versehentlich ins Wasser geraten. Sie hat keinen Grund, das Leben nicht zu lieben." Sie warnte jeden mit einem harten Blick, ihr zu widersprechen. „Wir werden ihr nun etwas Ruhe gönnen, sie muss völlig außer sich sein nach dem Schreck, und verlegen etwaige ... Verhandlungen auf später."

Molly schloss die Augen. Etwas Ruhe klang himmlisch, jedoch wollte sie die Sache einfach nur hinter sich bringen, allein, weil sie sich nicht sicher sein konnte, in Bälde genügend Energie gesammelt zu haben, um einen neuen Angriff starten zu können. Momentan spürte sie, wie ihre Knie wacklig wurden, mal abgesehen von dem Revoltieren ihres Magens, der sie sicherlich bald dazu brächte, den Nachttopf zu bemühen.

Sie schluckte und schlich zum Bett. Mit einem Mal war es, als wurde das letzte bisschen Kraft aus ihr herausgesogen und sie sackte auf die weiche Matratze. Die Aussicht, sich allem entziehen zu können, war einfach zu verführerisch, auch wenn es vorerst nur eine Ohnmacht wäre und kein bleibender Zustand.

Kapitel 11

Eine Herzensangelegenheit

Trent verfolgte, wie Molly sich zum Bett schleppte. Als er vorpreschen wollte, verstellte Lady Pemberly ihm den Weg. Ihre Augen mahnten ihn, es nicht voranzutreiben, allerdings war es der Griff ihres Gatten, der ihn tatsächlich daran hinderte, zu Molly zu eilen.

„Geben wir ihr eine Rast", befahl der Hausherr, wobei er Trent bereits mit sich zerrte. „Komm, oder ich werfe dich aus dem Haus!"

Das kannte Trent nur zur Genüge. Mit einem Blick zurück auf die im Bett zusammengesackte, störrische Molly ließ er sich zurück ins Boudoir ziehen, weigerte sich aber, auch nur einen Schritt mehr zu machen.

„Ich bleibe hier."

„Everham, verflucht! Du kannst nicht im Boudoir einer Dame ..."

„Meiner Zukünftigen", korrigierte er, was Pemberly den Mund aufsperren ließ und den verfluchten Cousin in haltloses Lachen ausbrechen ließ.

„Du hättest bessere Chancen bei Madame Noir!"

Everham erstarrte. Es war ein unpassender Kommentar.

„Wakefield!", donnerte Pemberly. „In meinem Haus werden Sie auf Ihre Worte achten, verstanden?"

„Verzeihung, Pemberly, aber Everham hat einige ungesunde Fixierungen, darauf wollte ich hinaus."

„Du solltest gehen, Wakefield. Ich will dich nicht in der Nähe meiner Braut." Der Cousin hatte wahrlich bereits genug Schaden angerichtet.

Der Duke hob die Hände. „Schon gut, ich hatte nicht vor, Ihre Konkurrenz vor Mary zu erwähnen, sie ist so bereits abgeneigt genug."

Trent schüttelte den Kopf.

„Pemberly, ich kenne Mary, sie wird sich dem Druck beugen. Zeigen Sie ihr, dass sie keine andere Wahl hat und sie wird Everham erhören", war Wakefield überzeugt.

Trent biss die Zähne aufeinander. Irgendwie glaubte er nicht daran, dass irgendein Druck hilfreich wäre. Immerhin war sie mit ziemlicher Sicherheit in anderen Umständen, ihre Liaison war kein Geheimnis mehr und dennoch verweigerte sie sich ihm.

„Was hast du ihr angetan?" Sein hasserfüllter Blick richtete sich auf den Verwandten. „Wie hast du sie dazu gebracht, fortzulaufen?"

Er konnte sich zwar sicher sein, es nicht hören zu wollen, aber es wurde immer offensichtlicher, dass er es genau wissen musste. Molly hatte Dinge erlebt, die sie geformt hatten und kaum einige davon waren gut gewesen. Vielleicht verstand er ihre Weigerung, wenn er sich ein vollständiges Bild von ihrem Leidensweg machte.

„Ich habe sie nicht genötigt. Sie ging unbefleckt in die Ehe, das schwöre ich." Wakefield hob die Hände, um den Ernst seiner Worte zu unterstreichen. „Allerdings war ich nicht sparsam mit Andeutungen, was ich mit ihr anzustellen gedächte, wäre sie erst einmal meine Gattin." Er räusperte sich. „Sie war sehr ... bieder. Jede Berührung ließ sie aufschrecken." Er zuckte die Achseln. „Sie trug ihr Nachthemd, man könnte sagen, ich habe sie nicht einmal wahrlich angefasst."

Pemberly murmelte eine Verwünschung. „Sie zuckt bereits zusammen, wenn man ihre Hand berührt und sie es nicht erwartete!", spie der Earl. „Sie verweigert jeden Tanz, weil sie versehentlich mit jemandem kollidieren könnte und hin und wieder die Führung durch eine in den Rücken gelegte Hand vorgeschrieben ist! Ich will mir nicht vorstellen, wie verängstigt sie von ihrem Überfall gewesen sein muss!"

„Das müssen wir auch nicht", griff Trent auf. „Wir wissen, dass sie deswegen geflohen ist."

Pemberlys brennender Blick richtete sich auf Wakefield, obwohl seine Anklage auf Trent gemünzt war. „Wie konntest du sie belästigen! Hat sie nicht deutlich genug gemacht, wie wenig ihr männliche Gesellschaft zusagt?"

Trent schluckte unangenehm berührt. „Du irrst dich in dem Punkt. Sie ist durchaus in der Lage, meine ... Gesellschaft zu genießen." Er räusperte sich verlegen. „Ich weiß nicht, warum sie sich so vehement gegen eine Eheschließung ausspricht, aber ich versichere dir, dass ich keinerlei Druck angewandt habe, um Molly …“

„Das ist schwer zu glauben“, mischte sich Wakefield wieder ein. „Mary ist nun wirklich kein Weibsbild, das sich Vergnügungen hingibt.“

„Vermutlich brauchte es dafür nur den richtigen Mann“, knurrte Trent. „Mir wäre es lieb, Euer Gnaden, wenn du nun endlich gehen könntest. Das hier ist für dich nicht mehr von Belang.“

„Das sehe ich anders.“ Wakefield zog an der Kordel, die das Personal heranbeorderte. „Immerhin war sie meine Verlobte.“

„Sie ist Witwe, dein Anspruch ist längst verfallen!“, blaffte Trent, wobei er einen angespannten Schritt auf den Cousin zu machte. Es juckte ihn in den Fingern, ihm die Fäuste in das überhebliche Gesicht zu schlagen.

„Ich dachte, ich machte deutlich, nicht an einer Eheschließung mit Mary interessiert zu sein. Jedoch könnten meine Erfahrungen mit ihr dir dienlich sein.“

Trent schnaubte verächtlich. „Wie das? Ich will sie für mich gewinnen, nicht von mir abstoßen!“

„Ich kenne Frauen wie sie, Everham, du musst nur verstehen, wie sie denken und du kannst sie mühelos manipulieren.“ Der Duke nahm in dem Sessel vor dem Kamin Platz, in dem er auch zuvor gesessen hatte, als erwartete er Trents Zustimmung. „Das alte Mädchen hat mich überrascht, aber im Grunde ihres Herzens ist sie immer noch das kleine Mädchen von damals.“

Trent hatte Mühe, sich Molly als junges Mädchen vorzustellen. War sie damals ebenso verängstig gewesen? Ebenso misstrauisch?

„Ich glaube kaum, dass irgendetwas aus Ihrem Repertoire Molly dazu brächte, ihre Meinung zu ändern." Pemberly richtete sich das Justaucorps. „Aber uns anzuhören, was Sie zu sagen haben, kann nicht schaden." Er bedeutete Trent, ihm zu folgen. „Ich ergreife jeden Strohhalm, wenn es um das Wohl meiner Schwägerin geht."

Trent nahm es als Zustimmung zu seiner Werbung, was ihn immens erleichterte. Es wäre schwieriger, Molly doch noch von sich zu überzeugen, wenn der Freund sich gegen ihn aussspräche.

„Du solltest dir im Klaren sein, dass heißblütige Zuneigungsbekundungen die gegenteilige Wirkung erzielen werden. Du solltest Mary mit Vernunft kommen", stellte der Duke grinsend fest.

Trent stockte beim Hinsetzen. Den Vorschlag hielt er für absolut absurd.

„Hm, ungewöhnlich", brummte Pemberly. „Aber womöglich tatsächlich der bessere Weg. Molly liebt Aubrey, sicher möchte sie nur das Beste für ihre Tochter. Jedes Argument in diese Richtung sollte Früchte tragen."

Trent sah von einem Gentleman zum anderen. Er hatte sich seinen Antrag etwas emotionaler vorgestellt. Bei einem Picknick vielleicht oder einem Spaziergang durch den Park. Er hatte ihr versichern wollen, wie sehr sie ihm am Herzen lag, schon lange bevor ihre Zusammenkunft ihren Bund besiegelt hatte.

„Eine finanzielle Absicherung wird sie beruhigen", fuhr Wakefield fort. „Ich stehe zu meinem Wort, du erhältst den vollen Wert ihrer Mitgift. Lege sie doch für Battons Kind an."

„Sei zurückhaltend", mahnte Pemberly. „Keine wilden Küsse in Salons. Sie muss sich sicher fühlen."

„Ja. Ich erinnere mich, wie abweisend sie immer wurde, sobald man ihr zu nahe kam – auf schickliche Weise." Wakefield hob die Hände. „Ich habe ihr mal ein Blatt aus den Haaren ziehen wollen und sie ist beinahe davongelaufen." Er verdrehte die Augen. „Sie ist wirklich übertrieben tugendhaft. Ich frage mich wirklich, wie du unter ihre Röcke gelangtest."

„Wakefield!", kam Pemberly Trent zuvor.

Der Duke hob erneut die Hände.

Es klopfte und das enthob ihn einer Entschuldigung. Pemberly hieß den Bediensteten einzutreten und ließ das Trio mit Alkoholika versorgen. Damit wurde das Gespräch für Trent nicht angenehmer.

„Sie schaute immer aus, als hätte sie in eine Zwiebel gebissen." Wakefield schlug die Beine übereinander, lehnte sich zurück und tippte die Fingerspitzen aneinander, als er in die Ferne starrte. „Außer bei ihrem Galan." Wakefield bedachte ihn mit einem amüsierten Blick.

Trent biss die Zähne aufeinander, nicht sicher, ob er von diesem Herrn in Mollys Gunst mehr erfahren wollte.

„Er brachte sie dazu, zu lächeln und diesen weiblichen Firlefanz durchzuexerzieren." Wakefield wischte es mit der Hand davon. „Du weißt schon, Erröten, sich hinter dem Fächer zu verstecken und schmachtende Blicke ... alles was dazugehört.“

Trents Magen verknotete sich. Es hatte also einen Mann gegeben, zu dem Molly sich hingezogen gefühlt hatte.

„Natürlich hatte dies aufgehört, nachdem die Verlobung verkündet worden war. Mary ist eben die Tugend in Person gewesen.“ Wakefield verzog spöttisch die Lippen. „Ich hatte schon befürchtet, mich völlig verspekuliert zu haben.“

„Könntest du weniger begeistert klingen? Du hast ein junges Mädchen in die völlige Verzweiflung getrieben“, knirschte Trent. „Das ist nichts, worauf man stolz sein sollte!“

Pemberly warf ihm einen zustimmenden Blick zu.

„Was ich nur verständlich machen wollte: Mary wird auf die Vernunft hören. Sie hätte nicht aufbegehrt und mich geheiratet, trotz ihres Faibles, und ich zweifle nicht daran, dass sie mir eine gute Gattin gewesen wäre.“ Wakefield zuckte die Achseln. „Also Pemberly, Sie lassen ihr keine Wahl und dringen darauf, dass sie heiraten muss und Everham, du zeigst ihr den Ausweg auf. Und schon ist Lady Mary eine respektable Ehefrau.“

London, Pemberly House, am nächsten Nachmittag

Trent wanderte nervös im Salon auf und ab. Er hatte Molly um ein Gespräch gebeten und war abgeblockt worden. Er hatte es dann, wie schon einmal, mit schriftlichen Nachrichten probiert und wartete nun auf ihre Antwort. Es lag genug Papier bereit für eine lange, ausgedehnte Korrespondenz und an Tinte mangelte es ihm auch nicht, lediglich die Gastfreundschaft des Freundes mochte sich irgendwann einstellen. Bisher jedoch ging dieser davon aus, dass Trent sich mit Molly aussprach.

Die Tür öffnete sich und Trent drehte sich langsam um, schließlich erwartete er lediglich den Lakaien mit einer Antwort. Stattdessen Molly gegenüberzustehen, nahm ihm für einen Moment den Atem. Er wisperte ihren Namen.

Sie begegnete wütend seinem Blick und hob die Hand mit den bisher getauschten Billets. „Du wirst das einstellen!"

„Nun, da du hier bist, gibt es vorerst keinen Grund, dir weiter zu schreiben", lenkte er ein, auch wenn er befürchtete, dass sie nicht das Schreiben der Nachrichten an und für sich meinte. Er räusperte sich schnell, um das Thema zu wechseln. Er trat auf sie zu und wollte ihre Hand abfangen, aber sie war schneller und versteckte sie hinter ihrem Rücken.

„Lord Everham, meines Erachtens ist zwischen uns jedes Wort gesagt!" Ihre Augen schickten ihm wütende Blitze als Warnung, ihr nicht zu widersprechen.

Trent seufzte leise. „Bist du wohlauf?"

„Guten Tag!" Sie schwang herum.

Trent eilte um sie herum, um ihr den Weg abzuschneiden. „Du kannst mich nicht heiraten." Ihre süßen Lippen pressten sich zusammen. „Das sagtest du zu Pemberly." Trent hob die Hände. Er wollte nicht, dass sie sich von ihm bedroht fühlte. Aber scheinbar war dies gar nicht so einfach zu bewerkstelligen. Ihr Blick huschte hinter ihn, wie schon so oft, seit sie sich kannten. Aber in Pemberly House stand kein Lakai bereit, um sie zu beschützen. Molly schloss die Hände um den Stoff ihres Kleides und wich zurück.

„Du brauchst dich nicht zu fürchten. Ich möchte lediglich mit dir sprechen.“ Das war schon früher aus dem Ruder gelaufen, allerdings wusste er nun, dass er sich Ausrutscher nicht erlauben durfte.

„Setzen wir uns doch.“ Trent deutete auf die Sitzgelegenheiten am Kamin. Zwar war der nicht entzündet, aber durch die nahegelegenen Fenster fiele genügend Sonnenlicht, damit er in ihrem Anblick schwelgen konnte. „Bitte. Es geht mir nicht darum, dich zu belästigen, ich möchte lediglich über unsere Situation sprechen.“

Er deutete erneut zur Feuerstelle.

Molly senkte ihren Blick zum Boden. „Was immer du dir erhoffst, wird nicht eintreten.“

Trent musste seine Niederlage eingestehen. „Du siehst keine Möglichkeit, dass ich deine Hand doch noch gewinne?“

Sie hob das Kinn, auch wenn sie immer noch zu Boden starrte. „Nein.“

„Weil du mich nicht liebst.“ Es blieb ihm nur, zu fischen. Sie gab ihm freiwillig keinerlei Hinweise, wie er ihre Gunst gewinnen könnte oder weshalb er sie verlor. Sie zuckte mit keiner Wimper, obwohl Trent die für ihn unwahrscheinlichste Möglichkeit für ihre Weigerung genannt hatte. Die Erkenntnis dämmerte ihm, dass er ins Schwarze getroffen haben könnte. Sie liebte ihn nicht. Einen Moment krallte sich eine mächtige Faust um sein Herz und drückte erbarmungslos zu, dann verweigerte er sich der Hoffnungslosigkeit. Er akzeptierte es nicht. Er war ihr nicht gleichgültig! „Und du hältst es nicht für möglich, noch Gefühle für mich zu entwickeln?“

Sie wendete sich ab.

„Molly, ich denke, die Antwort bist du mir schuldig.“ Ihre Kälte rüttelte an seiner Festung. Es konnte nicht sein, beschwor er sich. Sie hätte ihn niemals willkommen geheißen, wenn sie ihm tatsächlich nichts abgewinnen konnte.

„Ich bin dir gar nichts schuldig.“ Ihre Schultern hoben sich ein kleines Stück und gaben ihm die Hoffnung zurück. Vielleicht war es doch der falsche Ansatzpunkt gewesen und er sollte sich auf die rationellen Gründe besinnen, weshalb sie ihn ehelichen sollte.

Trent räusperte sich, rieb die kalten Finger aneinander und suchte seine Sinne zusammen. Argumente mussten kitten, was mangelnde Gefühle nicht füllen konnten.

„Ich habe mir bereits Gedanken gemacht, wie ich dich beschäftigen kann.“ Trent trat auf sie zu. „Ich sprach mit Pemberly darüber, dir eine Mine zu kaufen. Für Aubrey. Du kannst dich um die Zahlen kümmern, wenn du es wünschst.“

Er wartete angespannt, aber sie gab ihm keinen Hinweis, ob er sich auf dem richtigen Weg befand. „Natürlich werde ich für Aubrey einstehen. Sie wird mir eine Tochter sein.“

Trent juckte es in den Fingern, ihren steifen Rücken zu berühren, sie an sich zu schmiegen und sich so zu versichern, dass alles gut zwischen ihnen war.

„Ich werde sie lieben wie unsere eigenen Kinder." Trent gewahrte den Schauer, der über ihren Körper ging. Molly schlang die Arme um sich und er fasste neuen Mut. Was wusste Wakefield schon?

Er drehte sie vorsichtig zu sich um, hob ihr Kinn an und suchte ihren Blick. Die Verzweiflung in ihm beruhigte ihn nur noch mehr. Sein Mundwinkel zuckte, auch wenn er sich seine Erleichterung verkniff. „Liebling …"

Sie riss die Augen auf. Unbändige Wut türmte sich in ihnen auf und überrumpelte ihn, als sie zuschlug.

Trent schloss den Mund und schluckte. Ihre Gewalttätigkeit hatte sich nicht gelegt, lediglich ihre Manieren hatte sie wieder im Griff.

„Womit habe ich das verdient?", fragte er ruhig, ohne sie aus den Augen zu lassen.

Sie hob das Kinn. „Ich habe genug von dir!"

Er ließ ihre Worte auf sich wirken. Ihre zutiefst vernichtenden Worte, wenn er sie nicht genau so kennen würde. Madame Noir stand vor ihm und suchte mit allen Mitteln die Grenzen zu sichern.

„Das ist bedauerlich."

Sie schnaubte aufgebracht, was sie verriet. Sie war nicht gleichgültig. „Verschwinde!"

„Molly, ich kann nicht gehen." Um sich nicht noch eine Ohrfeige einzuhandeln, wollte er zunächst sachlich bleiben. „Ich habe eine Verpflichtung dir gegenüber, unserem Kind gegenüber." Er schüttelte ansatzweise den Kopf. „Mal abgesehen davon, dass ich dich nicht gehen lassen will."

„Du kannst den Club sicherlich günstig übernehmen und was sollen die Mädchen schon tun, wenn du ihre

Leistungen dann unentgeltlich einforderst? Damit hast du alles, was du willst. Lass mich in Frieden." Molly wich zurück.

„Da irrst du dich."

Sie lachte bitter auf. „Oh, natürlich. Was bot Wakefield dir noch gleich an? Hm? Wie hoch ist die finanzielle Einigung? Meine Mitgift?" Sie brachte immer mehr Abstand zwischen sie beide.

„Ich habe kein Interesse an dem Geld."

„Natürlich nicht. Du liebst mich abgöttisch und alles, was du dir wünschst, ist, dein Leben an meiner Seite zu verbringen", höhnte sie giftig. Trent sah seine Felle davonschwimmen, denn wie klang es, wenn er sie nun bestätigte?

Wie eine Lüge.

„Das hat Batton gesagt, nicht wahr?" Damit war seine Liebeserklärung offiziell fehl am Platz. „Und er hat es nicht so gemeint, richtig?"

Wieder lachte sie auf. „Ihr meint das nie. Ihr wollt mit dieser Lüge nur eure Schemen durchdrücken!" Sie wich noch weiter in den Raum zurück. „Ihr tut alles, um zu bekommen, was ihr wollt. Lügen, betrügen, Drohungen und wenn das nicht hilft ..."

„Gewalt."

Molly verlor an Farbe. „Ja."

Trent fuhr sich fahrig durchs Haar. Wie sollte er da ihr Jawort bekommen?

„Du bekommst mein Kind, Molly."

Sie berichtigte ihn nicht, wandte lediglich das Gesicht ab und schloss die Augen. Ihre Miene ein Abbild der Bitterkeit.

„Und Aubrey? Willst du sie allein zurücklassen?"

Molly schluckte. „Sie ist nicht allein." Ihre Stimme war völlig ausdruckslos, aber eine Träne hing in ihren Wimpern, die ihre Gefühle durchaus verriet. „Sie ist hier gut aufgehoben. Enola wird sich um sie kümmern."

„So? Und du glaubst, damit ist alles in Ordnung?" Was selbstredend nicht der Fall war. „Du lässt sie einfach zurück?"

„Sie ist hier gut aufgehoben", beharrte sie fest. Ihr Blick kehrte mit ungebrochener Wut zu ihm zurück.

„Keine Frage. Aber wie wird sie leiden?"

„Pemberly behandelt sie gut, es besteht kein Zweifel daran, dass sie hier gedeihen wird."

„Das bezweifle ich nicht. Aber das ist nicht dasselbe. Wenn sie dich ansieht, strahlt sie über das ganze Gesicht, Molly. Niemanden sonst lacht sie so an. Nimm ihr das nicht."

Ihre Hände schlossen sich, als kämpfe sie mit sich selbst.

„Nicht so unnötig", fuhr Trent vorsichtig fort. „Schau mal, im Moment scheint dir deine Lage recht aussichtslos, das kann ich verstehen. Aber genau betrachtet gibt es einen sehr guten Ausweg."

Sie schüttelte den Kopf.

„Das Leben nehmen kannst du dir immer noch."

„Bist du so auf das Geld angewiesen, Everham?", giftete sie. „Oder bist du einfach nur gierig?"

Trent seufzte schwer. „Nein, Molly, ich bin darauf angewiesen, dass du auf mich hörst. Dass du mich heiratest und dir diesen Unsinn aus dem Kopf schlägst, keinen anderen Weg zu haben als eine Dummheit zu begehen. Herrje!" Trent wandte sich von ihr ab und stapfte durch den Raum, um seine Gedanken zu sortieren. „Ich weiß nicht, wie du eine so schlechte Meinung von mir bekommen konntest.“

Sie schlang die Arme fester um sich, ohne sich um eine Antwort zu bemühen.

„Nach allem, was wir geteilt haben, verstehe ich deine Abneigung einfach nicht. Warum gibst du unserem Baby keine Chance, Molly? Warum gibst du mir keine Chance?“

„Eine Chance wozu, Everham?“ Sie schüttelte den Kopf, als hielte sie seine Frage für unsinnig.

„Trent.“

„Bitte?“ Zumindest sah sie ihn an.

„Mein Taufname lautet Trent.“

Sie verdrehte die Augen. Immerhin hatte es die Spannung gebrochen und er sah sich in der Lage, fortzufahren.

„Ich möchte eine Chance, dir zu beweisen, dass es nicht ganz so aussichtslos ist, wie es dir scheinen mag. Dass wir ... dass du und ich ...“ Er stockte, weil es tatsächlich schwieriger war, es richtig auszudrücken, als erwartet. „Du brauchst dich nicht vor mir zu fürchten.“ Er machte einen Schritt auf sie zu, den sie ihrerseits direkt zurückwich. „Ich könnte dir nicht wehtun.“

„Lügner.“

„Molly, ich war stets bemüht, Schaden von dir fernzuhalten. Du wurdest lediglich verletzt, wenn du unachtsam warst. Bedenke bitte, dass du gestolpert bist, als du damals im Dampfbad unerwartet deine Geneigtheit verlorst. Ich habe dich lediglich halten wollen und verstehen ...“

Sie lachte bitter auf und wischte seine Erklärung fort. „Du warst mit Gitty ..." Sie brach ab, wobei sich ihre Augen erschrocken weiteten, und presste die Lippen aufeinander. Sie wandte sich ab. „Du bist ein Lügner."

Ein kalter und äußerst heftiger Windzug erfasste ihn und er eilte geschwind auf sie zu. „Molly, das war bevor wir ..." Vermutlich hätte er es dennoch nicht zulassen sollen.

Trent senkte den Blick auf den Boden und suchte nach der passenden Entschuldigung. „Es tut mir leid, ich wollte dich nicht brüskieren."

„Nein, das andere Mal. Als Wakefield seine Drohung wiederholte." Ihre Schultern waren so weit hochgezogen, dass ihre Ohrringe sie berührten.

Trent suchte nach einer weiteren Verfehlung, von der er eigentlich sicher war, sie nie begangen zu haben, als ihm ihr letzter Streit bezüglich Gitty in den Sinn kam. An jenem Abend war Wakefield bei ihr gewesen und sie hatte ihre Beziehung beenden wollen.

Er atmete tief durch, wobei er einmal mehr seine Erleichterung verstecken musste. „Nein, Molly, ich habe nur mit ihr sprechen müssen. Die Zahlen stimmen nicht und ich vermutete, dass die Mädchen nicht ganz aufrichtig waren."

„Du erwartest nicht, dass ich dir das abnehme", zischte sie, ihm erneut den Rücken zukehrend.

„Molly, ich will dich." Was sie ihm nicht abnahm. „Ich liebe dich."

Sie lachte höhnisch auf. „Natürlich!"

Trent streckte die Hand nach ihr aus und erwischte eine ihrer Strähnen. „Was hast du zu verlieren?"

„Bitte?" Sie sah zu ihm zurück.

„Wenn es so fürchterlich ist, mit mir verheiratet zu sein, bleibt dir der Weg doch immer offen. Wenn du glaubst, mir geht es nur um deine Mitgift, setzen wir sie doch für Aubrey fest."

Molly biss die Zähne fest aufeinander und starrte ihn wütend an.

„Mir kommt es vor, als suchest du nur nach Gründen, warum du mich nicht nehmen musst."

Sie verlor die Fassung. Die Hände fielen herab, die Schultern ebenso und ihre Lippen teilten sich vor Unglauben.

„Du willst mir meine Gefühle nicht abnehmen, bezichtigst mich, dir untreu zu sein und dich aus niederen Gründen an den Altar zwingen zu wollen."

„Das ist doch die Höhe!", keuchte sie. „Du willst mich lediglich in deiner Gewalt haben, um deinen Gelüsten frönen zu können!"

Trent hob die Brauen. „Da kann ich nicht einmal widersprechen, jedoch haben wir es zu einer höchst zufriedenstellenden Performance gebracht. Ich bin zuversichtlich, dich auch zukünftig im Bett unterhalten zu können."

Er wagte es, nach ihren Fingern zu fischen und sie sacht zu drücken. Es linderte ihren Schock jedoch nicht. Obwohl sie fürchterlich bleich war, glühten rote Punkte auf ihren Wangen.

„Herr im Himmel!" wisperte sie. „Was bist du ..." Sie brach mit einem Kopfschütteln ab.

„Möchtest du leugnen, dass dir unsere Zusammenkünfte Freude bereiteten?"

Sie quiekte. „Hör auf, davon zu sprechen!"

„Du wirst schon zustimmen müssen, diesen Gefallen von mir einfordern zu können."

Molly klappte empört der Mund auf. Für eine Ewigkeit starrte sie ihn an, als ergründe sie seine dunkelsten Abgründe, dann drehte sie den Kopf leicht zur Seite. Ihre Lider senkten sich und ihre Zunge glitt eilig über ihre Lippen.

„Fein", gab sie nach. „Ich will aber mehr für Aubrey. Du wirst ihren Unterhalt bestreiten, bis sie einen Gatten wählt, der ihr genehm ist. Zu einem Zeitpunkt, der ihr genehm ist."

Trent nickte schnell. „Wie du willst." Sein Kopf wurde ganz leicht und sein Grinsen ließ sich nicht mehr bezähmen.

„Der Club ..."

„Du gehst nicht wieder hin!" Das verhagelte ihm beinahe die Stimmung, aber er wollte verdammt sein, setzte er seine Gattin dieser Gefahr aus.

Feuer flammte in ihren Augen auf und deutete auf hitzigen Widerstand.

„Du wirst die Countess of Everham sein. Ich verlange nicht von dir, dass du die damit einhergehenden Verpflichtungen erfüllst. Gerne können wir uns aufs Land zurückziehen, wir können auch in der Stadt bleiben, ganz wie du willst, aber du wirst nicht mehr als Madame Noir auftreten!"

Das war die einzige Bedingung, die er stellen musste. Worauf er einfach bestehen musste. Zu ihrem Schutz und dem ihrer Kinder.

„Du wirst den Club nicht verkaufen und alles so fortführen wie es ist", forderte sie zu seiner Überraschung, schließlich hatte er damit gerechnet, dass sie erneut in Streit gerieten, wie so oft zuvor, wenn es um die Belange des Clubs gegangen war.

Aber damit konnte er leben, sehr gut sogar, also zuckte er die Schultern. „Gut."

Sie verengte die Augen. „Glaube nicht, dass ich mich über den Tisch ziehen lasse!"

Trent grinste. „Du doch nicht."

„Everham", knirschte sie aufgebracht.

„Trent. Ich denke, du solltest mich Trent rufen."

Sie verdrehte die Augen gen Himmel und atmete gezwungen ruhig ein.

„Schön", stellte er zufrieden fest, was sie mit einem bösen Funkeln vergalt. „Ich nehme an, ich bekomme keinen Kuss?"

Kapitel 12
Der Kirchgang

London, St Paul's Cathedral, am folgenden Sonntag

Molly lauschte dem Gesang, der Lobpreisung Gottes, und bemühte sich redlich, an nichts zu denken. Eine Mammutaufgabe, hörte sie doch Everhams Stimme mühelos aus dem Chor der Menge heraus. Er hielt ihre Hand, spielte mit ihren Fingern. Molly versuchte, sie ihm zu entziehen, aber sein Griff wurde direkt fester. Sie hatte das deutliche Gefühl, einen riesigen Fehler begangen zu haben, als sie zugestimmt hatte, ihn zu heiraten.

Der Pfarrer schloss seine Predigt und Molly seufzte. Everham half ihr aufzustehen und sie drehte ihm den Rücken zu.

„Aubrey, Schätzchen." Sie hielt ihr die Hand hin und folgte Enola schnell. Everham blieb an ihrer Seite, half ihr, in die Kutsche zu steigen, und setzte sich ihr gegenüber. Sie wurde ihn also so schnell nicht los.

„Wie erbauend, nicht wahr?", frohlockte Enola, Mollys Arm tätschelnd. „Ich muss sagen, ich genieße die Predigten jede Woche mehr." Enola grinste breit.

„Erhellend", murmelte Molly und wandte sich an ihre Tochter: „Mein Schatz, möchtest du heute eine Ausfahrt im Park machen?"

„Oh ja", stimmte Aubrey begeistert ein. „Ich liebe Ausfahrten!"

„Dann machen wir eine." Molly lächelte ihr zu und strich ihr über die Wange. „Pemberly, wäre es möglich, dass wir uns deine Kutsche leihen?"

„Wenn du erlaubst, begleite ich euch."

Sie warf Everham einen genervten Blick zu, schließlich benahm er sich bereits, als wäre das Gelübde abgelegt und nicht bloß versprochen.

„Ich verbrächte gerne etwas Zeit mit meiner Tochter", hielt sie ihren Wunsch vermittelnd.

Er seufzte. „Wie du wünschst. Darf ich zuvor ein paar Minuten deiner Zeit beanspruchen?"

Molly senkte die Augen auf ihre Finger. Sie rieben über den festen Stoff ihres Mantels, als müssten sie einen Fleck entfernen, sie wollte aber nur Zeit schinden. Hatte er soeben nachgegeben, ohne dass sie kämpfen musste?

„Schön."

Er grinste zufrieden. „Sag mal, Aubrey, warst du schon mal bei Gunthers? Vielleicht erlaubt deine Frau Mama, dass wir uns im Anschluss zu eurer Ausfahrt dort treffen?"

„Oh ja", frohlockte Aubrey und zog an Mollys Umhang. „Mama, bitte!"

„Mein Schatz, vielleicht ein anderes Mal?" Sie wollte nun wirklich nicht unnötig viel Zeit mit ihm verbringen, zumal er in Pemberly House eingezogen zu sein schien. Sie konnte kaum das Zimmer verlassen, ohne auf ihn zu treffen.

„Oh Mama, bitte!" Aubreys große blaue Augen lagen mit so viel Sehnsucht auf ihr, dass es ihr schwerfiel, nicht einzuknicken.

„Junge Dame, deine Mutter möchte es verlegen. Sie wird ihre Gründe haben. Ich bin mir sicher, wir holen es baldigst nach."

„Mama?"

Molly räusperte sich. „Mein Schatz, mir ist heute nicht nach Gunthers. Es wird sehr voll sein und es werden sehr viele Herrschaften unterwegs sein." Ein guter Grund, den Ort zu meiden, obwohl ein Besuch mit Kuchen, Pralinen und Gefrorenem lockte. „Wir holen es nach. Versprochen."

Die Kutsche hielt vor Pemberlys Stadthaus und die Entourage stieg aus.

„Aubrey, zieh dich bitte um. Ich werde mich auch umkleiden und in einer Stunde treffen wir uns zu unserer Ausfahrt. Dann sind wir pünktlich vor dem Mittagsmahl zurück."

„Ja, Mama!" Die Kleine knickste schnell und lief dann die Treppe hinauf. Molly übergab ihren Hut dem wartenden Lakai. Es brachte nichts, es hinauszuzögern, also wendete sie sich zu Everham um.

„Mylord, möchten Sie Ihr Gespräch im Salon führen?"

„Gern, Molly. Darf ich dich nach oben geleiten?“ Er hielt ihr die Hand hin.

Molly ließ ihn stehen, raffte die Röcke und stieg langsam die Stufen empor. Sie hörte ihn seufzen, dann kam er ihr nach.

„Schatz, womit habe ich das verdient?“ Er beeilte sich, ihr die Tür aufzuhalten.

„Tee, Everham?“

Er seufzte wieder. „Magst du tatsächlich mit mir Tee trinken?“

„Haben Sie andere Pläne, Mylord?“

Er seufzte gedehnt ihren Namen. „Bitte sei nicht so ausweichend.“

„Tee“, beschied Molly.

Sie mochte ihn vermutlich brauchen, wenn sie längere Zeit mit ihm allein war. Sie hob die Hand, um nach dem Mädchen zu klingeln. Dann deutete sie auf die Sitzgelegenheiten. „Nehmen Sie doch Platz, Lord Everham.“

„Molly.“ Er verstellte ihr den Weg. „Ich habe nicht verdient, so behandelt zu werden.“

„So?“ Sie umrundete ihn und setzte sich auf die Chaiselongue. Sie war sich keines Fehlverhaltens bewusst, schließlich verhielt sie sich ihrer Stellung entsprechend und ihm gegenüber äußerst nachgiebig.

„Ich habe dir nichts getan, Schatz.“ Er nahm neben ihr Platz und griff nach ihrer Hand. „Und doch behandelst du mich wie einen Aussätzigen.“

Es klopfte und Molly bat einzutreten. „Bereite seiner Lordschaft und mir bitte Tee.“

Die Magd knickste und huschte hinaus.

„Trent, richtig?“

Seine Mundwinkel hoben sich leicht. „Ja.“

„Gibt es weitere Dinge, die ich sagen soll? Tun soll? Oder vielleicht unterlassen?“

„Abgesehen davon, in den Club zu gehen?“ Er schüttelte den Kopf. „Da fällt mir nichts ein.“

„Na, das wird sich ändern“, schnaubte sie leise.

„Ach Molly, hab doch etwas Vertrauen.“ Er hob ihre Hand und küsste ihre Fingerspitzen. „Da ist noch etwas, mein Schatz.“

Sie hatte es ja geahnt. „Also gut. Was möchtest du?“

Sein Lächeln wurde tiefer. „Was ich möchte?“

Sie zuckte die Achseln. „Mein Herr und Meister, nicht wahr?“

Everham legte die freie Hand an ihre Wange und streichelte sie sacht. „Gemahl.“

Er beugte sich vor, seine Lider fielen herab und seine Lippen drückten sich zart auf ihre. Er zog sich zurück und räusperte sich.

„Aber zuvor ...“ Er rutschte von der Chaiselongue und blieb vor ihr knien.

„Liebling, ich möchte es noch einmal in Worte kleiden.“ Wieder räusperte er sich, dieses Mal kräftiger.

„Lady Mary Batton, du hältst mein Herz in deinen zarten Händen. Ich mag mir mein Leben nicht ohne dich ausmalen und hoffe ... wünsche mir nichts weiter, als dass du einwilligst, das deine mit mir zu teilen.“

Er schob die Hand in sein Justaucorps und fischte nach etwas. Er stockte, wobei eine Spur Nervosität in seiner Haltung Einzug hielt.

„Ähm. Der Ring ist nicht der, den du tragen solltest.“ Er sah auf, zerknirscht und unsicher. „Der Verlobungsring der zukünftigen Lady Everham ist eigentlich ein Familienerbstück, aber leider nicht auffindbar.“

Er zog die Hand aus dem Justaucorps und zog ihre näher zu sich, um einen Ring über ihren Finger zu streifen. „Er symbolisiert nicht deinen Wert, ganz bestimmt nicht. Ich weiß, dass er recht schlicht ist. Als ich vor der Auswahl stand, sowohl bei dem Familienschmuck wie auch beim Goldschmied, gab es kein halbwegs passendes Schmuckstück.“ Er verdeckte ihre Hand noch mit seiner. „Wenn er dir nicht gefällt, fahre ich gerne mit dir los, damit du dir selbst einen aussuchen kannst. Einen Ring, der dir gefällt.“

Zögerlich hob er die verdeckende Hand. Molly senkte ihren Blick auf ihren Finger. Ein schlichter Diamant zierte den Goldring.

„Er wirkt schäbig neben dem, den Wakefield dir gegeben haben muss, aber ...“ Er befeuchtete sich die Lippen. „Ich musste daran denken, wie fehl am Platz so ein Klunker an dir wirken muss.“ Wieder stockte er. „Vielleicht liege ich falsch und du wirst deinen Stil ändern. Aber für den Fall gibt es tatsächlich Ringe in jeglicher Façon im Familienschmuck!“

Molly hob die Hand. Es war tatsächlich ein recht einfacher Ring.

„Molly“, krächzte er. „Du kannst dir gern selbst einen passenden Ring aussuchen.“

„Das ist nicht nötig, Trent.“ Sie verschränkte die Finger im Schoß. „Und: Es ist mir eine Ehre, deinem Begehren stattzugeben.“

Erleichtert schloss er die Augen. „Du machst mich zum glücklichsten Mann weit und breit.“

Es klopfte und das Hausmädchen brachte den Tee. Everham blieb dennoch ungeniert vor ihr knien. Molly schoss heiße Röte ins Gesicht. „Danke, du kannst gehen." Sie wartete angespannt, bis das Mädchen das Zimmer wieder verließ, bevor sie eilig eine Entschuldigung vorbrachte.

„Verzeihung, ich hätte sie nicht hereinbitten dürfen, solange du noch vor mir kniest. Ich wollte dich nicht erniedrigen." Nervös biss sie sich auf die Lippe. „Ich werde achtsamer sein."

„Molly, ich habe kein Problem damit, vor der Dame meines Herzens zu knien oder gar dabei erwischt zu werden." Trotz seiner Worte erhob er sich. Molly rutschte vor, um nach der Kanne zu greifen. Everham fing sie ab und zog sie auf die Füße.

„Darf ich meine Verlobte küssen?", murmelte er, die Hand wieder an ihre Wange platzierend. Sein Daumen streichelte sacht über ihre Lippen. „Bitte."

Molly seufzte, hob ihr Kinn und senkte die Lider. Sie seufzte erneut, als er ihren Mund verschloss. Sie wollte sich nicht narren lassen, nicht darauf vertrauen, dass er die Wahrheit sprach, aber ein Teil von ihr machte sich stets selbstständig, sobald sie sich in Everhams Gesellschaft befand. Er zog sie an sich, schloss sie in die Arme und küsste sie zärtlich.

„Ich liebe dich."

Molly löste sich von ihm. „Tee?"

„Bitte."

Sie bereitete sein Heißgetränk und reichte es ihm.

„Ich habe die Sondergenehmigung, wir können also den Termin festlegen."

„Wir sollten nicht zu viel Zeit verstreichen lassen."

„Nein“, griff er auf. „Ich dachte an nächste Woche.“

Molly senkte ihre Tasse, an der sie nippen wollte. „Das ist ein wenig zu schnell.“

„In unserem Fall gibt es wohl kein *zu schnell.*“

Molly sah zur Seite.

„Ich freue mich über deinen Zustand, Schatz, aber es macht es schon dringlich, keinen Moment zu viel zu verschwenden.“

Sie legte sich die Hand auf den Bauch.

„Wenn es dir recht ist, verlassen wir die Stadt. Mit etwas Glück fällt es nicht so sehr auf, dass wir sehr früh Nachwuchs bekommen.“ Er grinste sie an und stellte seinen Tee zur Seite, um näher zu ihr rutschen zu können. „Da ist noch etwas, was ich vorschlagen wollte.“ Er sah ihr fest in die Augen. „Da wir die Verlobungszeit so kurz halten müssen und das Aufgebot damit nicht verlesen werden kann ...“

„Wo?“

„Bitte?“

„Du möchtest nicht in der Stadt heiraten. Wo läge die Alternative?“, krächzte sie, bereits im Begriff zuzustimmen, gleich was er vorschlug.

„Land's End.“

Sie seufzte. „Also schön. Wir sollten umgehend Bescheid geben, damit unsere Gäste Zeit haben, die Reise zu planen.“ Molly erhob sich. „Ich werde nicht ohne Enola vor den Altar treten, deswegen frage ich am besten direkt, ob es Pemberly recht ist.“

Nach zwei Schritten stoppte sie wieder. „Oh. Du wirst ihn bereits informiert haben.“ Wie dumm, etwas anderes anzunehmen.

„Offengestanden wollte ich erst deine Meinung hören." Er zog sie zu sich, platzierte seine Lippen schnell an ihrer Schläfe. „Ich werde meiner Mutter ein Billet senden, dass sie unseren Pfarrer informiert und alles plant. Magst du deine Vorstellung aufs Papier bringen?"

„Meine ...?", fragte sie verblüfft.

„Es ist deine Hochzeit. Sicherlich hast du bestimmte Vorstellungen, wie dieser Tag aussehen sollte. Ach, und du brauchst ein Kleid. Wirst du morgen einen Termin bei deiner Modistin bekommen?"

Molly biss sich auf die Lippe. „Ich habe keine Modistin."

Everham grinste breit. „Vielleicht kann ich da aushelfen."

„Ach? Du hast eine Modistin?"

Er lachte auf. „Meine Schwestern! Eine von ihnen wird sich schon einen schnellen Termin erschleichen können."

Land's End, Kapelle zu Lanhydrock, eine Woche später

Molly drückte sich die Hand auf den Magen. Ihr war schrecklich übel. Enola flatterte um sie herum und beschäftigte drei von Mollys zukünftigen Schwägerinnen mühelos, die vierte war abgestellt, Everham von der Verspätung zu unterrichten. Molly verbarg sich hinter dem Paravent, hinter dem sich eine Schale mit erfrischendem Wasser verbarg, und der Topf für eventuelle Notdurft. Sie befürchtete, ihn noch zu brauchen, weshalb sie sich nicht aus seiner Nähe wagte.

„Molly?" Everhams Ruf ließ das Geschnatter der Frauen schlagartig ersterben, nur um in gehetzte Schreie zu eruptieren, er könne unmöglich hereinkommen und müsse sich gedulden.

„Könntet ihr bitte kurz innehalten?", bat Everham die Schwestern. „Elizabeth erwähnte, dass meine Braut unpässlich sei. Ich würde gerne von ihr hören, wie es um ihr Wohl bestellt ist!"

Molly atmete tief ein. „Ich benötige noch einen Moment", beruhigte sie ihn.

„Bist du dir sicher, dass es nicht zu viel für dich ist?"

Sie lehnte sich gegen die blanke Wand und schloss die Augen. „Ich bin vermutlich nur nervös."

„Kann ich etwas tun?" Seine Schwestern brachen in entzücktes Seufzen aus und kicherten.

„Ich glaube nicht."

„Amanda, Harriet, könntet ihr euch bitte zurücknehmen? Ich verstehe meine Braut nicht."

Molly räusperte sich und wiederholte ihre Worte lauter.

„Soll ich mit dem Pastor sprechen? Womöglich lässt sich die Trauung etwas aufschieben." Seine Enttäuschung schwang in seinen Worten mit. „Auf den nächsten Sonntag."

„Das ist nicht nötig."

Sie warf einen bedauernden Blick auf den Topf zu ihren Füßen. Es war ein ziemliches Wagnis, ihn zurückzulassen, aber letztlich stand zu befürchten, dass ihr Unwohlsein mit dem Vorgang der Verehelichung zu tun hatte und bei jedem Versuch aufs Neue aufflackern würde.

Sie seufzte und wagte sich hinter dem Paravent hervor. Die jüngste Schwester kicherte und zog Molly den Schleier über das Gesicht, während Amanda, die älteste, ihn anwies, schnellstens an den Altar zu kommen.

Enola wischte sich Tränen aus den Augen. „Du bist wunderschön.“

Molly erfasste ein neuerlicher Anfall der Übelkeit. Sie keuchte und klammerte sich an ihre Schwägerin. „Ich kann das nicht“, wisperte sie und versteckte sich in der vertrauten Umarmung.

„Pemberly ist sich gewiss, dass Everham dir zugeneigt ist“, beteuerte Enola leise, um die Schwestern des Bräutigams nicht unnötig zu involvieren. „Und er macht einen sehr aufrichtigen Eindruck auf mich.“

„Noch mag er beteuern, mich zu lieben, aber ...“ Molly brach in Tränen aus.

„Lady Mary, wir sollten uns nun auf den Weg machen“, beschied Amanda. „Lady Pemberly, geleiten Sie Lady Mary doch zu Wakefield.“

Mollys Schluchzen brach augenblicklich ab. „Wie bitte?“, kreischte sie.

„Ah, ich habe befürchtet, dass es dazu kommt.“

Molly fuhr herum.

Der Duke lehnte an der offenen Tür, die Arme vor der breiten Brust verschränkt und das gewohnt überhebliche Grinsen auf den Lippen.

Molly wich zurück, wobei sie gegen den Paravent stieß.

Wakefield streckte die Hand nach ihr aus. „Ich hielt es für angebracht, den Brautvater zu mimen.“

„Nein!" Sie war davon ausgegangen, dass Pemberly in die Rolle schlüpfen würde, schließlich war er es, der nach ihrem Bruder, der sicherlich nicht zur Eheschließung geladen worden war, was einem Familienmitglied am nächsten kam.

„In dem Fall wird die Hochzeit ausfallen", beschied Molly schwankend.

„Bedauerlich, aber die Option steht dieses Mal nicht zur Wahl." Wakefield betrat den Raum, der sogleich zu schrumpfen begann. Leider gab es neben der Tür nur zwei Erkerfenster, die durch die Eisenbeschläge als Fluchtweg ausschieden.

„Es sind nur ein paar Meter", versuchte Enola sie zu beruhigen. „Pemberly hielt es auch für ..." Die Schwägerin zuckte zerknirscht die Achseln. „Nur ein paar Meter."

„So ist es", flötete Wakefield zufrieden, als er nach ihr griff. „Cousine."

Er zwinkerte und drückte ihre gebeugten Finger auf seinem Unterarm glatt. „Wir wollen uns doch geziemen, nicht wahr, Mylady?"

Wollte er sie nun schon wieder bedrohen?

Er zog sie mit sich. „Man wird über uns reden, Mary, und das liegt doch nicht in Ihrem Sinne? Bedenken Sie, wie wir Ihre Geschichte verkaufen müssen, damit Battons Kind keine negativen Auswirkungen zu befürchten hat." Er tätschelte ihre Hand. „Etwas Romantisches, wie dass Sie sich mir anvertrauten und ich ihnen bei der Flucht half, damit Sie die Liebe Ihres jungen Lebens heiraten konnten, zum Beispiel."

Molly warf ihm einen verärgerten Blick zu. „So sehen Sie sich?" Sie schnaubte verächtlich. „Dabei wissen Sie genauso gut wie ich, dass mich pure Verzweiflung dazu trieb, Gene zu heiraten.“

„Da frage ich mich, wie verzweifelt Sie nun sind.“ Sein schneidender Blick glitt über sie. „Wenn Everham nicht so versessen darauf wäre … nun, das gehört hier nicht her.“

„Würden Sie mich unter Druck setzen, damit ich wegliefe?“ Molly lachte bitter auf. „Was mussten Sie mich auch aus der Serpentine fischen!“

„Oh, da war tatsächlich mein Gewissen schuld.“ Wieder tätschelte er ihre Hand, die noch immer, einer Klaue gleich, auf seinem Arm ruhte. Er musste sich zu ihr beugen, um vertraulich mit ihr sprechen zu können, schließlich bemühte sie sich um jeden Zentimeter Abstand, den sie zu ihm erlangen konnte.

„Ich war ähnlich jung und dumm wie Sie, vergessen Sie das bitte nicht.“

„Das entschuldigt Sie nicht!“, knirschte Molly verdrossen.

Obwohl sie längst die Kapelle betreten hatten und den Mittelgang entlangschritten, konnte sie sich nicht dazu durchringen, das Thema fallen zu lassen.

„Sie waren absichtlich scheußlich zu mir, haben mich gedemütigt und verhöhnt. Selbst jetzt noch schaffen Sie es nicht, für einen Moment als Gentleman aufzutreten, sondern schikanieren mich weiterhin, selbst an meinem Hochzeitstag!“

Sein Mundwinkel zog sich träge nach oben, als er ihr zuzwinkerte. „Da sind wir.“

Wakefield nahm ihre Hand von seinem Arm und reichte sie Everham. Dessen Augen fuhren besorgt über sie, bevor er sie zu sich zog.

„Du bist einfach engelsgleich."

Molly klappte den Mund zu. Everham musste ange-schickert sein, um etwas derart Absurdes von sich zu geben und das am frühen Vormittag! Er hob ihre Finger zielgerichtet an seine Lippen und küsste sie.

Die Zeremonie begann und Molly schloss die Augen, um sich zusammenzunehmen. Ihre letzte Eheschlie-ßung hatte sie ebenfalls mit einem Klumpen im Bauch über sich gebracht, allerdings ohne zu wissen, worauf sie sich einließ. Sie sog den Atem ein und warf einen schnellen Blick auf ihren zufriedenen Bräutigam. Auch dieses Mal wusste sie es nicht. Erneut sah sie zu ihm herüber. Er hielt ihre Finger fest in seiner Hand, allerdings ohne sie zu zerdrücken. Ein heiterer Aus-druck lag auf seinem Gesicht und er machte ganz den Eindruck, den Moment zu genießen.

Von dieser Warte aus besaß er ein verflixt energi-sches Kinn und seine Lippen wiesen einen sinnlichen Schwung auf, dem sie sich schwerlich entziehen konnte. Sie musste über ihre lecken und den Blick senken, um mit ihren aufwallenden Gefühlen umge-hen zu können. Etwas Närrisches hatte sie befallen. Es ließ noch immer ihr Herz klopfen und ihre Handflä-chen feucht werden. Sie musste wohl eingestehen, dass ihr Bräutigam durchaus ansehnlich war. Fesch, mit seinem wallenden Haar und seinem exquisiten Stil.

Verwirrt horchte sie in sich hinein, aber das Chaos nahm nur noch mehr zu.

„Molly? Liebling?", sprach Everham sie sanft an. Er berührte ihr Kinn, sein Daumen wischte über ihre

Unterlippe. „Wir sollten abbrechen. Es tut mir leid, aber meine Braut fühlt sich bereits geraume Zeit …“

„Was tust du denn?“, hauchte sie, während ein Raunen durch die Kirchbänke ging. Everham wendete sich ihr zu. Seine braunen Augen legten sich mit tiefer Besorgnis auf sie.

„Wir nehmen einen neuen Anlauf. Es ist alles in bester Ordnung, wir können noch eine Woche warten.“ Everham zog sie an sich und schlang den Arm um ihre Mitte. „Komm, ich bringe dich in deine Gemächer, damit du dich ausruhen kannst.“

„Bist du von Sinnen?“ Molly behauptete ihren Stand. „Wir können doch nicht …“ Sie schüttelte den Kopf, trat auf ihn zu und legte den Kopf in den Nacken. „Bitte, Everham. Ich kann nicht alles noch einmal durchstehen.“

Er streichelte sacht ihre Wange. „Ich möchte dir nicht zu viel zumuten, mein Schatz.“

„Dann lass es uns hinter uns bringen.“

Everham hob ihre Hände auf, um sie abwechselnd zu küssen, bevor er sich der Gästeschar zuwandte und sich räusperte.

„Ich bitte vielmals um Verzeihung. Es scheint, dass ich zu besorgt bin. Wir sollten fortfahren und hoffen, dass wir das Ende bald erreichen.“

Der Pastor murrte mit einem Blick auf Molly, der sie einzuschätzen suchte. „Nun, Lady Mary, sprechen Sie mir nach.“

Trent bemerkte, dass Molly über ihre Worte stolperte und es sie einiges an Kraft kostete, das Eheversprechen zu formulieren. Sie warf ihm lediglich hin und wieder einen schnellen Blick zu, nach dem sie noch aufgelöster wirkte.

Er rutschte unauffällig näher an sie heran, um im Falle einer Ohnmacht zur Stelle zu sein, während er sein Versprechen flüssig und besonders deutlich zum Besten gab. Es dauerte nicht lange, und er wurde aufgefordert, seine Braut zu küssen.

Er nahm statt ihrer Lippen ihre Hand auf, die nun mit dem Siegelring der Everhams geschmückt wurde, einer kleineren Version des Rings, den auch er am Finger trug.

Molly schwankte.

„Das war es also", flüsterte sie so leise, dass er davon ausging, dass sie mit sich selbst sprach.

„Der Anfang, Liebling", versicherte er. „Und ich verspreche dir, dass es keinen Grund geben wird, an diesen Tag je in Reue zurückzublicken."

Molly sah mit ihren riesigen blauen Augen zu ihm auf, in denen all ihre Befürchtungen geschrieben standen.

„Ich bin nur nervös", hauchte sie und nickte. „Vielleicht wird eine Tasse Tee mich beruhigen."

Trent legte fürsorglich den Arm um ihre Mitte und führte sie aus der Kapelle zur wartenden Kutsche. Molly ließ sich hereinheben und schrie auf.

„Aubrey, oh je!" Sie fuhr herum, um den Eingang zur Kutsche zu blockieren, Panik im Blick. „Everham, sie wollte ganz sicher nicht ungehörig sein!"

Trent seufzte und schob seine aufgelöste Braut zurück, um endlich einsteigen zu können.

„Ich gab die Anweisung, Aubrey an der Trauung teilnehmen zu lassen. Ich weiß, ich hätte es mit dir absprechen sollen, aber ich hoffte, dir damit eine Freude bereiten zu können."

„Wie bitte?" Molly starrte ihn an, wobei sie auf die Sitzbank niedersank.

„Du hattest kaum Zeit für Aubrey, seit wir London verlassen hatten und da ich weiß, wie sehr du ihre Gesellschaft schätzt ..." Trent zuckte die Achseln. „Ich dachte, sie beruhige dich womöglich, leider war Aubrey ebenso aufgeregt wie du und mochte sich nicht zu mir an den Altar gesellen."

Molly starrte ihn an.

Trent seufzte. „Vermutlich wirst du auch nicht mögen, was ich als Nächstes geplant habe." Er nahm ebenfalls Platz und schlug gegen die Wand, um dem Kutscher zu signalisieren, er könne anfahren.

„Es wird eine Feier geben." Molly griff nach der Hand ihrer Tochter, deutlich ruhiger, als sie es noch im Gotteshaus gewesen war.

„Eine kleine", räumte Trent ein. „Jedoch gedenke ich, mich früh mit meinem Eheweib zurückzuziehen."

Molly klappte der Mund auf.

„Everham", wisperte sie entsetzt. „Doch nicht ..." Ihr Blick huschte zu Aubrey.

„... um mit meinen Mädchen eine Teeparty abzuhalten. Verzeih, Liebes, ich vergaß wohl, die Einladung anzusprechen." Er zwinkerte Aubrey zu, die kicherte.

Molly sah von der Kleinen zu ihm und zurück.

„Miss Batton lud uns ein, unseren besonderen Tag mit ihr zu feiern, wie konnte ich da ablehnen?" Trent feixte. Er hatte sicherlich für eine Überraschung gesorgt und die andere fände sicherlich auch ihre Zustimmung, sie mussten nur zunächst den offiziellen Empfang überstehen.

Molly ließ sich durch das Haus führen. Ihr neues Heim war riesig, entsprach in Ausmaß und Ausstattung jenem, in dem sie aufgewachsen war und beherbergte ebenso eine kleine Armee von Bediensteten.

Alles war in Schuss, was deutlich zeigte, dass Everham nicht in finanziellen Nöten war. Natürlich hieß das nicht, dass er nicht trotzdem jede Gelegenheit wahrnähme, seinen Wohlstand zu mehren.

Everham nahm ihre Hand von seinem Arm und führte ihn an die schmunzelnden Lippen. „Da wären wir, mein Schatz.“

Der Tee mit Aubrey stand an, allerdings befanden sie sich nicht im dritten Stock, wo gewöhnlich die Kinderzimmer untergebracht waren. Er trat vor, um die Flügeltüren aufzuziehen und gab ihnen einen Schubs, damit sie von selbst aufschwangen.

„Mylady.“ Er deutete in das große Zimmer, das mit drei Tischen dekoriert war. An einem saßen bereits Enola und Pemberly und plauderten mit Aubrey, die mit ihrer Gouvernante am nächsten saß.

„Darf ich bitten, Lady Everham?“

Mollys Magen flatterte, als ihr weitere Details auffielen. Diener standen bereit, trugen aber nicht die übliche Uniform, sondern die gestreiften Hemden, die bei Gunthers die Servierkräfte auszeichneten. An den Seiten des Zimmers waren lange Tische aufgestellt worden, die sich vor Leckereien bogen. Everham nahm ihre Finger auf, wobei er von einem Ohr zum anderen grinste.

„Ich dachte mir, wenn du nicht zu Gunthers kommst, muss Gunthers eben zu dir kommen.“

„Mama!“ Aubrey sprang von ihrem Stuhl auf, um sogleich von der Gouvernante gerügt zu werden. Everham streckte jedoch die Hand aus und winkte sie zu sich.

„Miss Batton.“ Er verbeugte sich vor dem Mädchen, das mit absoluter Ungeduld vor ihm stehen geblieben war, um einen Knicks zu machen.

„Lord Everham“, flötete sie. „Wie fein, dass Sie es zu meiner Party geschafft haben.“

Ihr vor Stolz platzender Blick driftete zu Molly, die es nicht über das Herz brachte, ihre Fehler aufzulisten. Stattdessen nickte sie ihr zu. „Miss Batton.“

„Mylady, ich habe Ihnen den besten Platz freigehalten!“ Sir griff nach Mollys Fingern und zog sie mit sich. Everham folgte ihr und zog den Stuhl hervor, damit sie sich setzen konnte.

„Miss Batton, mögen Sie uns an unserem Tisch einen Moment Gesellschaft leisten?“ Er zog auch dem Mädchen den Stuhl zurecht, während für ihn einer von den Lakaien herbeigeholt wurde.

„Nun Miss Batton, werden Sie den Tee reichen?“

Molly streckte schnell die Finger aus. Aubrey war mit ihren sechs Jahren viel zu klein, um eine schwere Teekanne heben zu können, dachte sie zumindest.

Everham fing ihre Finger ab und legte sie mit seinen verschränkt auf dem Tisch ab, während Aubrey mit der Kanne kämpfte.

„Mylady, waren Sie bereits zu Gast bei Gunthers?“, erkundigte Everham sich leise.

„Nein. Anne wollte dem Kaffeehaus einen Besuch abstatten, sobald unsere Saison ...“ Ihre Stimme verlor sich bei der betrüblichen Erinnerung und sie schüttelte den Kopf. „Nein.“

„Dann werden Sie von der Auswahl erquickt sein.“ Er drehte sich, um den Bediensteten eine Weisung zu geben. Sogleich begannen sie, die Speisen von den Tischen an den Wänden zu ihnen zu bringen und sie vorzustellen. Süße Kirschen mit Schlag, Apfelkompott und Variationen von kleinen Küchlein wurden Molly unter die Nase gehalten, damit sie wählte, bevor sie zum Nachbartisch gebracht wurden.

Enola jauchzte begeistert. „Oh sieh mal, Pemberly, Orangenbaiser!“

„Ich hoffe, es ist etwas für deinen Geschmack dabei“, raunte Everham. „Aubrey und deine charmante Schwägerin werden sich sicherlich die Bäuche vollschlagen.“

Er lachte leise, was einen kleinen Schauer über ihren Körper wandern ließ. Sein Blick war so liebevoll, dass es ihr den Hals zuschnürte und sie musste fortsehen, um sich zu fassen.

„Vielen Dank, Miss Batton, Sie sind eine hervorragende Gastgeberin. Haben Sie sich für die Mandelplätzchen entschieden? Sie sollten noch Platz lassen. Aus sicherer Quelle weiß ich, dass es auch Gefrorenes geben wird.“ Aus dem Augenwinkel bemerkte Molly, wie Everham ihrer Tochter zuzwinkerte.

„Liebling?“

Molly sprang auf. Sie murmelte eine gehetzte Entschuldigung, sich der waidwunden Augen ihrer kleinen Tochter nur zu bewusst, aber sie hielt es nicht mehr aus. Dieser Tag brachte sie wahrlich an ihre Grenzen.

Sie stürmte in den Flur und wusste dann nicht weiter. Schritte hinter ihr ließen sie herumfahren und sie hob die Hand.

„Mir ist nur …“ Komisch zumute, aber das müsste sie wohl erklären. Sie senkte den Blick, schüttelte den Kopf und suchte nach den passenden Worten.

„Unwohl?“, hakte Everham nach. „Lass mich dich ins Bett bringen.“

„Hervoragende Idee!“, nahm sie schnell an. Zumindest war sie dort allein.

Everham legte den Kopf schräg. „Molly? Fürchtest du dich vor heute Nacht?“

Sie lachte geziert auf. „Everham, warum sollte ich …“ Der Atem ging ihr aus und sie räusperte sich. „Ich sollte mich wirklich …“

Er hielt ihr die Hand hin. „Komm.“

Aber sie wagte nicht, ihn zu berühren. Verwirrt starrte sie auf seine Hand.

„Ich …“ Das Atmen fiel ihr immer schwerer. „Ich weiß nicht, was mit mir nicht stimmt, Everham“, gab sie zu. „Ich … bin wohl nervös.“ Aber das fasste es nicht so richtig.

Everham kam langsam auf sie zu, nahm erst ihre eine Hand auf, dann die andere, um sie an ihnen langsam näher zu sich zu ziehen, bis sie ihn fast berührte. Sie schluckte, wagte kaum aufzusehen und spürte, als sie es doch tat und wie ihr Herz zu rasen begann.

„Ich liebe dich, Molly.“

Sie biss sich auf die Lippe.

„Wenn ich dich ansehe, schlägt mein Herz höher, wenn du mir nahe bist, wird mir schwül und wenn ich dich halten darf ...“, seine Lippen verzogen sich zärtlich, „... ist das Leben perfekt.“

Er hob ihr Kinn an und legte seine Stirn gegen ihre. „Ich kann es kaum erwarten, dass es Nacht wird, aber wenn du dich unwohl bei dem Gedanken fühlst, mich heute Nacht zu erwarten ...“ Seine Nase strich über ihre, sein Atem prickelte auf ihren Lippen und sie schloss die Augen. Der erwartete Kuss ließ auf sich warten, also hob sie den Kopf noch etwas mehr, bis sie seine sanften Lippen auf ihren spüren konnte.

Sie öffnete ihren Mund zu einem kleinen Spalt und ließ ihn darüber gleiten.

„Wie immer eine Herausforderung an meine Zurückhaltung“, murmelte er, bevor er aus der prickelnden Berührung einen Kuss machte.

„Ich glaube, ich verzichte auf die Zurückhaltung“, wisperte Molly. Sein Kuss hatte eine süße Schwere in ihr erweckt, die er aufs Vortrefflichste zu verscheuchen wusste. „Und muss darauf bestehen, zu Bett gebracht zu werden.“

„Führe mich nicht in Versuchung, Molly.“

Sie schlang die Arme um seinen Nacken, presste sich an ihn und küsste ihn, als wären sie bereits in ihren privaten Räumen.

Everham stöhnte an ihren Lippen. „Molly.“

„Mein Herz ...“, wisperte sie leise, „... schlägt schneller.“

„In diesem Augenblick?“

„Häufig, wenn ... du da bist.“ So schwer es ihr auch fiel, erleichterte es sie auch, es auszusprechen. „Ich fürchte mich nicht vor der Nacht, nicht vor ... dem, was passieren wird."

„Aber?" Everham neckte sie mit kleinen, leichten Küssen, die sie halbwegs um den Verstand brachten.

„Vor der Zukunft", hauchte sie. „Dass du mir wehtun wirst."

„Molly ..."

Sie stoppte seine Worte, indem sie ihm schnell die Finger auf den Mund presste.

„Wenn ich dich liebe und du mich nicht mehr."

„Wie Batton?", fragte er ruhig. „War es so bei Batton?"

„Ich war vernarrt in ihn, aber als er herausfand ..." Ihre Stimme brach und sie konnte seinen Blick nicht halten.

„Mein Schatz, er hätte dir verziehen, wenn er von vornherein etwas für dich empfunden hätte." Er hauchte Küsse in ihr Gesicht. „Denk immer daran, ich bin nicht Batton und ich bekomme genau das, was ich haben wollte." Er suchte ihren Blick. „Molly. Nicht mehr, nicht weniger."

„Du wirst ..."

„Niemals."

Molly seufzte verzweifelt. Er mochte es abstreiten, aber letztlich wäre sie sich seiner nie so sicher, wie er sich ihrer war. Sie legte die Stirn an seine Brust und schloss die Augen.

„Meine Teure, wäre es dir recht, das Herzklopfen auf unsere Räumlichkeiten zu verlegen?", murmelte Everham an ihrem Hals, während er ihn liebkoste. „Und womöglich nachzuschauen, ob sich auch eine gewisse Nervosität einstellen mag? Atemlosigkeit und

eine weitere unaussprechliche Sache, die sich übli-
cherweise bei Handlungen zwischen Eheleuten einstellen?"

Molly prustete an seiner Brust. „Du bist unmöglich."

„Ziemlich verrückt nach dir, das mag ich einräumen.
Unmöglich, nein, Mylady, da muss ich ..."

Sie fing seinen Kopf ein, um ihren Mund auf seinen
zu pressen. „Fein."

Everham griff nach ihren Fingern, grinste dabei
verwegen und wisperte ihr zu: „Das im Dampfbad hat
dir doch gefallen, nicht wahr?"

Mollys Herz machte einen Satz und sprudelte über.

„Ich denke ..."

„Nun komm!" Molly raffte ihre Röcke, um nicht von
ihnen behindert zu werden, als sie ihren Gatten durch
die Flure des Landhauses zog – in recht unziemlicher
Hast.

Kapitel 13

Liebe

Land's End, nahe Lanhydrock, Sommer 1827

Molly beobachtete Aubrey. Der salzige Küstenwind strich über ihre Wangen und ließ ihre Lippen prickeln. Ihre Finger wurden wie üblich von ihrem Gatten in Beschlag genommen. Sie saßen bei ihrem Picknick, das Everham für Aubrey vorgeschlagen hatte, weil das Mädchen während der anstehenden Feierlichkeiten nicht so viel Zeit mit ihnen verbringen konnte. Er hatte es eine kleine Entschädigung genannt und Aubrey war begeistert darauf eingegangen. Wie auf alles, was Everham vorschlug. Sie solle auf das Internat verzichten und besser von Hauslehrern unterrichtet werden. Aubrey war sogleich Feuer und Flamme gewesen, Molly besorgt. Der Grund, warum sie ihre Tochter in ein Internat hatte schicken wollen, war der, dass sie dringend gesellschaftliche Kontakte benötigte, über die Molly nun mal nicht verfügte. Dies mochte sich in den nächsten Jahren geben, nun, da sie Lady Everham war, aber wenn nicht?

Aubrey lachte vergnügt und herzte ihre kleine Schwester. „Darf ich denn Margarethe besuchen?" Sie sah flehentlich zu ihrem Stiefvater. „Sie ist doch im Kinderzimmer nur ein paar Türen weiter. Oh bitte, Lord Everham!"

Molly bestand darauf, dass Aubrey förmlich blieb. Sie wollte nicht, dass sie enttäuscht wurde, wenn sie Gefühle für ihn entwickelte und Everham sie nicht erwiderte. Es wäre zu schmerzhaft für das Mädchen und auch für sie.

„Everham genügt, Aubrey. Ich bin nun dein Vater. Zumindest nehme ich die Stelle ein und ich möchte, dass du dich als Teil der Familie fühlst. Du, Maggie, deine Mama und ich, wir sind eine kleine Familie." Everham drückte Mollys Finger. „Nicht war, mein Schatz?"

Molly räusperte sich.

„Aubrey, Liebes, übergebe deine Schwester bitte der Amme und gehe ein paar Schritte mit ihr spazieren."

Sie musste ihn wohl bitten, keine falschen Hoffnungen in Aubrey zu wecken. Aubreys Miene verriet Enttäuschung, aber sie gehorchte umgehend.

„Wir sind eine Familie", griff Everham auf, sobald Aubrey ein paar Schritte gegangen war. Er wendete sich Molly zu und suchte ihren Blick. „Wenn ich sie anschaue, sehe ich dich. Und Maggie wird ihr später sicherlich wie aus dem Gesicht geschnitten sein."

„Aber sie ist nicht ...", wandte Molly betont ruhig ein.
„Deine Tochter."

„Nein, aber ich wünschte, sie wäre es."

Molly entzog ihm die Hand. „Everham, sie versuchte bereits, das Wohlwollen Battons zu erlangen. Sie scheiterte und war mit jedem Mal schwerer aufzumuntern."

„Sie hat mein Wohlwollen."

Er verstand wohl nicht. Molly senkte den Blick. „Sie wird bemerken, wie anders du sie behandelst." Und es bräche ihr das Herz.

„Anders?" Er hob ihr Kinn. „Molly, ich behandle sie wie ich dich behandle. Mit Respekt und Liebe."

Molly presste die Lippen aufeinander. Wollte er nicht verstehen?

Sie schoss einen giftigen Blick auf ihn ab und er seufzte.

„Ich bin nicht Batton, Molly. Ich liebe dich. Was hätte ich nun noch gewonnen, es zu behaupten, wenn es nicht stimmte? Wir sind verheiratet. Es bringt mir nichts, dich zu belügen." Er ergriff ihre Finger und hob sie an die Lippen. „Bemerkst du nicht, dass all deine Vermutungen bisher nicht zutrafen?"

Unangenehm berührt zog sie die Hand zurück.

„Du verwaltest die Mine und ich mische mich nicht ein, oder?"

Sie presste die Lippen aufeinander. Tatsächlich besaß sie eine Kalksteinmine, die ganz in der Nähe lag und die sie scheinbar verwaltete. Aber zog er nicht im Hintergrund die Fäden?

„Habe ich dir je verboten, hinzufahren, selbst als du kurz vor der Niederkunft standest?"

Molly ballte die Hände. Hatte er nicht, nicht einmal auf seine Begleitung hatte er bestanden, sie lediglich fortwährend angeboten.

„Habe ich dir verboten, dich mit den Arbeiterfrauen zu beschäftigen?"

Als er es herausgefunden hatte, hatte er sie lediglich grimmig angesehen und ihr vorgeworfen, es nicht gleich gesagt zu haben. Er hatte nicht versucht, weitere Treffen zu unterbinden.

„Oder dir Besuche von gleich wem verboten?"

Gitty hatte sich Lord Kilbridges Eheversprechen gesichert und war angereist, um sie um Unterstützung zu bitten. Molly hatte versucht, sie vor Everham zu verstecken. Natürlich war dies nicht lange gutgegangen.

„Selbst Graystons Billets dulde ich schweigend", grummelte er. Molly biss sich auf die Lippe. Sie hatte nicht gewusst, dass er davon Kenntnis hatte.

„Ich liebe dich. Ich wünsche mir, dass du glücklich bist."

„Ich ... ich bin glücklich", murmelte Molly. „Danke."

Everham stöhnte. Er klang nicht zufrieden. Allerdings begann Maggie zu greinen und dies fing stets seine Aufmerksamkeit ein. Everham stand schnell auf und reichte ihr die Hand, um ihr zu helfen.

„Ich bringe sie dir."

Molly sah ihm nach, ihre Röcke glättend. Nicht einmal das hatte er ihr untersagt, obwohl es in ihren Kreisen verpönt war, das eigene Kind selbst zu versorgen.

Molly kletterte in die Kutsche und lockerte sich das Kleid. Everham folgte und setzte sich neben sie, um ihr das Baby in die Arme zu legen. Maggie sog gierig. Ihre kleinen Fingerchen gruben sich in Mollys Brust und sie blinzelte. Everham streichelte das kleine Köpfchen. Er war stets fasziniert von der Kleinen.

„Ich bin eifersüchtig", stellte er fest. „Seit Monaten duldest du mich nicht mehr so nah bei dir." Sollte heißen, an ihrer Brust saugend. Molly schnalzte.

„Also bitte!"

„Kann ich nicht wieder zu dir kommen?"

Molly hob erschrocken den Blick. Dieses Gespräch in aller Öffentlichkeit zu führen, war schlicht unmöglich!

„Everham", zischte sie. „Du brauchst wohl kaum meine Erlaubnis, um deine Rechte einzufordern!" Sie drehte Maggie und legte sie an die andere Brust.

Er seufzte: „Ach Molly."

„Ich nehme an, du möchtest gleich heimfahren." Um ihre eheliche Pflicht einzufordern.

Leichte Aufregung mischte sich in ihr Ressentiment. Es war tatsächlich eine ganze Weile her, seit er sie zuletzt aufgesucht hatte. An einem Abend hatte sie ihm vorgeworfen, ihren Zustand nicht gebührend zu würdigen. Er hatte sie vor dem Abendmahl zu sich bestellt, sie geküsst und ihr zugeraunt, wie sehr er sich wünschte, mit ihr zusammen zu sein. Hatte eigentlich nichts falsch gemacht, sie nur auf dem falschen Fuß erwischt. Sie hatte festgestellt, dass sie ihn erneut um Geld für Kleider bitten musste, weil sie aus ihrer Garderobe herauswuchs. Die Nervosität hatte ihr zugesetzt und sie war ungerecht und harsch gewesen.

Molly senkte den Blick. Sie sollte froh sein, dass er sich zurückgehalten hatte und um ihre Zustimmung fragte.

„Zu gern, mein Schatz, aber ich fürchte, das legst du mir nur wieder falsch aus."

Trotzdem beugte er sich vor und drückte ihr einen Kuss auf die Lippen. „Aber vielleicht darf ich mich für die Nacht ankündigen?"

„Gut." Molly nahm Maggie von der Brust und hielt sie ihm hin. „Ich müsste kurz mein Kleid richten."

Everham nahm das Baby ab und küsste die kleine Nase. „Ich möchte das ganze Haus voller kleiner Kopien von dir."

„Du meinst, voller Buben."

Everham seufzte gedehnt. „Einen Buben könnte ich schon gebrauchen. Ich habe nur Schwestern, der Titel ginge sonst an meinen Großgroßcousin." Er runzelte die Stirn. „Oder mittlerweile Großgroßgroßcousin?"

Molly verschränkte die Finger vor dem Bauch. „Es tut mir leid, dass es ein Mädchen geworden ist. Ich werde mich bemühen, dir einen Sohn zu gebären." Sie räusperte sich vorsichtig. „Ich werde mein Möglichstes tun."

„Streng dich nicht zu sehr an, Molly. Ich nehme sie, wie sie kommen. Ich bin das Haus voller Frauen gewöhnt." Er lachte auf. „Nach Eton zu kommen, war ein fürchterlicher Schreck. Nur Jungen, wohin man sah, keine Törtchen mehr, kein Gekicher und keine Umarmungen." Er streichelte Maggies Wange. „Ich war immer verdammt froh, heimzukommen. Bis das Haus von Jahr zu Jahr leerer wurde."

„Hastings hat Anne und mir die Törtchen immer weggenommen." Sie streckte die Hände aus. „Soll ich sie dir abnehmen?"

„Lass sie mir noch einen Moment, Liebling. Ist dir aufgefallen, wie wundervoll sie riecht?" Seine Nase strich über Maggies Stirn. Molly rutschte näher und beugte sich vor. Sie schnupperte, hustete, und lachte dann auf.

„Everham!"

„Davor", murrte er. „Herrje, Maggie." Er schob sie Molly zu. „Ich hole die Amme!"

Molly küsste die Stirn ihres Babys. Die Amme nahm ihr Maggie ab und Everham half Aubrey einzusteigen, bevor er sich ihnen gegenüber setzte.

„Ich hoffe, den Damen hat das Picknick gefallen."

„Oh, es war wundervoll, Mylord", bestätigte Aubrey sogleich mit glänzenden Augen. „Ich bin Ihnen sehr dankbar, Mylord."

Everham lächelte sie an. „Ich bin froh, dass es dir gefallen hat, Aubrey. Sag mal, wächst du gar nicht?"

Molly erstarrte. Wollte er sie darauf hinweisen, nicht so viel Geld auszugeben? Sie war schon so sparsam wie möglich. Ließ Borten an die Kleider nähen und sie soweit wie möglich auslassen, um jedes Kleidungsstück so lange wie möglich zu tragen.

„Doch, Mylord." Aubrey reckte den Hals, um größer zu wirken. „Mama sagt, sie bekommt noch graue Haare, weil ich so schnell wachse."

„Ach herrje." Seine dunklen Augen wanderten über Mollys bedeckten Kopf. „Nun, eigentlich frage ich, weil ich seit Monaten nicht eine Rechnung erhielt, die nicht deiner Mutter oder Maggie zuzuordnen war."

331

Molly räusperte sich. „Ich werde sparsamer sein, Mylord.“

„Noch sparsamer?“ Er schüttelte den Kopf. „Bitte nicht. Man wird noch der Annahme verfallen, wir wären nicht zahlungskräftig.“ Er musterte Aubrey. „Das ist doch dein Wintermantel.“

„Mylord.“ Molly rang die Hände.

Everham seufzte.

„Du wirst keine Zeit haben, mit Aubrey loszufahren, aber wir können sicherlich die Schneiderin einbestellen.“

„Das wird nicht nötig sein.“ Molly rutschte unruhig auf der Bank herum. „Wir können sicherlich ...“

„Du benötigst bestimmt auch das ein oder andere Kleid. Herrje, derzeit belaufen sich die Kosten meiner Bekleidung höher als die der Damen im Haus. Sowas gab es sicherlich noch nie ...“

Molly klappte den Mund zu. „Vielleicht ein Reitdress für Aubrey und mich?“

„Bitte jeder einen, mindestens“, murrte er. „Hast du ein Kleid für den Ball?“

„Ball?“, fragte Molly unbehaglich.

„Der Ball zum Abschluss der Gesellschaft.“ Er verengte die Augen. „Hat meine Mutter nicht mit dir über die Feierlichkeiten gesprochen? Ich habe ihr ausdrücklich gesagt, dass jede Entscheidung darüber ausschließlich bei dir liegt.“

„Gesellschaft?“, murmelte Molly. „Oh Gott!“

„Verflixt!“ Er musterte sie dräuend. „Du weißt von nichts?“

„Die Taufe im engen Familienkreis“, krächzte Molly. Zumindest hatte die Dowager Countess es ihr so verkauft. Eine Kleinigkeit, die nötig wäre, worüber sie sich aber den Kopf nicht zerbrechen sollte, so schnell nach der Geburt des Kindes.

„Eng?“

Molly sah auf und wisperte: „Nicht eng?“

Seine Brauen hoben sich über seiner Nasenwurzel und die Mundwinkel fielen herab. „Der Begriff *eng* wird in unserem Haus recht unterschiedlich aufgefasst, Molly. Hast du dich blind auf meine Mutter verlassen?“

„Was erwartet mich?“ Der Hals zog sich ihr zu, bei seiner bedauernden Miene.

„Die Familie.“

„Deine Schwestern.“ Damit konnte sie leben.

„Die Brüder und Schwestern meiner Eltern.“

Molly überschlug die Anzahl.

„Und deren Kinder.“ Seine Cousins und Cousinen. Er räusperte sich und senkte den Blick. „Und deine Familie.“

Pemberly und Enola. Sie schloss die Augen. Damit war die Begrifflichkeit *eng* ihrer Meinung nach durchaus gesprengt.

„Es tut mir leid, Schatz.“

Die Kutsche kam zum Stehen, der Lakai öffnete den Schlag und klappte die Stufen herunter. Everham stieg aus und hielt ihr die Hand hin. Er hob sie aus dem Gefährt und hielt sie einen Moment länger fest als nötig. Sie sah zu ihm auf. Es stand ihm in den Augen, dass er bedauerte, dass die Nacht noch so fern war.

„Ich hätte dich warnen sollen, dass man niemandem meiner Familie den kleinen Finger reichen sollte.“ Er grinste schief. „Wir nehmen uns leider die ganze Hand." Er führte ihre an die Lippen, bevor er sie losließ und Aubrey aus der Kutsche hob.

„Für so eine illustre Gesellschaft habe ich in der Tat nicht die passende Garderobe", musste Molly einräumen. Aubrey ergriff ihre Hand und Everham sicherte sich die andere, um sie sich auf den Arm zu legen.

„Ich fürchte, ich werde dir Schande bereiten."

„Ach Molly, ich schicke sogleich jemanden in die Stadt, um die Schneiderin herbeizuschaffen. Damit du dich nicht sorgst, Molly. Nicht weil ich nicht dächte, du seiest nicht hinreißend, ganz gleich, was du trägst."

Er führte sie zur Treppe und hob dort ihre Hand an die Lippen. „Geselle dich doch zum Tee wieder zu mir."

„Tee?" Sie hob belustigt eine Braue. „Also schön, obwohl ich mit deiner Mutter sprechen sollte. Womöglich kann ich sie unterstützen."

„Ach nein. Das hat sie sich selbst eingebrockt." Er zwinkerte ihr zu. „Nimm mit mir den Tee." Er gab ihre Hand frei.

„Also schön."

„Stelle mir doch eine Liste zusammen mit allem, was meine Ladies benötigen." Er warnte: „Keine Widerrede, sonst gebe ich alles in Auftrag, was mir in den Sinn kommt."

„Everham!" Sie stemmte die Hände in die Hüften.

„Du bist gewarnt, mein Schatz!"

„Also gut, Everham, ich schreibe dir eine Liste."

Molly durchquerte die Halle und gab dem Lakai ein Zeichen, dass sie die Tür zum Salon selbst öffnen wolle. Sie trat ein und stoppte abrupt. Sie wusste, dass ihr die Fassung abhandenkam und es auch in ihrem Gesicht deutlich zu erkennen war.

„Ah, Lady Mary!" Wakefield trat von Anne zurück und ließ auch deren Hand fallen. „Ich konnte nicht widerstehen."

„Verflixt!" Everhams Hand legte sich in ihren Rücken. „Ich war auf der Suche nach dir."

„Ich nehme an, du konntest mir das nicht vorher sagen?" Molly hatte Mühe, die Worte zu formulieren.

„Mary", flötete Anne und schwebte zu ihr herüber.

„Ich hätte es dir gesagt", murrte er. „Ich wollte nur bei dir sein, wenn du ihm gegenübertrittst."

Anne schloss sie in die Arme und drückte ihr Küsse auf die Wangen. „Mary."

Molly löste sich von ihrer Zwillingsschwester und knickste gezwungenermaßen vor seiner Gnaden.

„Willkommen auf Lanhydrock, Euer Gnaden. Lady Mulloch."

Anne lachte auf. „Mary! Sei doch nicht so."

„Ich warnte Sie, Anne, dass Lady Mary uns gram ist."

„Wakefield", knurrte Everham. „Du wirst dich meiner Gattin gegenüber nicht so despektierlich benehmen."

Wakefield hob die Hände. „Selbstredend empfinde ich höchsten Respekt meiner Cousine gegenüber."

„Oh, Mary ist doch nicht empfindlich", hob Anne hervor. „Nicht wahr? Komm, setz dich zu mir. Wir haben so viel aufzuholen!" Sie zog Molly mit sich. „Ist es nicht herrlich? Endlich sind wir wieder zusammen."

Molly blieb stehen und riss ihren Arm frei. Sie starrte ihr Spiegelbild an, das so unbedarft lächelte, als hätte es nicht etwas Ungeheuerliches von sich gegeben.

„Liebling, wir sollten den Tee nehmen, was meinst du?" Trent drängte sich zwischen Anne und sie und fing damit ihre Aufmerksamkeit ein. „Molly? Schatz?"

Molly sah zu ihm auf, in seine bittenden braunen Augen. Sie hob die Hand, um sie ihm auf die Brust zu legen. „Tee."

Er entließ erleichtert den Atem, nahm ihre Finger auf und küsste sie. „Tee."

„Lass mich die Order geben. Magst du derweilen unseren Gästen die Zeit vertreiben?"

Everham nickte. „Gern. Womöglich möchten uns Mulloch und Mutter Gesellschaft leisten."

Molly neigte den Kopf. Beschwingt ging sie zur Tür. Im Flur winkte sie den Lakai zu sich.

„Wir benötigen Tee, Sandwiches und Kuchen. Suche Lady Everham und Lord Mulloch und richte ihnen aus, ich erbäte ihre Gegenwart."

„Sehr wohl, Mylady." Er verbeugte sich und Molly sah ihm nach. Sie glättete sich gedankenverloren den Rock. Cousins. Sie hätte tatsächlich hellhörig werden sollen. Vermutlich war sie schlicht abgelenkt gewesen von der Aussicht, ihn in der Nacht zu erwarten. Sie schmunzelte. Und ihre Familie! Sie mochte ihre Familie mit Pemberly und Enola eingrenzen, aber sie wusste, dass Lady Everham begeistert von dem Rest war. Von ihrem Bruder, dem Duke of Hastings, ihrer Schwester, der Countess of Mulloch. Sie streckte die Schultern, sie musste zurück in die Höhle des Löwen.

„Sie ist entzückend", stellte Everham fest. „Ganz die Mutter."

„Oh, sie wird ein kleines Engelchen sein. Blond und feingliedrig wie meine Töchter", flötete Anne, die Hand nach Everham ausstreckend.

„Das lässt du lieber."

Annes Hand gefror in der Luft. „Mary?" Die Finger krümmten sich, dann sank die Hand. „Was soll ich lassen?"

Molly durchquerte den Raum und setzte sich auf die Lehne des Sessels, in dem Everham saß. Um das Gleichgewicht zu halten, legte sie den Arm auf der Rückenlehne ab und sackte leicht gegen ihren Gatten. Everham nahm ihre Finger auf.

„Ich sprach gerade von unserer Tochter, Liebling. Wusstest du, dass du Tante bist?"

Anne griff es schnell auf, wobei sie Everham dankbar anlächelte. „Ich habe drei reizende Töchter und zwei stramme Jungen."

„Gratuliere, Anne."

„Oh, sie sind so herzallerliebst, meine Buben", versicherte Anne und legte die Hand auf die Brust. „Meine beiden Ältesten. Mulloch ist sehr stolz auf sie."

„Da bin ich mir sicher." Everham drückte Mollys Finger. „Ich bin auch sehr stolz auf meine Mädchen."

„Mädchen? Mehr als eines?" Annes Augen weiteten sich. „Aber die Hochzeit ..."

„Unsere Große, Aubrey, stammt aus Molly erster Ehe", stellte Everham hart fest. „Meine Gattin ist eine integre Person, Lady Mulloch."

Molly lehnte sich gegen ihn und streichelte über seinen Hinterkopf.

„Oh! Du warst schon einmal verheiratet?" Annes Augen weiteten sich überrascht und sprangen zu Wakefield. „Du bist durchgebrannt."

„Molly folgte dem Ruf ihres Herzens", knirschte Everham.

Anne biss sich auf die Lippe. „Das hatte ich tatsächlich immer gehofft."

„Ich kann nur sagen, dass ich sehr froh darüber bin, dass Molly diese Entscheidung traf. Ich hätte Wakefield aber auch beseitigt, um Molly mein zu nennen." Er hob ihre Hand an die Lippen. „Ich täte wohl einiges für das Privileg."

„Everham!", murrte Molly.

Wakefield lachte auf.

„Ich bin Ihnen sehr dankbar, Mary, dass sie sich freundlicherweise gegen mich entschieden haben."

„Was haben Sie mit der geschenkten Zeit angefangen, Euer Gnaden?" Molly funkelte ihn an.

„Geschenkte Zeit, Mary?"

„Bis der nächste Gentleman Ihnen nach dem Leben trachtet. Bei Ihrem Lebenswandel nur eine Frage der Zeit, nicht wahr?"

Anne sog scharf die Luft ein. „Mary!"

Wakefield lachte erneut. „Touché!" Er schüttelte den Kopf. „Was hast du mit der Lady angestellt, Everham? Sie war mal eine ruhige, unauffällige Lady mit untadeligen Manieren."

„Das ist sie immer noch, Wakefield. Eine perfekte Lady. Zurückhaltend, lieblich und freundlich."

„Everham", murmelte Molly an seinem Ohr. „Bitte."

Er sah auf. Sein Daumen rieb sanft über ihren Handrücken. Molly beugte sich vor, hypnotisiert von seinem Blick.

„Ach herrje", rief Anne überrascht.

Molly unterbrach ihren Kuss verwirrt. Sie hatte ihn gar nicht küssen wollen, lediglich bitten, nicht solche Dinge von sich zu geben.

„So ein Tag ist verdammt lang, nicht wahr?", murmelte Everham grimmig.

Molly kicherte und drückte ihm einen weiteren Kuss auf die Lippen.

„Wir haben Besuch, Trent, der Tag wird in der Tat verdammt lang."

Er stöhnte unglücklich.

Wakefield räusperte sich leise. „Lady Mary, mir scheint, Sie haben Ihren Rocksaum eingerissen."

Molly nahm den Hinweis auf. „Oh."

Sie löste sich von Everham. „Ich habe den Tee geordert und sicherlich finden sich Lady Everham und Lord Mulloch bald ein. Ich werde mich kurz um das Malheur kümmern müssen."

Sie hob, die Stirn runzelnd, den Saum eine Winzigkeit an. Er schien intakt. Achselzuckend machte sie einen Knicks. „Haben Sie Dank für Ihre Aufmerksamkeit, Euer Gnaden."

„Stets zu Diensten, Mary."

Erst auf ihrem Zimmer und entkleidet, fiel ihr auf, dass ihr Saum mitnichten defekt war. Viel Zeit, sich zu wundern, blieb ihr nicht. Es klopfte und Everham steckte den Kopf herein. „Molly?"

„Ich bin hier." Sie spähte hinter dem Paravent hervor. „Ich weiß nicht genau, welches Kleid ich tragen soll. Ich fürchte, es war mein bestes."

Die Tür schloss sich hinter ihm. Everham grinste breit. „Ich habe mich dummerweise mit Tee bekleckert." Sein Justaucorps landete auf dem Boden.

„Du musst dich also ebenfalls umkleiden."

„Mhm. Meine Mutter hat sich eingefunden, Wakefield und Lady Mulloch sind also beschäftigt."

„Sehr gut. Herrje, ich bin eine beklagenswerte Gastgeberin." Erneut ließ sie den Saum zwischen den Fingern hindurchwandern. Ein perfekt vernähter Saum.

„Wir haben demnach etwas Luft." Everham schloss die Arme um sie und schmiegte sich an ihren Rücken.

„Trent, bitte berichtige mich. Du schlägst nicht vor ..." Sie sah über die Schulter zurück.

Er druckste, gab dann aber auf.

„Doch."

Molly schüttelte den Kopf. „Du hast mehrere Monate gewartet, warum ist es nun so dringend?" Der Atem stockte ihr. Hatte er womöglich gar nicht gewartet, sondern sein Bedürfnis woanders gestillt?

Sie wurde ganz steif in seiner Umarmung, was er mit einem Seufzen zur Kenntnis nahm.

„Ich wollte dich nicht mehr bedrängen", murmelte er und küsste ihren Hals. „Du hattest recht, ich habe deinen Zustand einfach nicht angemessen gewürdigt. Dass es dir unangenehm sein musste, wenn ich zu dir kam."

Er drehte sie herum und hob ihr Kinn. „Es tut mir leid und wenn du mich nicht bei dir sein lassen möchtest, kannst du es sagen. Ich möchte, dass du ebenso gern bei mir bist, wie ich bei dir.“ Er küsste ihre Nase, dann ihre Lippen.

„Trent?“ Molly sah angespannt zu ihm auf. „Bei wem warst du?“

Er hatte das Gut nicht verlassen, also musste seine Buhle ganz in der Nähe leben. Molly erzitterte bei der demütigenden Aussicht und stockte. Gene hätte sie eine solch impertinente Frage nicht stellen können. Sie senkte den Blick auf seine bare Brust.

„Bei wem ich war? Liebling, ich kann dir nicht folgen.“ Er hob wieder ihr Gesicht an. Ein Runzeln huschte über seine Stirn. Tränen drückten sich in ihre Augen.

„Ich hätte nicht fragen sollen, verzeih“, murmelte Molly.

Everham stöhnte.

„Molly! Du darfst mich fragen, was immer du wünschst.“ Er stockte verdutzt. „Du wolltest nicht wissen, ob ich ... herrje, Molly!“

„Es tut mir leid, ich sollte nicht fragen.“

„Das solltest du nicht denken“, korrigierte er grimmig. „Sieh mich an!“

Molly hob die Lider. Er war tatsächlich erzürnt, das hätte sie sich wohl auch denken können.

„Ich liebe dich!“

Molly versuchte, ihr Kinn zu senken, aber er hielt es in Position. „Ich war bei niemandem.“

Womöglich war es besser, wenn sie es nicht wusste.

„Ich war bei niemandem, Molly, aber das wirst du mir nicht glauben, nicht wahr?“ Er ließ sie los.

Molly schlang die Arme um den fröstelnden Körper. Everham fuhr sich abwendend durch das Haar. „Was mache ich nur mit dir?"

Molly biss sich auf die Lippe.

„Ich suche keine anderen Frauen auf."

Molly nestelte an ihrem Fingernagel.

„Schatz, es wird Zeit für etwas Vertrauen."

Sie hob den Blick. Vertrauen, ahnte er, was er da verlangte?

„Ich bin nicht Batton."

Sie seufzte leise. „Das weiß ich."

Everham nahm ihre Hand auf. „Etwas Vertrauen, Molly." Er zog sie an sich, hauchte ihr einen Kuss auf die Stirn. „Ich warte auf heute Nacht. Darf ich dich noch einen Moment im Arm halten?"

Sie entspannte sich an seiner Brust.

„Du musst nicht warten, Trent." Sie streichelte über seine Brust und legte ihm die Arme um den Hals. Sie hob das Gesicht, um zu ihm aufzusehen. „Du musst nicht warten."

„Ach Molly", raunte er und küsste sie zart. „Was mache ich nur mit dir?"

„Erst einmal wirst du mich wohl dort rüber schaffen." Sie deutete zum großen Vierpfostenbett. „Dann wirst du dir unrühmliche Eile auferlegen, weil du wieder hinuntergehen musst, zu unseren Gästen."

Er lachte leise. „Oh nein. Keine Eile!"

Er nahm sie auf die Arme, um sie zum Bett zu tragen. Dort legte er sie vorsichtig ab. Seine Finger fuhren über ihr Antlitz, schoben eine lockere Strähne hinter ihr Ohr. „Wie wunderschön du bist."

„Nicht Trent, bitte." Sie schlug die Lider nieder, unangenehm berührt.

„Ich finde dich wunderschön, Molly."

Sie verdrehte die Augen.

Everham rutschte an ihre Seite, die Hand ließ er über ihren Hals wandern, über ihre Schulter und ihren Arm. Sie seufzte leise und hob ihre eigene Hand, um ihn zu berühren. Seine Haut war so warm und weich. Sie spürte das Spiel seiner Muskeln und grinste. Sie wollte ihn bei sich haben.

Everham drückte kleine sanfte Küsse auf ihren Hals. Seine Lippen wanderten verzückend langsam hinab. In ihrem Dekolleté stoppte er und zupfte an ihrem Unterhemd.

„Wie viel Zeit lässt du mir?"

„Es wird bald Zeit, sich zum Dinner umzuziehen."

Everham beugte sich vor, um seine Lippen in das Tal ihrer Brüste zu drücken. „Hm."

„Das Korsett bleibt an, Trent."

Er seufzte enttäuscht. „Also gut."

Er befeuchtete ihr Hemd, als er ihre Brustwarze in den Mund nahm, um an ihr zu saugen. Molly schloss genießerisch die Augen und riss sie direkt wieder auf.

„Au verdammt!" Everham setzte sich schnell auf. Sein Blick war göttlich und Molly lachte auf. Und lachte weiter.

Milch nässte ihr Hemd, aber das war es ihr wert. Er war so herrlich entsetzt, dass sie sich kaum halten konnte.

„Verdammt, Weib, lachst du mich aus?"

„Es tut mir leid, Trent. Wahrlich, du solltest dich sehen!"

Everham rutschte an ihre Seite und berührte ihre Wange. „Ich schaue lieber dich an.“

„Ich nehme an, du widerrufst nun deine Erlaubnis.“

„Welche Erlaubnis?“, raunte er an ihrem Hals.

„Meine Tochter selbst zu versorgen.“

„*Unsere* Tochter“, korrigierte Everham und klang dabei sehr zufrieden. „Und ich denke nicht daran, mein einmal gegebenes Wort zurückzuziehen.“

Molly entzog sich ihm, um ihm ins Gesicht sehen zu können. „Aber es hindert dich doch, deine Lust zu stillen.“

Sein Mundwinkel hob sich ein klitzekleines Stück. „Kein bisschen.“

Er beugte sich vor, um sie zu küssen. Seine Finger schoben sich in ihr Haar und er seufzte an ihre Lippen. „Ich werde mich wohl daran gewöhnen.“

„Ich darf Maggie weiterhin selbst versorgen?“

„Mhm. Und auch all die Kinder, die Gott uns noch schenken mag.“ Everham rutschte erneut ab. „Du musst nun nicht hoch, oder? Maggie wird doch nun nicht hungrig sein, oder?“

Molly kicherte. „Vielleicht solltest du dich doch beeilen. Man weiß ja nie!“

„Oh nein, man weiß wohl nie.“

Molly schob ihr Bein über seines. „Ich mag nicht unterbrochen werden, Trent“, murmelte sie.

„Ich mag auch nicht unterbrochen werden, Schatz“, wisperte er an ihrem Busen. Er stockte, stemmte sich auf und sah dann zu ihr hoch. „Daran muss ich mich wahrlich erst gewöhnen.“

Er kam wieder hoch, schob sich dabei zwischen ihre Schenkel und drängte sich an ihren Schoß. Molly verbiss sich ein Seufzen.

„Trent." Sie schlang die Beine um ihn. „Bitte."

„Ein wenig mehr Zeit werden wir haben."

„Heute Nacht kannst du dir Zeit lassen, jetzt nicht." Nun wollte sie ihn spüren. Sie seufzte, als er zu ihr kam.

„Mein Liebling."

„Küss mich!"

Everham tat ihr den Gefallen. Mollys Hände glitten über seinen Rücken, legten sich auf seine Pobacken und krümmten sich leicht. Er fühlte sich so gut an.

„Hör nicht auf."

Molly stöhnte, ihre Nägel kratzten über seine Haut. Er roch so gut!

„Trent."

„Ich beeile mich schon, Liebling. Ich beeile mich ja schon."

Molly grinste, ihn küssend. „Gut."

„Ich liebe dich." Everham schloss sie in die Arme. „Verdammt, ich liebe dich."

Molly kicherte.

„Ich dich auch, Trent. Ich liebe dich auch."